河出文庫

なにかが首のまわりに

チママンダ・ンゴズィ・アディーチェ
くぼたのぞみ 訳

JN150622

河出書房新社

なにかが首のまわりに　目次

なにかが首のまわりに The Thing Around Your Neck

イヴァラへ

セル・ワン

私たちの家に最初に泥棒が入ったとき、ダイニングルームの窓から入り込み、テレビ、ビデオデッキを盗《と》っていったのは隣家のオシタだった。父がアメリカから買ってきたビデオテープ、「パープル・レイン」と「スリラー」も消えた。二度目に泥棒が入ったとき、忍び込んだように見せかけて母の宝飾品《ジュエリー》を盗んだのは兄のンナマビアだった。それは日曜日に起きた。両親が祖父母に会いに故郷の町ムバイゼまで出かけたので、ンナマビアとわたしだけで教会に行った。母の緑色のプジョー504を兄が運転した。教会ではいつものように黙って座っていたけど、肘《ひじ》でつつきあったり、だれかのみっともない帽子やすり切れたカフタンのことをくすくす笑い合ったりしなかったのは、十分ほどで彼がなにもいわずに出ていったからだ。司祭が「ミサを終わります。平安のうちに行きなさい」という直前にンナマビアはもどってきた。わたしはちょっと腹を立てていた。煙草を吸いに出たんだろう、だれか女の子と会っているんだろう、だって車を思うままに使えるめったにないチャンスだから、でも、どこに行くか、ひと言あってもよさそうなものじゃないかと思っていたのだ。帰りの車のなかでは口をきかなかった。ンナマビアは家の前の長い車まわしに車を止めた。わたしが立ち止まってイクソラの花を摘んでいるあいだに、彼は玄関のドアの鍵を開けた。わたしが家に入ると居間のまんなかに兄がじっと立っていた。

「泥棒が入った！」と彼は英語でいった。

一瞬、事態が呑み込めなかった。散らかった部屋のなかに足を踏み入れたときでさえ。どこかわざとらしさが感じられたのだ。抽《ひ》き出《だ》しが開けっ放しになっているようすも、だれかが発見者に強く印象づけたいと思ってやった感じが拭えなかった。あるいは、兄のことをわたしが熟知していたからかもしれない。その後、両親が帰宅して隣家の人たちが次々とやってきて「ンド（お気の毒に）」といい、指を鳴らし、肩をすくめてみせたとき、二階の自分の部屋にひとりで座っていたわたしは、どうしてこんなにむかつくのか、はっきりと理解した――あれはンナマビアがやったんだ。わたしにはわかった。父にもわかった。窓のルーバーが、外からではなく内側から加えられた力で滑り落ちていたし（ンナマビアは本当はもっと利口なはずだ、おそらくミサが終わる前に教会にもどろうと気が急《せ》いたのだろう）、泥棒は母のジュエリーがどこにあるかぴたりと正確に知っていた――金属製トランクの左隅だ。ンナマビアは芝居がかった、傷ついたような目で父の顔を凝視して「これまでにもつらい思いをさせたことがあったのはわかってるけど、こんなふうに信頼を裏切るようなことはしないよ」といった。彼は英語で「つらい思い」だとか「裏切る」だとか、不必要なことばを使って弁明した。言い逃れするときはいつもこうだ。そして裏手のドアから出ていったきり、その夜は帰ってこなかった。翌日の夜も。次の日の夜も。二週間後に家に帰ってきたときは、やつれはて、ビールの臭いをぷんぷんさせて、わるかった、ジュエリーはエヌグにいるハウサ人の質屋に入れた、金はぜんぶ使ってしまった、といって泣いた。

「わたしの金製品で、いったいどれくらいのお金を借りたの？」と母はきいた。兄の答えに、母は両手を頭上にのせて「おお！　おお！　チ・ム・エグブオ・ム（とんでもない話だわ）！」と叫んだ。せめて兄がもっと高値で質入れすべきだったといっているみたいに。わたしは母をひっぱたきたかった。父が、いきさつをリポートに書きなさい、とンナマビアにいった。ジュエリーをどのように売ったか、その金をなんに使ったか、だれといっしょに使ったか。兄が本当のことをいうわけがない、父にもそれはわかっている、とわたしは思った。でも、父はリポートが好きだ。大学教授である父は、ものごとが書き記され、きちんと記録されることが好きなのだ。おまけにンナマビアは十七歳で、手入れのいきとどいた髭まで生やしていた。中等学校から大学へ進学するまでの宙ぶらりんの時期で、鞭《むち》でお仕置きをするには年を食いすぎていた。父にほかになにができただろう？　兄がリポートを書きあげると、父は書斎のスチールの抽き出しにそれをしまった。私たちの成績表がファイルされている抽き出しだ。

「こんなふうにあいつが母親を傷つけることになるとは」それが父が最後にぼそっといったことばだった。

でもンナマビアは母を傷つけようとしたわけではなかった。家のなかでめぼしい金目のものといえば母のジュエリーだけだったから、そうしたまでの話。これまで半生かけて集めた純金の品々だ。それに、ほかの教授連の息子たちだってやってることだから、そうしたまでの話。われらが高貴なるスッカ大学キャンパスに盗みの季節が到来したのだ。「セサミストリート」を観て、イーニッド・ブライトン（イギリスの児童文学作家）を読み、朝食にはコーンフレークを食べて育った少年たち、きれいに磨かれた茶色のサンダルをはいて大学教職員子弟専用の小学校へ通った少年たち、いまや彼らは隣家の窓の蚊よけネットを切り裂き、ガラスのルーバーをはずして忍び込み、テレビやビデオデッキを盗んでいる。私たちは泥棒たちを知っていた。スッカのキャンパスはそれほど狭い場所だった――並木道に軒を突き合わせるようにして建ちならんだ家々、家と家を隔てるものといえば低い生け垣だけ――だから、だれが盗みをしているか、すぐにわかってしまう。それでも、教授である親たちは教職員クラブや教会や学部の会議で顔を合わせると、彼らの高貴なるキャンパスへ盗みにやってくるのは町のごろつきだと愚痴をこぼしつづけた。盗人少年たちは人気者だった。夜になると両親の車を乗りまわし、シートを後ろに倒して、両腕をめいっぱい伸ばしてハンドルを握った。ンナマビアが実行する数週間前にわが家のテレビを盗んだ隣家のオシタは、しなやかな身のこなしのハンサムな少年で、猫のように優雅に歩いた。ワイシャツにはいつもピシッとアイロンがかかっていた。生け垣の向こうに彼を見かけると、わたしは目を閉じ、こっちに向かって歩いてきて、おまえは僕のものだ、というところを想像したものだった。彼がわたしに気づくことはなかったけれど。彼がわが家のものを盗んだとき、両親はエブベ教授の家まで出かけていって、わが家から盗んだものを返すよう息子に伝えてくれとはいわなかった。表向き、両親は町からきたごろつきがやったことにした。でもオシタの仕業だと知っていたのだ。オシタはンナマビアより二歳年上だった。盗人はたいがいンナマビアより少し年上だったので、ひょっとしたらそれでンナマビアは他人の家に盗みに入らなかったのかもしれない。たぶんまだ自分がその年齢に達していない、その資格はないと思っていたのだろう。母のジュエリーを盗るのが精一杯だったのだ。

ンナマビアは外見が母親そっくり。蜂蜜色《はちみついろ》の明るい肌、大きな目、完璧《かんぺき》なカーブを描いて惜しみなく笑う口元。母が私たちを市場に連れていくと、商売人たちは叫んだものだ。「おや！　奥さん、なんで息子にそんな明るい肌を無駄に伝えて、娘は黒い肌にしてしまったんですか？　こんなに美男に生まれついた男の子にどうしろっていうんですか？」すると母は、まるでンナマビアのルックスの良さは自分の責任、といわんばかりに、茶目っ気たっぷりに、嬉《うれ》しそうに笑った。ンナマビアが十一歳になって教室の窓ガラスに石を投げて割ったとき、母は彼に弁償するお金を渡して、父にはそのことをいわなかった。彼が二年生で図書館の本を数冊なくしたときも、母は担任教師に家のハウスボーイが盗んだといった。三年生になると毎日、公教要理のクラスに出席するため朝早く家を出たのに、一度も出席しなかったことがばれて聖体拝領を受けることができなくなったとき、母はほかの親たちに試験の日に息子はマラリアに罹《かか》っていたのだといった。父の車のキーを取って石けんに押しあて、それを鍵屋に持っていく寸前、父に露見したとき、母は、あの子はちょっと実験をしているだけよ、どうってことないじゃない、といいつくろった。書斎から試験問題を盗んで父の教える学生に売ったときは、さすがに母は怒鳴りつけたけれど、その後父に、ンナマビアは十六歳なんだから、ようするに、もっとお小遣いを増やすべきなのよといった。

母のジュエリーを盗んだことをンナマビアが深く後悔しているかどうか、わたしにはわからない。本当はなにを考えているのか、兄の愛想のいい笑顔を見て、いつもわかるわけではなかった。そのことを私たちが話題にすることもなかった。母の姉や妹から母へ金のイヤリングが送られてきても、母がミセス・モズィーという、イタリアから金製品を輸入しているゴージャスな女からイヤリングとペンダントのセットを買って、月に一度そのミセス・モズィーの家まで月賦《げっぷ》の支払いをするため車を走らせるようになっても、あの日から、ンナマビアがジュエリーを盗んだことを私たちが話題にすることは一度もなかった。彼がやったことなどまるでなかったみたいに振る舞えば、ンナマビアにまたやり直すチャンスをあたえられるとでもいうみたいに。三年後、大学三年のときにンナマビアが逮捕されて警察の留置所に入れられなければ、その盗みのことは二度と口にされることがなかったかもしれない。

われらが高貴なるスッカ大学のキャンパスはカルトの季節を迎えていた。大学中の掲示板に太文字で「カルトにはノーといおう」と書かれていたころだ。なかでもブラック・アックス、バッカニアーズ、パイレーツが有名だった。最初は穏やかな友愛をうたうグループだったのかもしれないけれど、徐々に進化して、いまでは「カルト」と呼ばれるようになっていた。アメリカン・ラップ・ビデオから偉そうに振る舞うことを学んだ十八歳の面々は、奇妙なイニシエーションをひそかに実行して、その結果、オディン・ヒルにひとりふたりと死者を残したりしていた。銃、拷問による忠誠心、斧《おの》が常套《じようとう》手段になった。カルト戦争はめずらしくなくなった。つまり、ある少年が色目を使った少女がブラック・アックスの親玉のガールフレンドだと判明すると、その少年があとから売店に煙草を買いにいく途中で腿《もも》を刺され、刺された少年がバッカニアーズのメンバーだとわかると、バッカニアーズの仲間がビールパーラーへ出向いていちばん近くにいたブラック・アックスの少年の肩を撃ち抜き、その翌日にはバッカニアーズのメンバーがカフェテリアで撃ち殺されてその身体がスープの入ったアルミニウムのボウルに倒れかかることになって、そしてその夜、ブラック・アックスの少年が講師の使用人部屋の自室で切り刻まれて死に、彼のCDプレーヤーが血しぶきを浴びることになったのだ。まったく愚かしいかぎり。それがめずらしくもなくなるまでの早さは異常だった。少女たちは講義を聴いたあとは宿舎の部屋にこもり、講師陣は恐れおののき、ハエが一匹ぶーんと音をたてて飛んだだけで、みんな戦々恐々となった。そこで警察が呼ばれた。警察はキャンパス中に青いおんぼろプジョー505を走らせ、錆《さ》びた銃を車窓から突き出して、学生たちににらみをきかせた。ンナマビアは大笑いしながら講義から帰宅した。警察はもっとましなことをやらなきゃと思ったのだ。カルト少年のほうが近代的な銃を持っているのはだれもが知っていた。

両親は口にこそ出さないものの、危惧《きぐ》の念を抱いて、ンナマビアの破顔を見つめた。彼らもまた、ンナマビアがカルトに入っているのではないかと心配しているのを、わたしは知っていた。入っている、と思ったこともある。カルト少年たちは人気者だったし、ンナマビアはすごく人気があったから。少年たちは大声で彼を「ザ・ファンク」とニックネームで呼んで、通りかかるとかならず握手を求めたし、少女たちは、とりわけ人気者のビッグ・チックスは、挨拶の声をかけ合うとき長すぎる抱擁《ほうよう》をした。彼はパーティにはすべて顔を出した。キャンパス内のおとなしいパーティにも、町でやるワイルドなパーティにも。おまけに女にやけにもてて、男にも人気があって、ロスマンズを一日ひと箱吸って、スタービールを一カートン一気飲みできると評判だった。兄はカルトには入っていない、と思ったときもある。こんなに人気があるんだし、それではいろんなカルトの少年たち全員と友だちになって敵を作らないという自分の流儀を超えているように思えたのだ。それに兄がカルトに入るために必要なもの――ガッツとか自信のなさ――をもっているとは、どうしても思えなかった。一度だけ、カルトに入っているかどうかきいてみたが、兄は長くて濃い睫毛《まつげ》をしたあの目でびっくりしたようにわたしを見つめた。そんなこときかなくたってわかってるだろ、といわんばかりに。そして「そんなわけないだろ」といった。わたしは兄を信じた。父も信じた。でも私たちが兄のいうことを信じたからといって、事態にはまったく影響しなかった。兄はすでに逮捕され、カルトに属しているという嫌疑をかけられていたのだから。留置されている警察署に私たちが初めて面会にいったとき、兄はわたしにいった——「そんなわけないだろ」

それはこんなふうに起きた。ある蒸し暑い月曜日、四人のカルトメンバーがキャンパスに入る門のところで、赤いメルセデスを運転する教授を待ち伏せした。教授の頭に銃を突きつけて彼女を乱暴に車から降ろし、その車を工学部まで走らせて、そこで大教室から出てきた三人の学生を撃った。正午だった。わたしは近くの教室にいた。鋭い銃声が聞こえたとき、教室からまっさきに駆け出したのは講師だった。大きな叫び声が聞こえ、突然、階段は先を争いながら、どっちに走ればいいかわからず右往左往する学生でごった返した。屋外の芝生に三人の学生が倒れていた。赤いメルセデスがキーッとタイヤを軋《きし》ませて走り去った。大勢の学生があわてふためいてバッグに荷物を詰め、オカダ（バイクタクシー）の運転手は乗客を停車用の広場まで運ぶのに、いつもの倍の運賃をふっかけた。副学長が、夜間の授業はすべて休講、全員が午後九時までには屋内にもどること、と発表した。そんなことをしてもあまり意味がないと思った。だって銃撃は白昼堂々と行なわれたわけだし、ンナマビアにとっても意味はなかったのだろう。夜間外出禁止令の出た初日、彼は午後九時になっても家に帰ってこなかったし、その夜は帰宅さえしなかったからだ。友だちのところにいるのだろうとわたしは思っていた。どっちにしても、いつだって家に帰ってこなかったのだ。翌朝、警備員がやってきて、両親に、バーでンナマビアがカルトのメンバーといっしょに逮捕され、警察のヴァンで連れていかれたと教えてくれた。母は金切り声をあげた。「エクウズィクワナ（そんなこといわないで）！」父は沈着に、警備員にお礼をいった。父が運転する車で私たちは町の警察署まで行った。そこで、汚れたペンカバーを口にくわえた警察官が「昨夜逮捕されたカルト少年たちのことですか？　エヌグに連行されました。非常に深刻な事件です！　このカルト問題とやらは、きれいさっぱり片をつけなければなりません！」といった。

車にもどった私たちは新たな不安に襲われていた。スッカなら——私たちの、のんびりした、孤島のようなキャンパスと、もっとのんびりした、もっと孤島のような町なら——なんとかなった。父が警察署長にあたりをつけることもできた。でも、エヌグではあたりのつけようがなかった。そこはナイジェリア軍の機動師団のある州都で、警察本部があり、交通の激しい交差点で駐車違反を監視する係官のいるところなのだ。結果を出さなければならないプレッシャーがかかると、警察がそれを実行することで有名な場所だった——人を殺すのだ。

エヌグの警察署は、ぐるりと塀に囲まれた敷地内にビルが不規則に密集する場所で、門付近の「警察本部長のオフィス」と書かれた標識のそばには、損傷車両が積みあげられて埃《ほこり》をかぶっていた。父は敷地のもう一方の奥にある長方形の平屋に車をつけた。母が勤務中のふたりの警察官に賄賂《わいろ》として、お金といっしょに肉とジョロフライスを渡した。すべてが黒い防水袋にぴちっと包装されていた。すると彼らは、ンナマビアが監房から出て、私たちといっしょにパラソルツリーの下のベンチに腰をおろすのを許可してくれた。夜間外出禁止令が出ていたのを知りながら、なぜ彼があの夜、外出していたのかだれもきかなかった。警官たちがバーに踏み込み、そこで飲んでいた男たち全員を、バーの従業員まで逮捕するなんて理不尽だ、とはだれもいわなかった。その代わりにンナマビアの言い分を聞いた。木のベンチにまたがり、ライスとチキンの入った容器を目の前にしたンナマビアは、これからひと芝居うとうとするエンタテイナーのように期待に目を輝かせた。

「ここの監房みたいにナイジェリアを治めるなら、この国はまったく問題がなくなるな。すべてピシッと組織立ってる。俺のいる房にはアバチャ将軍と呼ばれるボスがいて、彼には手下がついてる。そこに入ったらまず、彼らに金を渡さなければならない。そうしなければ面倒なことになる」

「それでおまえはお金を持っていたの？」母がきいた。

ンナマビアはにやっと笑った。ンナマビアは額ににきびのような新しい虫刺されの痕《あと》をつけ、かえって男前が増したような顔で、バーで逮捕された直後に肛門に金を滑り込ませた、とイボ語でいった。隠さなければ警官に取りあげられることも、監房で事なきを得るにはそれが必要なことも知っていたのだ。それからフライドチキンのもも肉にかじりつき、さっと英語に切り替えた。「アバチャ将軍は俺が金を隠した方法に感心していたよ。やつには素直に従うようにしたんだ。いつだってやつを持ちあげているし。男たちが俺たち新参者全員に、自分の耳をつかんで歌に合わせて蛙跳《かえると》びをしろと命じたとき、俺は十分で放免された。他の連中は半時間はやらなければならなかったけど」

母は悪寒《おかん》に襲われたように、両腕を自分の身体にまわした。父はなにもいわずに注意深くンナマビアを見つめていた。そしてわたしは彼が、わが従順なる兄が、何枚かの百ナイラ札を紙巻き煙草のように細くまるめて、拳《こぶし》をズボンの後ろに差し入れ、痛い思いをして紙幣を身体のなかに滑り込ませるところを想像した。

あとから車を走らせてスッカへもどる途中、父がいった。「これはあいつが家に忍び込んだときにやっておくべきことだった。監房にあいつを閉じ込めるべきだったんだ」

母は押し黙ったまま、車の外をじっと見ていた。

「どうして？」とわたしはきいた。

「今回めずらしくあいつは怖じ気《おけ》づいていたからだよ。気づかなかったか？」ちらっと微笑《ほほえ》みながら父はきいた。わたしは気づかなかった。その日はまだ。肛門に紙幣を押し込んだにしては、ンナマビアは元気そうに見えたのだ。

ンナマビアにとって最初のショックは、バッカニアーズのひとりがすすり泣くのを見たことだった。その少年は背が高く頑強で、殺人の一件を実行したともっぱらのうわさで、次期首領候補と目されていた。ところが監房に入るとちいさくなって、ボスに頭の後ろをがつんとやられてすすり泣いたのだ。それは翌日の面会のときにンナマビアが、嫌悪と落胆の入り交じった声で教えてくれたことだった。いきなり「超人ハルク」が本当はただの緑色のペンキ絵だったと知らされたみたいだったと。第二のショックは数日後の「セル・ワン」、いま入っている監房よりすごい房のことだ。ふたりの警官がセル・ワンからぶくぶくになった男の死体を運んできて、みんなにその死体を見せるために房のそばで立ち止まったのだ。

セル・ワンは房のボスさえ恐れているようだった。ンナマビアや他の相棒たちは金を持っていて、かつてはペンキの入っていたポリバケツの水を買えたので、房から庭に出て身体を洗わせてもらえた。警官たちはそれを監視しながら「やめろ、やめないとセル・ワン行きだぞ！」としょっちゅう叫んだのだ。ンナマビアはセル・ワンの夢を見てうなされた。いまいる房よりひどい場所など想像できなかったのだ。房はひどい混みようで、立つときはひび割れた壁に身体を押しつけることになった。割れたひびの奥には微細なクワリクワタが棲《す》みつき、その虫に喰《く》われるとひどいことになる。ンナマビアが悲鳴をあげると監房の仲間から「バナナミルク坊や」「大学坊や」「イエイエ（役立たず）のやわな坊や」と呼ばれた。

あんなちっぽけな虫なのに、喰われたが最後、目も当てられないほどひどいことになるのだ。喰い方は夜がひどく、最悪なのは全員が頭とつま先をくっつけるようにして、横向きで寝なければならないときだ。別格のボスだけは背中をたっぷり床につけて寝ることができた。毎日房に差し入れられる、ガリ（イモをすりおろし発酵させて作る保存食）と水っぽいスープの皿の中身を分配するのもボスだった。各人が二口もらえる。それはンナマビアが最初の週に教えてくれたことだ。彼が話しているあいだ、壁のなかの虫がこの顔を喰ったのかしら、それとも、額いっぱいに広がった吹出物が化膿したのかしら、とわたしは考えていた。吹出物には先端が化膿してクリーム色になっているものもあった。それを引《ひ》っ掻《か》きながら「今日は防水の袋に糞《くそ》をしなくちゃならなかった、立ったままで」とンナマビアがいった。「トイレがあふれちゃって。水を流すのは土曜日だけなんだぜ」

彼の調子は芝居がかっていた。もう黙ったら、とわたしはいいたかった。屈辱的な仕打ちを受ける自分の新しい役まわりを楽しんでいるのだ。おまけに、警官に外に出してもらえて私たちが持参した食べ物を食べられるのがどれほどラッキーか、あの夜、外出したまま酒を飲みつづけたことがどれほど愚かしいことか、釈放されるチャンスがあるかどうかさえ危ういことが全然わかっていなかった。

最初の週、私たちは毎日彼を訪ねた。父の古いボルボを使ったのは、もっと旧式の母のプジョー504では、スッカの外へ出る旅には安全とはいえなかったからだ。路上で警察の検問を受けるとき、両親がいつもとちがっている――微妙に、ちがっている――ことに気づいた。父はもう独り言をいわなかった。これまでは警官が手をふって車を通すとすぐに、警察は恐ろしく無学で腐敗している、とぶつぶついったのに。賄賂を渡さなかったために一時間も待たされた日のことを持ち出すこともなかった。停止させたバスに乗っていた美人の従姉のオゲチを引っ張り出し、携帯電話をふたつも持っているなんて、と売女呼《ばいた》ばわりして法外な額を要求し、彼女は雨の降るなかを地面にひざまずき、乗っているバスは通行許可がすでに出ているのだから、もう行かせてくれと懇願したようすも口にしなかった。母もぶつぶついうのをやめた。さらに深刻な事態を招く凶兆になるからだ。代わりに両親は沈黙した。警察をこれまでのように批判しなければ、なぜかンナマビアがすぐに自由になるとでもいうかのように。「微妙です」それがスッカの警察署長が使ったことばだ。ンナマビアを近々釈放するのは微妙なことで、エヌグの警察本部長がテレビで満足げに微笑みながら、カルト信者たちの逮捕についてインタビューに応じたとあってはなおさらだった。カルト問題は深刻だった。アブジャのビッグマンたちは事件のなりゆきから目を離さなかった。だれもが、なんらかの対策を講じているように見せたがっていた。

二週目にわたしは両親にンナマビアを訪ねるのは見合わせようといった。こんなことをどれだけ続けなければいけないのかわからないし、毎日三時間も車を走らせるなんてガソリン代がかかりすぎだし、ンナマビアは一日くらい自力でなんとかしたからって傷ついたりしない、と。

父は驚いてわたしを見て、「どういう意味だ?」ときいた。母はわたしを頭のてっぺんからつま先までまじまじと見つめて、ドアに向かいながら、だれもあなたにいっしょに行ってなんて頼んでないわ、無実の兄が苦しんでいるあいだ、そこに座ってなにもしないでいてもいいのよ、といった。車に向かって歩いていく母を追ってわたしは駆け出したけれど、外に出ると、どうしていいのかわからなかった。だからイクソラの茂みのそばの石を拾って、ボルボのフロントガラスめがけて投げた。フロントガラスにひびが入った。ビシッという鋭い音がして、フロントガラスに放射線状の細かい亀裂が広がるのが見えた。わたしは向きを変え、母の怒りから身を守るために二階に駆けあがり、自分の部屋に閉じこもった。母が叫んでいるのが聞こえた。父の声もした。やがて静かになったが、車の発進音は聞こえなかった。その日はだれもンナマビアの面会に行かなかったのだ。このささやかな勝利に、わたしは驚いた。

翌日、私たちは面会に行った。フロントガラスにさざ波が立って凍結した川面《かわも》みたいになっていたのに、だれもそのことを口にしなかった。詰めていた警官は黒い肌の感じのいい男で、前日なぜ来なかったのかときいた。母のジョロフライスが食べたかったのだ。ンナマビアも憤慨しているだろうと期待したが、彼は妙に沈んだ顔をしていた。これまで見たことのない表情だ。ライスをたいらげることもなかった。遠い目をして、敷地内の隅にある半分焼けた事故車の残骸《ざんがい》のほうを見ていた。

「どこかわるいの？」母がきくと、ンナマビアが即座に話しはじめた。まるでそうきかれるのを待っていたみたいに。イボ語を話す彼の声は上下することなく、一本調子だった。前日ひとりの老人が彼のいる監房に入れられた、たぶん七十代の半ばで、髪は白く、皮膚には細かな皺《しわ》が寄り、退職した公務員の、高潔な、古風な上品さがあった。息子が武装強盗をしたかどでお尋ね者になり、警察がその息子を発見できなかったために、代わりに老人を逮捕して留置することにした。

「その男はなにもしていないんだぜ」とンナマビア。

「でも、あなたもなにもしていないわ」と母がいった。

なにもわかっちゃいないといわんばかりに、ンナマビアは首を横に振った。それからの数日はさらに沈んだようすだった。口数が減り、話してもその老人のことばかり——その人は金がなくて身体を洗う水が買えないこと、ほかの男たちが老人をからかったり、息子を隠してるだろといちゃもんをつけること、ボスが老人を無視すること、老人が脅えてひどく萎縮《いしゆく》して見えること。

「その人は息子の居所を知ってるの？」母がきいた。

「ここ四カ月会っていないんだ」とンナマビア。

父が、老人が息子の居所を知っているかいないかなんてことは関係ないんだ、といった。

「もちろん」と母もいった。「そんなの間違ってるけど、これは警察の常套手段よ。探している人を発見できないとき、その父親とか、母親とか、親戚とかを逮捕して留置するんだから」

父が膝《ひざ》からなにかを払いのけた――苛々《いらいら》している証拠だ。母が明々白々なことをわざわざ口にする理由が理解できなかったのだ。

「あの人は病気だ」とンナマビアがいった。「両手が震えて、止まらないんだ、眠ってるときでさえ」

両親は黙っていた。ンナマビアはライスの入った容器にふたをして父のほうを向いた。

「これを少し、あの人にあげたい。でも房にこれを持ち込むと、アバチャ将軍に取りあげられるだろうな」

父は詰めている警官のところへ行って、ンナマビアの房にいる老人に数分、会うことができないだろうかときいてみた。その警官は肌の色の薄い、辛辣《しんらつ》な男で、母がライスと賄賂のお金を渡しても決してありがとうといわなかった。いま彼は父の顔を見てせせら笑い、ンナマビアを外に出しただけでも職を失いかねないのに、ほかのやつまで外に出せっていうのか？　寄宿学校の訪問日かなんかだと思ってるのか？　ここが社会の犯罪分子を収監するハイセキュリティ施設だってことを知らないのか？　といった。もどってきた父がため息をつきながら腰をおろすと、ンナマビアはあばた顔を黙々と引っ掻いた。

次の日、ンナマビアはライスにほとんど手をつけなかった。彼がいうには、警官たちがいつもやるように、洗浄という名目で房の床に洗剤入りの水をまき、壁にも水をかけたので、水が買えずに一週間も身体を洗えなかった老人が、急いで房に入って自分のシャツを脱いで、洗剤入りの水で濡れた床に虚弱な背中をこすりつけたのだ。そんな老人を見て警官たちが笑い出し、老人に、服をぜんぶ脱いで房の外の廊下をパレードしろといった。老人がいわれた通りにすると、彼らはもっと大きな声で笑い、泥棒息子はパパのペニスがこんなに萎《しな》びているのを知ってるのか、ときいたのだという。そう語りながら、ンナマビアは自分の薄いオレンジ色のライスを凝視していた。やがて顔をあげた彼の目に涙が浮かんでいるのが見えた——俗物的な兄の目に——それを見てわたしが彼に感じたやわらかな気持ちは、説明しろといわれても説明しようのない感情だった。

二日後またキャンパスでカルトによる襲撃があった。少年が別の少年を、音楽学部の建物の正面で、斧でめった切りにしたのだ。

「これはいい。これで彼らはカルト少年を全員逮捕したなんていえなくなるもの」と母がいったのは、父と母がふたたびスッカ警察の署長に会いに出かけようとしていた矢先だった。その日、私たちはエヌグには行かなかった。両親がスッカ警察署長との会見にひどく手間取ったためだ。でも、彼らは朗報をもってもどってきた。ンナマビアとバーの従業員はすぐに釈放されるということだった。情報提供者となったカルト少年のひとりが、ンナマビアはメンバーではないと言い張ったのだ。その朝、私たちはいつもより早く、ジョロフライスを持たずに出発した。太陽はすでに熱くなりすぎていたので、車の窓はすべて閉めた。道中、母はひどく神経質になっていた。いつも別車線の車が危険なターンをするとそれが父には見えないみたいに、母は「ネクワ・ヤ（気をつけて）！」といっていたが、今回はあまり頻繁《ひんぱん》にそう口にするので、車がナインスマイルに到着してオクパ（ピーナッツ）やゆで卵やカシューナッツをトレーにのせた物売りに取り巻かれる直前、父が車を止めてぴしゃりといった。「ウゾアマカ、いったい運転してるのはだれなんだい？」

不規則に建物が広がる警察の敷地に入ると、パラソルツリーの下でふたりの警官が、地面に横になっているだれかを鞭で打っていた。一瞬、ンナマビアか、と胸が騒いだがそうではなかった。地面に横になって、警官がコボコ（馬用の鞭）で鞭打つたびに身悶《みもだ》えし、叫んでいる少年には見覚えがあった。アボイという少年だ。猟犬のような、大きな醜い顔をして、キャンパスにレクサスを乗りつけ、バッカニアーズのメンバーだといわれていた。警察の建物まで歩いていくとき、わたしは彼を見ないようにした。勤務に就いていた警官は、賄賂を受け取るときは決まって「神の祝福を」と口にする、頬に民族マークのある男で、私たちを見るなり顔をそむけた。わたしは肌がちりちりと粟立《あわだ》つのを感じた。まずいことが起きたと察したのだ。両親が彼に警察署長からの手紙を差し出した。

警官は見向きもしない。警官は父に、釈放命令のことは知っている、バーの従業員はすでに釈放されたがその少年は複雑な状況にある、といった。母が叫び出した。「その少年？　どういう意味？　息子はどこなの？」

警官が立ちあがった。「説明してもらうために巡査長を呼んできます」

母が警官に駆け寄って彼のシャツを引っ張った。「息子はどこなの？　息子はどこ？」父が母を警官から引き離すと、警官がシャツをさっと払った。まるで母がそこに泥でもつけたみたいに。それから向きを変えて歩き去ろうとした。

「息子はどこにいるんですか？」父がとても静かな、容赦ない声できいたので、警官は立ち止まった。

「連れていかれました、サー」

「連れていかれたって？」母が割って入った。まだ叫んでいた。「なにをいってるの？　息子を殺したの？　わたしの息子を殺したの？」

「どこにいるんですか？」父がふたたび、おなじように静かな声できいた。「私たちの息子はどこにいるんだ？」

「あなたがたが来たら呼びにこいと巡査長にいわれていますので」と警官はいって、今度こそ向きを変えて急いでドアから出ていった。

わたしが恐怖でぞっとなったのは彼が出ていってからだ。追いかけていって、母のように彼のシャツを引っ張ってやりたかった。ンナマビアを出してくるまで引っ張りつづけてやりたかった。巡査長が出てきた。のっぺりとした無表情なその顔の奥をわたしは必死でさぐった。

「こんにちは、サー」彼は父のほうを向いていった。

「私たちの息子はどこにいるんですか？」父がきいた。母は荒い息遣いをしていた。あとからわかったことだが、その瞬間、私たちは内心、それぞれ、ンナマビアはやたら発砲したがる警官に殺されたのでは、それでこの男の仕事は彼の死んだようすを説明するためもっともらしい嘘《うそ》を考えつくことだったのでは、と思っていたのだ。

「だいじょうぶです、サー。移送しただけですから。すぐにそこへお連れします」その警官はどこかぴりぴりしていた。顔は無表情だが、父と目を合わせなかった。

「移送した？」

「釈放命令を今朝受け取りましたが、彼はすでに移送されたあとでした。ガソリンがないので、あなたがたが来るのを待っていたのです。彼がいる場所へいっしょに行けるように」

「どこにいるんですか？」

「別の場所です。これからそこへお連れします」

「なぜ移送されたのですか？」

「わたしはここにいなかったので、サー。昨日、彼は素行がわるかったとか、それでセル・ワンへ連れていかれました、それからセル・ワンにいた者たち全員が別の場所へ移

「素行がわるかった？　どういう意味ですか？」
「わたしはここにいなかったので、サー」
母が声を詰まらせながらいった。「わたしを息子のところへ連れていって！　います
ぐ息子のところへ連れていって！」
わたしは後部座席に警官といっしょに座った。母のトランクのなかに永遠に染みつい
て取れそうもない古い樟脳《しょうのう》のような臭いがした。警官が父に方角を指示する以外、十五
分後に到着するまで、だれもしゃべらなかった。父は異常なスピードで運転し、わたし
の心臓がそれとおなじ速さで打った。狭い敷地は見るからに打ち捨てられた感じで、あ
ちこちに伸び放題の草が寄りかたまって生え、古い瓶やビニール袋、紙類がいたるとこ
ろに散らばっていた。警官は父が車を止めるのもほとんど待たずにドアを開けて、急い
で車から降りたのでわたしはまたぞっとなった。そこは町の未舗装の道路が走る地域で、
「警察署」を示す標識も見当たらず、あたりはしんと静まり返り、奇妙にすさんだ感じ
がした。でも、警官はンナマビアを連れてきた。彼はそこにいた。わたしのハンサムな
兄がこっちへ歩いてくる。変わっていない、そう見えたのは、近くまで来て母が彼をハ
グするまでのことだった。兄は顔をしかめて後ずさった。左腕に細いみみず腫《ば》れの痕が
何本もついていた。鼻のまわりに乾いた血がこびりついていた。
「ンナちゃん、どうしてこんなに殴られたの？」母はそうきくと警官のほうに向き直っ

た。「どうしてわたしの息子にこんなことをしたんですか？」

警官は肩をすくめた。警官の態度に横柄さが加わった。まるでンナマビアの健康状態についてはよくわからないが、こうなったらいわせてもらうがといった調子だ。「きちんと子どもを育てることができていませんね、あなたがたのような人はみんな大学で働いているから自分が偉いと思っている。子どもの品行がわるくなったとき罰をあたえるべきではないと思っている。あなたはラッキーです、マダム、とてもラッキーです。彼は釈放されたんですから」

父がいった。「行こう」

車のドアを開けるとンナマビアが乗り込み、私たちは家に向かった。道中、父は警察の検問所で一度も車を止めなかった。私たちの車が猛スピードで通りすぎると、銃で威《い》嚇《かく》する身振りをした警官もいた。だれもなにもいわない帰り道で母がいった唯一のことは、ナインスマイルで車を止めてオクパを買おうか、とンナマビアにきいたことだった。いらない、とンナマビアはいった。スッカに帰り着いてからようやく、彼は口を開いた。

「昨日、警官たちがあの老人にただでバケツの水をやろうかときいたんだ。彼はほしいといった。するとあいつら、老人に服を脱いで廊下をパレードしろといった。監房の仲間は大笑いしていた。でも、老人をそんなふうに扱うのは間違いだという者もいた」ンナマビアはここでちょっと言《い》い淀《よど》み、遠くを見た。「俺、警官に叫んでしまったんだ。老人に罪はない、病気なんだ、いくらここに連れてきたって、自分の息子の居所さえ知らないんだから、息子は探し出せないだろって。あいつら俺に、いますぐ口を閉じろ、さもないとセル・ワンに入れるぞっていった。かまうもんか。俺は黙らなかった。だからやつらは俺を引きずり出して殴り、セル・ワンに連れていった」

ンナマビアはそこで話を切ったけれど、私たちはなにも質問しなかった。わたしは彼が声を荒げてその警官を、とんまの大馬鹿野郎、根性なしの臆病者、サディスト、ろくでなし、と罵《ののし》るところを想像した。警官たちに走った衝撃、あっけにとられて見ているボスの驚き、大学から来たハンサムな少年の大胆な行為に唖然《あぜん》とする監房仲間の姿が目に浮かんだ。驚き誇らしく見ていた老人が、静かに、脱衣を拒むようすも目に浮かんだ。ンナマビアはセル・ワンで自分に起きたことは話さなかった。新たな移送先で起きたことも。そこは収容された人がいずれ姿を消してしまう場所のようにわたしには思えた。彼にとって、チャーミングな兄にとって、自分に起きたことをこじゃれたドラマに仕立てるのは、いとも簡単だったろうに、彼がそうすることはなかった。

イミテーション

夫のガールフレンドのことを知らされているあいだ、ンケムは、居間のマントルピースに飾られたベニン王国時代の仮面の、隆起した、切れながの目をじっと見ている。「すごく若いのよ。二十一くらいだわね」受話器から友だちのイジェママカの声が聞こえる。「短い髪をカールさせてるの、あのちいさな、きっちり巻くカール。リラクサーじゃないわ。テクスチャライザーよ。若い人はいまテクスチャライザーが好きだっていうから。告げ口するわけじゃないけど、男がよくやる手口、でも、その女があなたの家に引っ越してきたそうよ。お金持ちの男の人と結婚すると、こういうことになるのねえ」イジェママカはここでちょっと間をおき、わざとらしく、大げさな音をたてて息を吸い込む。「つまり、もちろんオビオラはいい人だけど、でも、あなたの家にガールフレンドを入れるなんて。褒《ほ》められた話じゃないわ。その女、オビオラの車でラゴス中を走りまわってるそうよ。マツダでアウォロウォ通りを走ってくのをわたしもこの目で見たんだから」

「電話してくださって、ありがとう」とンケムはいう。イジェママカが口元をぎゅっとすぼめるところが目に浮かぶ。話し疲れて、しゃぶりつくしたオレンジみたいになった口。

「教えてあげなくちゃって思ったの。友だちだもの。ほかにわたしになにができる？」イジェマカの高揚した話しぶりにどこか嬉《うれ》しそうな気配が感じられる。「できる？」という声の調子に。

それからの十五分間、イジェマカはナイジェリアへ帰った旅のことを話す。前回帰国したときにくらべて物価がひどくあがったこと――いまじゃガリまですごく高くて、停まった車に駆け寄る物売りの子どもの数もやけに増えて、デルタ州の故郷の町まで幹線道路があっちでもこっちでも、水害で土がごっそりえぐられて。ンケムはタイミングよく舌打ちし、大きなため息をつく。ナイジェリアには自分も、数カ月前、クリスマスに帰国したことをイジェマカに思い出させるようなことはいわない。指がしびれてきたことも、電話なんかかけてこなければいいのにと思っていることも、いわない。最後に、電話を切る前に、そのうち週末に子どもたちを連れてニュージャージーのイジェマカを訪ねることまで約束してしまう――守ることのない約束なのは自分でもわかっているのに。

ンケムはキッチンまで歩いていってコップに水を注いでテーブルに置いてみるが、そのまま居間にもどって、ベニンの仮面をじっと見る。赤銅色の、抽象化された、大きすぎる顔。近所の人たちはそれを見て「崇高《すうこう》」という。二軒隣りの家に住む夫婦がアフリカンアートを収集しはじめたのはそれがきっかけで、彼らもまた良質のイミテーションにあまんじることになったのだけれど、それでも、オリジナルを見つけるのはほとんど不可能だと楽しそうに話している。

ンケムは古代ベニン王国の人たちが四百年前にオリジナルの仮面を彫刻するところを想像する。王家の儀式にその仮面を使ったのだと教えてくれたのはオビオラだ。仮面を王の両側に置いて王を守護し、邪悪なものから守ったこと。特別に選ばれた人たちだけがその仮面の保管者になれて、王を葬るときに使われる人間の生首をその人たちが調達したこと。ンケムは、筋骨たくましい身体に優雅な腰布を巻いて、ヤシの種子を絞った油で茶色い肌をぎらぎらさせて誇らし気な若者たちを想像する。彼女は想像する――自分でそう想像したのは、そうだったんじゃないかとオビオラがいわなかったからで――その誇らし気な若者たちは、王を埋葬するために見ず知らずの人間の首など刎《は》ねなくてすむならそのほうがいいと思ったのではないかしら、自分たちを守るためにも仮面を使えたらいい、自分たちも意見がいえたらいい、と思ったのではないかしら。

オビオラといっしょに初めてアメリカにやってきたとき、ンケムは妊娠していた。オビオラが借りていて、あとから買うことになったその家は、グリーンティーのような真新しい匂いがして、短い車寄せにはびっしり砂利《じゃり》が敷いてあった。フィラデルフィアの近く、すてきな郊外に住んでるのよ、とラゴスにいる友だちに電話で伝えた。「自由の鐘」のそばで彼女とオビオラが写った写真の裏に、自慢気に「アメリカの歴史上重要」と走り書きして、頭のはげたベンジャミン・フランクリンのことを説明した分厚いパンフレットといっしょに送ったりもした。

チェリーウッドレーンに住む隣人は、淡い色の髪をした細身の白人ばかりで、挨拶《あいさつ》にやってきて、なにかお手伝いすることはないか——運転免許の取得方法や、電話や、修理屋のことなどで——ときいてくれた。ンケムは自分が外国人で話し方になまりがあるため、頼りなさそうに見えることは気にしなかった。近所の人たちやその暮らしぶりが好きだったから。オビオラがよく「プラスチック」と呼ぶ暮らし。でもそんなオビオラも、自分の子どもが彼らの子どもたちみたいになってほしいと思っているのをンケムは知っていた。地面に落ちた食べ物の臭いをかいで「腐ってる」というような子どもたち。ンケムが子どもだったころは、食べ物ならどんなものでもひろいあげて口に入れたものだ。

最初の数カ月はオビオラもいっしょに暮らしていたので、近所の人たちが、彼はどこにいるの？　なにかうまくいかないことでもあるの？　とあれこれ質問するようになったのは、かなり後になってからだ。すべてうまくいっています、とンケムは答えた。彼はナイジェリアとアメリカの両方に住んでるんです。家がふたつあるんです。そういうと、彼らの目に怪訝《けげん》な表情が見てとれた。フロリダやモントリオールといった土地にセカンドハウスをもっている夫婦のことを考えているんだわ、とンケムは思った。どちらの家に住むにしても、夫婦はいつもいっしょに住むものなのにと。

近所の人たちが、わたしたち夫婦のことをすごく変に思ってるみたい、とオビオラにいうと、彼は大声で笑った。「オイボ（白人）」はいつもそうさ。なにか違うやり方をすると、ふつうじゃないって思うんだ。自分たちのやり方が唯一の方法だと思っている。ナイジェリア人でもいっしょに暮らす夫婦はたくさんいるのをンケムは知っていたけれど、なにもいわなかった。

ベニンの仮面のまるい金属の鼻に、ンケムは手をはわせる。数年前にそれを買ったとき、イミテーションのなかでも最良のものだ、とオビオラはいった。一八〇〇年代末に英国が、いわゆる「懲罰的ベニン遠征」をやったときオリジナルの仮面を略奪したことをオビオラは教えてくれた。英国人は人を殺したり物を盗んだりすることを「遠征」とか「平定」という語を使って表現する。何千という仮面が「戦利品」として持ち去られて、世界中の博物館や美術館に展示されているんだ――とオビオラはいった。ンケムは仮面を持ちあげて顔に押しつける。冷たく、重く、生命がない。でもオビオラは仮面のことを話すとき――ほかのこともそうだけれど――それが息をして、血が通っているみたいに話すのだ。去年、いま玄関ホールのテーブルにのっているノク文化のテラコッタを買ったとき、これのオリジナルは古代ノク人たちが祖先崇拝のために使ったもので、神殿のなかに設置して食べ物を供えたのだとオビオラから教えられた。これもまた（オビオラがいうには、キリスト教に改宗したばかりの、愚かしくも無分別になった）人びとに対して、英国人が、こんな彫像は異教徒的だといって大部分を手荒に持ち去ってしまったのだと。われわれはいつだって自分がもっているものをちゃんと評価しない。オビオラはいつも愚かな国家元首の話で最後を締めくくる。その元首はラゴスの国立博物館へ行ってキュレーターに四百年前の胸像を無理やり放出させて、それをイギリスの女王への贈り物にしたのだ。ときどき彼のいう事実がほんとかなあと思うことがあるけれど、ンケムはだまって聴いている。オビオラがひどく熱っぽく語るために、目が涙でうるんでいるみたいで、まるで泣きださんばかりだから。

来週はなにを持ち帰るつもりかしら、美術品に触れて、オリジナルを想像し、その陰にある暮らしを想像するのがンケムの楽しみになっている。来週になれば、子どもたちがまた電話の声に向かってではなく、そこにいる人間に向かって「ダディ」といえるときがきて、ンケムは夜中に隣りで聞こえる大きないびきに起こされ、バスルームのなかに使用済みのタオルをもう一本見つけることになるのだ。

ンケムはケーブルテレビのデコーダで時刻を確かめる。子どもたちを迎えにいくまでにまだ一時間ある。メイドのアマエチが丁寧に分けたカーテンの隙間《すきま》から陽の光が射し込み、ガラスのセンターテーブルのうえに黄色い長方形ができている。革張りのソファの端に腰かけ、居間を見まわし、つい最近、イーサン内装店からやってきてランプシェードをつけ替えていった配送係のことを思い出す。「すばらしいお家《うち》ですねえ」という
その顔には、あの好奇心にみちみちた微笑《ほほえ》みが浮かんでいて、それは自分もまたいつか
こういうものを獲得できると信じているということだった。ンケムが好きになったのは
アメリカのそういうところ、とてつもない希望にあふれているところだった。
最初、赤ん坊を産むためにアメリカにやってきたとき、彼女は誇らしくて、わくわく
していた。だって、だれもがうらやむリーグのメンバーと結婚したのだから。「自分の
赤ん坊を産む妻をアメリカに送る裕福なナイジェリア人男性」というリーグの仲間入り
をしたのだ。それから、借りていた家が売りに出たので、手ごろな値段だ、われわれが
買おう、とオビオラがいった。ンケムはオビオラが「われわれ」といったのが気に入っ
た。彼女の意見が本当にそこに入っているように聞こえたから。そして自分がもうひと
つ別の「アメリカに自分の家をもつ裕福なナイジェリア人男性」というリーグの一部に
なったことも気に入った。
彼女は子どもたちといっしょに家にいる、とふたりで決めたことは一度もなかった
――アダンナが生まれて三年後にオーケーが生まれた。たまたまだった。彼女は当初、
アダンナが生まれたらコンピュータのコースをたくさん取るつもりでいた。それはいい
考えだとオビオラがいったからだ。そしてオビオラがアダンナを保育園に登録したとき、
ンケムはオーケーを妊娠した。するとオビオラは私立のいい小学校を見つけてきて、近

くでよかった、アダンナを車で送迎するのにほんの十五分しかかからない、といった。自分の子どもが学校で白人の子どもと席をならべるなんて、ンケムは想像したこともなかった。それも、人影もまばらな丘のうえにマンションを所有する親の子どもと。そんな生活を送ることになるなんて思ってもみなかった。だから、ンケムはなにもいわなかった。

最初の数年間、オビオラはほとんど毎月訪ねてきたし、クリスマスごとに子どもといっしょに帰国もした。政府との大規模契約を結ぶことになったとき、オビオラは、訪ねてくるのは夏だけにするといった。滞在期間は二カ月。これまでのように頻繁《ひんぱん》に旅行できなくなったのだ。政府との契約を失う危険をおかしたくなかったし、それからも契約はつづいた。「五十人の有力ナイジェリア人事業家」のひとりに数えられるようになったオビオラは、自分のことを記事にした「ニューズウォッチ」のページをコピーして送ってきた。ンケムはそれを切り取ってファイルした。

ンケムはため息をつき、髪に手を走らせる。もっさりして時代遅れだわ。明日リラクサーで少し変えてみよう、オビオラの好みに合わせて、フリップにして首筋のところで外側にはねあがるようにしよう、と思っていたところだった。それに金曜には、オビオラの好みに合わせて、陰毛に脱毛ワックスをかけて細い線にするつもりだった。玄関ホールへ出て幅の広い階段をのぼり、それからまた階段を降りてキッチンへ行く。クリスマスに子どもたちとラゴスですごす三週間、毎日よくこんなふうに家のなかを歩きまわったものだ。オビオラのクローゼットの匂いを嗅ぎ、オーデコロンの瓶《びん》を撫《な》で、心のなかの疑心を追い払ったものだ。あるクリスマスのイブ、電話が鳴ったのでンケムが出ると、すぐに電話は切れた。「悪ガキのいたずら電話だろ」といってオビオラは笑った。たぶん子どものいたずら電話か、あるいは本当に間違い電話だったのかも、とンケムは自分を納得させた。

二階にもどったンケムはバスルームへ行く。アマエチがタイルを磨くのに使ったばかりのライソールの臭いが鼻をつく。鏡に映った自分の顔をじっと見る、右目が左目よりややちいさい。人魚の目、とオビオラはいう。いちばん美しいのは天使ではなく人魚だとオビオラは思っているのだ。彼女の顔を見ると、みんな決まって、なんて完璧《かんぺき》な卵形、傷ひとつない黒い肌、と感嘆のことばをもらす。オビオラから人魚の目と呼ばれるたびに、さらに美しくなったような気がしたものだった。そんなお世辞が、新品の目を一式あたえてくれるように思えたのだ。

ンケムはアダンナのリボンの先を切りそろえるときに使う鋏《はさみ》をつかみ、頭部に近づけ、髪の房を引っぱりあげて頭皮の近くで切る。親指の爪ほど髪を残して、それをテクスチャライザーでピンとさせてカールをつけるのだ。茶色い綿の小球のような髪の房がふわふわっふわっと白いシンクに落ちかかるのにじっと見入る。さらに切る。髪の房がふわふわっと落ちる。焼け焦げた蛾《が》のようだ。どんどん切る。髪もどんどん落ちる。髪が目に入ってちくちくする。クシャミがでる。今朝、髪をなでつけるのに使ったピンク・オイル・モイスチャライザーの匂いが、以前会ったナイジェリア人女性を思い出させる。イフェインワだったかイフェオマだったか、もう思い出せないけど、デラウェアで行なわれた結婚式で会った女性だ。彼女の夫もナイジェリアに住んでいるという、あの女性も短い髪をしていた、でも、髪はナチュラルで、リラクサーやテクスチャライザーは使っていなかった。

その女性は、まるでンケムの夫と彼女の夫が知り合いかなにかのように、なれなれしく「わたしたちの夫って」と愚痴った。ここにわたしたちを置いておきたいのよね、と彼女はンケムにいったのだ。仕事や休暇で訪ねてはくるけど、大きな家と車といっしょに子どもと妻は残して、メイドをナイジェリアで調達して連れてくる、ここのアメリカ人を雇って途方もない賃金を払わなくてもいいように。それで、ナイジェリアのほうが仕事がうまくいくから、なんていって。でも、たとえここで仕事がうまくいっても、ここに腰を落ち着けたりしない、なぜかわかる？　アメリカは「ビッグマン」を認めないからよ。アメリカじゃ「サー！　サー！」なんてだれも呼ばないし、腰をおろすまえに椅子のところに飛んでいって埃《ほこり》をはらったりしないものね。

ンケムがその女性に、国に帰るつもりかとたずねると、彼女は振り向いて、あなた裏切るつもり、とでもいうような呆れ顔をした。だって、いまさらどうやってナイジェリアで暮らせるの？　と彼女はいった。ここの暮らしがこんなに長くなったら、もうむかしの自分にはもどれない、あの国の人とは違ってしまったんだから。子どもたちをあのなかに混ぜるなんてできる？　ンケムは、大きく剃り込んだ彼女の眉毛《まゆげ》は好きになれなかったけど、いってることは理解できた。

ンケムは鋏を下に置き、髪を掃除させるためにアマエチを呼ぶ。

「奥さん！」とアマエチが甲高い声をあげる。「チム・オ（あれ、まあ）！　どうして髪を切ったんですか？　なにがあったんですか？」

「わたしが髪を切るのに、なにかなくちゃいけないわけ？　髪をかたづけて！」

ンケムは部屋にもどる。キングサイズのベッドにかかった、つやのあるペーズリー織りのカバーをじっと見る。どれほどアマエチが苦労しても、ベッドの片側が平らなことは、一年に二カ月しか使われないという事実は、隠しきれない。ナイトテーブルにはオビオラ宛の郵便物がきちんと積んである。クレジットカードの利用明細書、眼鏡店のちらし。重要な人たちはオビオラがナイジェリアに住んでいることを知っているのだ。

ンケムは部屋を出て、バスルームのそばに立つ。アマエチが髪を丁重にかたづけている。茶色の髪の房を、そこに底知れぬ力が秘められているみたいに、やたら丁寧にちりとりに集めている。あんなふうにきつくいわなければよかったとンケムは思った。アマエチが来てから数年のあいだに、女主人とメイドの境界があいまいになってしまった。アメリカというのはそういう場所だ、と彼女は思う。平等主義を押しつけてくる。話し相手がよちよち歩きの子どもしかいないので、ついメイドと話すことになる。そして気がつかないうちに友だちになってしまっている。自分と同等の。

「ちょっと嫌なことがあったの」少し間をおいて「ごめんなさいね」とンケムはいう。

「わかってます、奥さん。顔に書いてありますよ」アマエチはそういって微笑む。

電話が鳴る。オビオラだ。ンケムにはわかる。こんな遅い時刻に電話してくる人はほかにいない。

「やあ、ケドゥ（どうしてる）？」とオビオラ。「もっと早い時間にかけられなくて、すまない。アブジャからいま帰ったところだ。大臣との会見があって。フライトが深夜にずれこんで、もう午前二時だよ。まったく」

ンケムは同情するような受け答えをする。

「アダンナとオーケーは、クワヌ（どうだ）？」

「元気よ。眠ってるわ」

「おまえは具合でもわるいのか？　だいじょうぶか？　なんだか声が変だぞ」

「わたしは元気よ」子どもたちの日課のことを話したほうがいいのはわかっている、夜遅く彼が電話をかけてきて子どもたちと話したがるとき、いつもそうするように。しかし舌が腫《は》れたみたいにずっしり重くなっていて、ことばが出てこない。

「今日の天気はどうなの？」

「だんだん暖かくなってきてるわ」

「俺が行く前にすっかり暖かくなっていてほしいもんだな」といってオビオラは笑う。

「今日、フライトの予約を入れた。みんなに会うのが待ち遠しいよ」

「あなたは……？」と彼女がいいかけるとオビオラがそれをさえぎるようにいう。

「ああ、もう切らなくちゃ。連絡がくることになってる。大臣の個人秘書が電話をかけてよこすって、こんな時間に！　愛してるよ」

「愛してるわ」電話はもう切れているのに、ンケムはいう。オビオラの姿を思い描こうとするが、彼が家にいるのか、車なのか、それともどこかほかの場所にいるのかわからないので、思い浮かばない。そして、ふと、あの人はひとりかしら、と思う。それとも髪を短くカールした女といっしょかしら。ンケムの心がナイジェリアの、あの寝室のなかをさまよう。クリスマスがくるたびに、いまだにホテルの部屋のように感じる、彼女とオビオラの寝室のなかを。その女は眠りながら彼女の枕をつかむのだろうか？　女のうめき声が化粧台の鏡にはねかえっているのだろうか？　まだ独身のころのンケムを妻帯者のボーイフレンドが妻の出かけた週末に家に連れていったときのように、その女はつま先立ってバスルームまで歩いていくのだろうか？

オビオラと出会う前のンケムは妻帯者の男たちとデートしていた――ラゴスの独身女性でそうしない人なんているかしら？　ビジネスマンのイケンナは、ンケムの父親がヘルニアの手術をしたあと病院の治療費を払ってくれた。退役将軍のトゥンジは、彼女の両親の家の屋根を修理してくれて、両親にとって初めての本物のソファを買ってくれた。

ンケムはよく彼の第四夫人になることを考えた――イスラム教徒だったからプロポーズすることもできたのだ――そうなれば弟や妹の学費を出してもらえる。結局、彼女はアダ（長女）だったのだ。だから、最初に生まれた娘として期待されることがなにもできないことに、両親がまだ焦土のような農場で苦労していることに、弟や妹がバスやトラックの発着場でいまだにパンを売り歩いていることに、挫折よりむしろ屈辱を感じていたのだ。でも、トゥンジはプロポーズしてこなかった。そのあともつきあった男は何人かいた。彼女の赤ん坊のような肌を褒めた男たち、その場しのぎのちょっとした金をくれた男たち、ンケムが大学ではなく秘書学校しか出ていないためにプロポーズしてこなかった男たち。完璧な顔だけれど英語の時制をごちゃ混ぜにする、とどのつまりは「ブッシュ・ガール――田舎娘」だったから。

そんなときオビオラに出会ったのだ。ある雨の日に、広告会社の受付フロアに入ってきたオビオラに、彼女が「いらっしゃいませ、サー。なにかお手伝いしましょうか？」というと、「そうね、雨が降るのを止めてほしいな」と彼はいった。人魚の目、初めて会った日にオビオラはそういった。彼は、ほかの男たちのように、私的なゲストハウスで彼女と会いたいとはいわなかった。むしろおおっぴらに夕食にラグーン・レストランへ連れていって、だれもが彼女の姿を見ることができるようにした。彼女に家族のことをきいた。彼女には酸《す》っぱく感じられるワインを注文して、「そのうち好きになるさ」といったので、ンケムは即座にワインが好きになることにした。彼女はオビオラの友人の妻たちとは全然似ていなかった。海外へでかけていって、ハロッズでばったり出くわす妻たち。そのことにオビオラが気がついて彼女から去っていくのではないかと息を殺して待った。でも、数カ月がすぎると、オビオラは彼女の弟や妹が学校へ通えるように手配し、ボートクラブの友人たちに彼女を紹介し、オジョタの独立型アパートからイケジャにあるバルコニー付きの本物のフラットへ彼女に引っ越しをさせた。結婚してくれないかと彼がいったとき、そんなプロポーズなんか必要ないのに、ただそうする、と命じるだけでいいのに、と思うほど彼女は幸せだった。

いまンケムは、ふたりのベッドでオビオラの腕に抱かれている女のことを想像して、烈《はげ》しい独占欲を感じる。受話器を置いて、アマエチにすぐにもどってくるといって、彼女はテクスチャライザーを一箱買いにウォルグリーンまで車を走らせる。車にもどると灯《あか》りをつけて、箱の写真を、きっちりカールした髪の女たちを凝視する。

ジャガイモの皮を剝《む》くアマエチをンケムは見ている。薄い皮が、透明な、茶色いらせんになって垂れていく。

「気をつけて。ずいぶん薄く剝いてるわよ」

「ヤムイモの皮を厚く剝きすぎると、母さんにその皮をこすりつけられたもんですよ。何日もかゆかった」そういってアマエチは短く笑い、ジャガイモを四つに切っている。故郷では彼女もヤムイモをジ・アクウクというポタージュに使ったものだけど、ここのアフリカ食品店ではヤムイモはまず手に入らない――本物のアフリカン・ヤムはないのだ。アメリカのスーパーマーケットでヤムイモとして売られているのは筋の多いサツマイモだ。ヤムイモのイミテーションね、とンケムは笑う。アマエチに、ふたりの子ども時代がとてもよく似ているといったことはない。ンケムの母親はヤムイモの皮を肌にこすりつけたりはしなかったけれど、当時はヤムイモさえほとんどなかった。あったのは間に合わせの食べ物だ。母親がだれも口にしないような草の葉っぱを摘んで、スープを作り、これは食べられると言い張ったことをいまでも覚えている。ンケムはいつも、それがおしっこの味がするような気がした。なぜなら、近所の男の子たちがその草の茎におしっこを引っかけるのをいつも見ていたから。

「ほうれん草を使ったほうがいいですか、乾燥オヌグブのほうがいいですか？」とアマエチがきく。料理をするときにンケムがそばにきて座っていると、アマエチはかならずきいてくる。「赤タマネギにしますか、それとも白いのがいいですか？　ブロスはビーフですか、チキンにしますか？」

「どっちでも好きなほうを使って」とンケムはいう。アマエチが投げてよこす視線をンケムは見逃さない。いつものンケムなら、あれにしなさい、これにしなさい、というからだ。なぜわたしたちはこんなへたな芝居をしているのかしら、と考える。気づかないふりをしているのはどっちかしら、いまでは台所仕事はアマエチのほうがよほど心得ているのは、ふたりともよくわかっているのに。

ンケムはアマエチがシンクでほうれん草を洗うのを観察する。はちきれそうな肩のあたり、幅の広いがっしりした腰。オビオラがアメリカに連れてきた、内気だけれど好奇心いっぱいの十六歳の少女のことを思い出す。何カ月も、皿洗い機に目をまるくしていたっけ。オビオラはアマエチの父親を運転手として雇っていたことがあり、彼にオートバイを買いあたえた。そのときアマエチの両親が地面にひれ伏し、オビオラの両脚をつかんで感謝したのには困り果てたといっていた。

アマエチがほうれん草の入った水切りボウルを振っているあいだに、ンケムが「あなたのご主人のオビオラが、ガールフレンドをつくってラゴスの家に住まわせてる」という。

アマエチが水切りボウルをシンクに落とす。「えっ？」

「聞こえたでしょ」ンケムとアマエチが話すのは、子どもたちがアニメの「ラグラッツ」ではどのキャラクターの真似《まね》をいちばん頻繁にやるか、ジョロフライスにするお米は「バスマティ」よりも「アンクル・ベンズ」のほうがいい、年長者に対するアメリカの子どもの口のきき方がまるで同年代の者としゃべるときとおなじだ、といったことだ。でもオビオラのことは、彼がなにを食べるか、彼のシャツをどう洗濯するか、いつ彼がやってくるか、ということ以外は話したことがない。

「どうしてわかったんですか？」振り向いてンケムを見ながら、沈黙を破ったのはアマエチだった。

「友だちのイジェママカが電話してきて、教えてくれた。ナイジェリアから帰ったばかりだって」

アマエチは大胆な目差しでンケムを見ている。まるでンケムのいったことを撤回しろといわんばかりだ。「でも奥さん——その人が確かめたんですか？」

「あの人、そんなことでわたしに嘘《うそ》はつかないよ」といってンケムは椅子の背にもたれる。ばかばかしい。夫のガールフレンドが自分の家に引っ越してきたとすぐに認めるなんて。たぶん疑ってみるべきなのだ、イジェママカの冷たい嫉妬心《しっとしん》を思い出すべきなのだ、いつだってイジェママカは彼女を中傷するような言い方をするんだから。でもそんなことはどうでもいい、それは本当だとンケムにはわかるのだ、知らない人が彼女の家《ホーム》にいる。それに、高い門の背後に大邸宅がひっそり隠れている、そんなラゴスのヴィクトリア・ガーデン・シティ地区にある家《ハウス》が自分の家《ホーム》だというのが、どうしてもピンとこない。ここが家《ホーム》なのだから、この、フィラデルフィア郊外の茶色い家、夏はスプリンクラーが完璧な水のアーチを描くこの家が。

「だんなさんが来週やってきたときに、奥さん、そのことを話したらいいですよ」アマエチは諦《あきら》めたように、鍋に植物油を注ぎながらいう。「その女の人に家から出ていってもらうように。そんなの変ですから、奥さんの家にそんな女の人を入れるなんて」

「それで、あの人がその女を放り出したあとは？」

「奥さんが許してあげればいいです。男の人なんてそんなもんですから」

ンケムはアマエチをじっと見る。この子の、青いスリッパにくるまれた足は、すごくしっかりしてる、足裏をぺったりと床につけて。「わたしがもしも、ガールフレンドがいるっていっただけだったら、どう？　家に引っ越してきたわけじゃなくて、ただ彼にガールフレンドができただけだって、そういったとしたら？」

「わかりません」アマエチはンケムの視線を避けている。熱した油にスライスしたタマネギを投げ込んで、ジュージューという音に後ずさりする。

「オビオラにはこれまで、いつもガールフレンドがいたこと、知ってるのね。そうなのね？」

アマエチはタマネギをかきまぜている。その手が震えているのがンケムにはわかる。

「そういわれても、あたし、こまります」

「あなたと話をしたいと思わなければ、こんなことわざわざいったりしなかったわ」

「でも、奥さんもご存じなんでしょ」

「なにを？　なにを知ってるって？」

「ご主人のオビオラさんにガールフレンドがいることですよ。口に出したりしませんけど。でも、心のなかじゃ、わかってらっしゃるんでしょ」

ンケムは左耳にチリチリと不快な痛みが走るのを感じる。わかるというのは、本当は、どういうことなんだろう？　ほかの女のことを具体的に考えようとしないことが、そんなことありえないと深く考えようとしないことが——それが、わかっているということなんだろうか？

「ご主人のオビオラさんはいい人ですよ、奥さん、あなたを愛してらっしゃる、奥さんをただ利用しようとしているわけじゃありませんから」アマエチは鍋を火からおろして、ンケムをじっと見た。アマエチの声がやわらかく、ほとんどまるめこむような調子になる。「女の人たちはみんなうらやましがってます、お友だちのイジェママカさんだって妬《や》いてるのかもしれませんよ。たぶん、本当のお友だちじゃないのかもしれない。耳に入れたりしないほうがいいことだってあるんですから。奥さんが知らないほうがいいことだってあるんです」

ンケムは短くカールした髪に手を走らせる、さっき使ったテクスチャライザーとカールアクティベイターでべたべたしている。それを洗うために立ちあがる。彼女も、知らないのが最良ということだってあるというアマエチのいうことに賛成したいけれど、だんだん、よくわからなくなる。イジェママカが話してくれたのはそれほど悪いことではないかもしれない、とンケムは思う。「なぜ」イジェママカが電話してきたか、そんなことはもうどうでもいい。

「ほら、ジャガイモが」と彼女はいう。

その夜遅く、子どもたちを寝かせてから、ンケムはキッチンの電話を取りあげ、十四桁《けた》の電話番号を押す。彼女からナイジェリアに電話することはほとんどない。オビオラのほうがいつもかけてくるのだ。国際電話の料金はワールドネットの携帯電話のほうが安いからだ。

「ハロー、こんばんは」男の声だ。教育を受けていないことが、イボ語の田舎なまりでわかる。

「アメリカから、自分の家にかけているのよ」

「ああ、奥さま！」緊張した声になる。「こんばんは、奥さま」

「だれなの？」

「ウチェンナです、奥さま。新しいハウスボーイです」

「いつからそこにいるの？」

「二週間前からです」

「だんなさまはいる？」

「いいえ、アブジャからまだもどってらっしゃいません」

「ほかにだれかいる？」

「はあ？」

「ほかにだれがいるの？」

「シルヴェスターとマリアがいます、奥さま」

ンケムはため息が出た。もちろん執事と料理人がいることは知っている、ナイジェリアはいま真夜中だ。でも、この新しいハウスボーイはなんだかためらいがちに話していないだろうか、オビオラはこの新しいハウスボーイのことを教えてくれるのを忘れたのだろうか？　カーリーヘアの女はそこにいるのか？　それともアブジャまでオビオラの仕事の旅にくっついていったのか？

「ほかにだれかいるの？」ンケムは再度きく。

ちょっと間があく。「奥さま？」

「シルヴェスターとマリアのほかに、家にだれかいるのかってきいてるのよ」

「いいえ、奥さま。いません」

「たしかね？」

さらに長い間があく。「はい、奥さま」

「オーケー、わたしから電話があったとだんなさまに伝えて」

ンケムはガシャリと受話器を置いた。こんなふうになってしまった、と思った。自分の夫をスパイして、新しくきたハウスボーイから、会ったこともない使用人から聞き出そうとしている。

「少しなにか飲みましょうか？」アマエチが、ンケムをじっと見ながらきく。かすかに目尻のあがったアマエチの目がうるんでいるのは憐れみだろうか。少しなにか飲むのはンケムとアマエチふたりの習慣になっている。もう何年になるだろう、ンケムがグリーンカードを取得した日からだ。その日ンケムは、子どもたちが寝ついてから、シャンパンのボトルをあけてアマエチと自分のために注いだ。「アメリカに乾杯！」とンケムがいうあいだ、アマエチは大きな声で笑いつづけた。これでもうアメリカに帰るたびにヴィザの申請をしなくてすむ。アメリカ大使館で、ことばだけは丁重だが人を見下すような質問を我慢せずにすむ。パリッとしたプラスチックカードのせいで写真の彼女はひどく不機嫌に見える。いまでは本当にこの国に属するようになったのだ。好奇心とぞんざいさの混じったこの国に、夜中にドライブしても武器を持った強盗に襲われる心配をせずにすむこの国に、レストランでは一人の客に三人分の食べ物が出てくるこの国に。

それでもンケムは故郷が恋しい。友だちが、まわりで飛び交っていたイボ語やヨルバ語やピジン英語の抑揚が恋しい。そして、雪が通りの黄色い消火栓を白く被うと、ラゴスの太陽が恋しくなる。雨が降っても照りつけるあの太陽。ときどき故郷にもどることを考えたこともあるけれど、本気ではなかったし、具体的に考えたことは一度もない。隣人といっしょに週二回フィラデルフィアの「ピラティス体操」のクラスに通っているし、子どものクラスのためにクッキーを焼くと、いつも彼女の焼いたクッキーがいちばん人気だ。銀行はドライブイン式じゃなければと思う。アメリカが彼女のなかで大きく成長して、皮膚の内側まで根をはりめぐらしている。「そうね、少しなにか飲もうか。冷蔵庫にワインがあるから、グラスをふたつ持ってきて」とンケムはいう。

陰毛はワックスで脱毛処理しなかったので、脚と脚のあいだに細い線がないまま、オビオラを迎えに空港へ車を走らせる。バックミラーで後部座席にシートベルトをして座っているオーケーとアダンナを見る。ふたりとも今日は、まるで母親の心を見透かしているみたいに静かだ。ンケムの顔に笑顔はない。以前はオビオラを迎えにいく車のなかで大きな笑い声をたてたものだ。オビオラを抱きしめ、彼が子どもたちを抱きしめるのをじっと見ていたものだ。初日はチリズかどこかのレストランで外食と決まっていて、オビオラは子どもたちがもらったメニューに色を塗るのを観察した。家に帰ってオビオラからプレゼントを渡された子どもたちは、新しい玩具で夜遅くまで遊んだのだ。ンケムのほうは、彼が買ってくれた新しい香水を、頭痛がするほど強烈であっても、それをつけて、一年のうちたった二カ月しか着ないレースのナイトドレスを着てベッドに行ったものだった。

オビオラはいつだって子どもたちができるようになったことに驚いてみせた。なにが好きでなにがきらいかといったことにも。それはみんなンケムがすでに電話で伝えてあったことなのに。軽いあざをつけたオーケーが駆けていくと、オビオラはそこにキスしてから、傷にキスするという珍奇なアメリカの慣習に大笑いした。そして「唾《つば》をつけるとこれは治るかな？」ときくのだった。友人が訪ねてきたり電話がかかってきたりすると、オビオラは子どもたちに、おじさんにご挨拶しなさい、といったけれど、その前にその友人たちに向かって「この子たちがしゃべる、すごくビッグな英語が理解できることを祈るよ、もうすっかりアメリカーナなんだ！」とからかった。

空港では子どもたちがこれまでどおりオビオラを抱きしめ、おおはしゃぎしながらンケムはそれを見ている。もらった玩具と夏の旅行に夢中になっていた子どもたちは、やがて、一年にわずか数回しか会えない父親を質問ぜめにしはじめるのだろう。ンケムの唇にキスしてからオビオラは、うしろに身をそらしてまじまじと見る。彼の風貌《ふうぼう》は変わらない。背が低く、ごくありふれた明るい肌をした男が高価なスポーツジャケットに紫色のシャツを着ている。「ダーリン、元気か？　髪を切ったのかい？」ンケムは肩をすくめる——子どもたちのことをまず見てやってよ、という意味のジェスチャーだ。アダンナはオビオラの手を引っぱって、ダディのお土産《みやげ》はなにか、車のなかでスーツケースを開けてもいいか、ときいている。

「ダディー！」と叫ぶ。

夕食後、ンケムはベッドに腰かけて「イフェのブロンズの頭像」をあれこれ調べる。オビオラが本当にブロンズでできているといったのだ。錆《さび》が浮き、等身大で、ターバンを巻いている。オビオラが初めて持ち帰ったオリジナルだ。

「これは注意してあつかわなきゃいけないな」と彼はいう。

「オリジナルね」と彼女はいって驚き、顔に深く刻まれた平行線を指でなぞる。

「こういうのは十一世紀のもあるんだが」とオビオラ。ンケムの隣りに腰かけて靴を脱いでいる。声が高揚している。「だがこれは十八世紀のものだ。すごいよ。高いだけのことはある」

「どんなことに使われたのかしら?」

「王様の宮殿を装飾するためだろ。たいてい王様を記念するか讃えるために作られたものだから。完璧じゃないか?」

「ええ」とンケム。「きっとこれもひどいことをした結果なんでしょうね」

「えっ?」

「ベニンの仮面をつくったときにやったようなこと。首を手に入れるために人を殺したんだって教えてくれたじゃない。王様を埋葬するために」

オビオラの視線がじっと彼女に注がれた。

彼女は指先でそのブロンズの頭部を軽くつついて、「あの人たちは幸せだったと思う?」ときいた。

「あの人たちって?」

「王様のために人を殺さなければならなかった人たち。きっと、その制度を変えられたらいいのにと思ったんじゃないかしら。幸せだったとは思えない」

オビオラは頭をかしげながらンケムをじっと見ている。「まあ、九百年もむかしのことだから、いまのおまえがいうような意味の幸せってのじゃなかったかもしれないな」

ンケムはブロンズの頭像を下に置く。オビオラにとって「幸せ」というのはどういう意味なのか、ききたいと思う。

「どうして髪を切ったんだ?」オビオラがきいてくる。

「気に入らないの？」

「長い髪が好きだったんだがなあ」

「短い髪はきらい？」

「なんで切ったの？ それがアメリカの新しい流行なのか？」とオビオラは笑って、シャワーをあびるためにシャツを脱ぐ。

お腹《なか》まわりがまた変わった。以前よりもっとまるく、もっと大きくなっている。放縦のきわみをあらわす中年のこんな露骨なしるしに、二十代の女性たちはどうして耐えられるんだろうとンケムは思う。以前つきあっていた既婚の男たちはどうだったかしら。オビオラみたいな太鼓腹だったかしら。思い出せない。すると突然、彼女はなにも思い出せなくなる。自分の人生がどこに行ってしまったのか思い出せないのだ。

「あなたが気に入ると思ったの」

「おまえのきれいな顔ならなんでも似合うよ、でも前の長い髪のほうが好きだったな。また伸ばせばいいさ。ビッグマンの妻には長い髪のほうが優雅に見える」彼は「ビッグマン」のところで顔をちょっとしかめて、大声で笑う。

いま素っ裸になったオビオラが身体を思い切り伸ばしている。腹部が出たり引っ込んだりするのをンケムはじっと見る。最初のころはいっしょにシャワーをあびたものだった。ひざまずいて彼を口に含み、そうすることで、湯気に包まれていることで、興奮した。でも、いまはちがう。オビオラの腹部のように彼女はまるくなり、従順になり、受け身になってしまった。歩いていって浴室に入る彼をじっと見つめる。

「一年分の結婚生活を、夏の二カ月と十二月の三週間につめこむことなんて、できるものかしら？　結婚生活をそんなふうに圧縮できるものかしら？」

オビオラがトイレの水を流して、ドアを開ける。「なに？」

「ラブバ（なんでもないわ）」

「シャワーをあびよう」

ンケムはテレビをつけて、聞こえなかったふりをする。短いカーリーヘアの若い女のことを考える、その女はオビオラといっしょにシャワーをあびるのかな。想像してみようとするが、ラゴスの家のシャワールームを思い描くことができない。きらきらした装飾、でも自分はホテルのバスルームと混同しているのかもしれない。

「どうした？　いっしょにシャワーだ」バスルームから首を出してオビオラがいっている。ここ一、二年はそんなことはいわなかった。ンケムは服を脱ぎはじめる。

シャワーをあびながら、彼の背中を石けんで洗い流しはじめたとき、ンケムはいう。「わたしたち、ラゴスでアダンナとオーケーのための学校を見つけなきゃいけないと思うの」そんなことをいうつもりはまったくなかったのに、それはどうやら正しいことで、自分がずっといいたかったことのように思える。

オビオラが振り向いてまじまじと彼女を見る。「なんだって？」

「わたしたち、学校のいまの年度が終わったらもどるつもり。もどってラゴスに住むの。わたしたち、帰国する」彼女はゆっくりとしゃべる。彼を納得させるために、と同時に、自分自身をも納得させるために。その間もオビオラは彼女をじっと見ている。わかっている、自分がこんなふうにはっきりとものをいうのを、断固とした態度でものをいうのを、この人が耳にするのは初めてなのだ。初めて会ったときオビオラが自分に惹《ひ》かれたのはそのためだったのかも、この女なら彼に従う、この女なら彼が勝手にふたりの意見だとしてものをいえる、そう思ったからかも。

「ここでは、わたしたち、休暇をいっしょにすごせばいい」ンケムは「わたしたち」のところを強調していう。

「なにを……なんでまた？」とオビオラ。

「わたしの家で新しいハウスボーイが雇われるときは知っていたいから」とンケム。「それに、子どもたちにはあなたが必要」

「おまえがそう望むなら」ついにオビオラが口を開く。「それについて話をしよう」

ンケムは静かに彼の身体の向きを変えて、石けんで背中を洗いつづける。話すことなんてもう残っていない、ンケムにはわかっている。もう話はしたんだから。

ひそかな経験

まずチカが店の窓をよじのぼってなかに入り、その女がよじのぼるあいだ鎧戸《よろいど》を押さえている。店は暴動が始まるずっと前から廃屋になっていたようだ。からっぽの木の棚が何列もならんで黄色い埃《ほこり》をかぶっている。隅に積みあげられた金属容器にもびっしり。女が店は狭い。チカが家で使っているウォークイン・クローゼットよりも狭いくらい。女が店に入り、チカが手を離すと窓の鎧戸が軋《きし》む。チカは手が震えて、ふくらはぎが燃えるよう。市場からハイヒールのサンダル履《ば》きでよろけながら走ってきたのだ。チカは女にお礼をいいたい。必死で駆け抜けようとしたとき女は「そっち走っちゃダメ！」といって、彼女をこのからっぽの店へ連れてきてくれたのだ。ここなら隠れていられそう。ありがとう、とチカがお礼をいう前に女が首筋に手をあてて「ネックレスがない、走ってるときだ」という。

「わたしもぜんぶ落としちゃった」とチカ。「オレンジを買ってたのに、オレンジもハンドバッグも落としちゃった」そのハンドバッグはつい最近、母親がロンドンに旅行したときにチカのために買ってきた本物のバーバリーだったことはいわずにおく。

女がため息をつく。ネックレスのことを考えているのかなとチカは思う。たぶん、糸にプラスチックのビーズを通したものだ。女には強いハウサなまりはないけれど北部出身者だとチカにはわかる。顔がほっそりしてるし、頬骨《ほおぼね》が異様に突き出している。それにスカーフのせいでイスラム教徒だとわかる。いまは首のまわりに垂れているけれど、おそらく前は顔のまわりにゆったりと巻きつけられて両耳を被っていたはずだ。長くて薄い、ピンクと黒のスカーフ。安物のけばけばしい美しさ。女のほうもわたしを観察してるかな、薄い色の肌のせいで、母親がつけなさいといってきかない銀のフィンガー・ロザリオのせいで、イボ人でキリスト教徒だとわかるかな、とチカは考える。あとになってチカは、女と話をしているそのとき、イスラム教徒のハウサ人がキリスト教徒のイボ人を長刀でめった切りにし、石で打ちのめしていたことを知る。でもいまは「声をかけてくれてありがとう。なにもかもあっという間で、みんな走ってて、いきなり独りになって、自分でもなにしてるのかわからなかった。ありがとう」という。

「ここは安全」という女の声はやわらかくて、ささやくような声に聞こえる。「あいつら、こんなちっこい店にこない、おっきな店と市場だけ」

「そうね」といったものの、チカには同意する根拠も反論する根拠もない。暴動の知識など皆無なのだ。彼女が行き合わせたいちばん最近の騒ぎといえば、数週間前に大学で民主化要求のために開かれた集会くらいで、そのときはチカも色鮮やかな緑の枝を握って「軍事政権は退陣しろ！ アバチャは辞めろ！ いまはデモクラシーだ！」と声を合わせてみんなと叫んだ。それに、もしも姉のンネディがオーガナイザーのひとりでなければ、その集会だって参加していたかどうかあやしかった。ンネディは寮という寮を訪ねて、学生たちにチラシを手渡し、「われわれが声をあげる」ことの重要性を説いてあるいていた。

チカの手がまだ震えている。ほんの半時前《はんとき》はンネディといっしょに市場にいたのだ。彼女がオレンジを買っているあいだ、ンネディがピーナッツを買いに市場の奥へ入っていったそのとき、叫び声が聞こえてきた。ピジン英語で、ハウサ語で、イボ語で。「暴動だ！ 騒ぎになるぞ！ ああ！ 人が殺された！」それからまわりの人たちがどっと走り出した。だれかれかまわず押しのけて、ヤムイモを山積みにした荷車をひっくり返して、値切りに値切ってようやく買った傷物野菜を放り出して。チカも汗と恐怖の入り交じった臭いを感じながら走った。広い通りを何本も横切り、この細い路地に駆け込み、ここも危ないか、と感じていた矢先に女の姿が見えたのだ。

チカと女はしばらく無言で店のなかに立って、よじのぼって入ったばかりの窓から外を見る。木製の鎧戸が風でばたついている。最初は静かだった通りから、駆けてくる足音が聞こえる。ふたりはとっさに窓から離れたが、それでもチカには通りすぎていく男と女の姿が見える。女はラッパー（腰から下を巻く布）を膝《ひざ》までたくしあげて、背中に赤ん坊をくくりつけている。男が早口のイボ語をしゃべっているのがチカの耳にも聞こえるけれど、「あの子はおじさんの家に駆けもどってるかもしれない」というところしか聞き取れない。

「窓を閉めて」と女はいう。

チカが窓を閉めると通りから風が入らなくなって、急に屋内の埃っぽさがひどくなり、頭上でもくもくしているのが目に見えるくらいだ。部屋は風通しがわるく、外の通りの臭いとはまるでちがう。クリスマスの季節にあたりに漂う空色の煙のような臭い、屠《ほふ》った山羊《やぎ》をまるごと火のなかに入れて皮から毛だけ焼き取るときの臭いだ。通りをやみくもに走ってるときは、ンネディがどっちへ行ったのかよくわからなかったし、隣りを走っている人が仲間なのか敵なのかわからなかったし、慌てた母親たちからはぐれてうろたえる子どもを立ち止まって抱きあげるべきかどうかもわからなかったし、もうだれがだれか、だれがだれを殺しているのかさえわからなかった。

あとになってチカは、焼け焦げた車の残骸《ざんがい》や、窓と窓ガラスのあったところがぎざぎざの穴になってるのを見ることになって、街のあちこちで燃える車がピクニックの焚火《たきび》のよう、多くを見すぎたものいわぬ目撃者のようと思うことになる。あとになってチカは、あれは停車場で始まったのだと知ることになる。ひとりの男が道ばたにころがっていた一冊の聖典コーランを轢《ひ》いてしまい、その男がたまたまキリスト教徒のイボ人で、そばにいた男たちが、そこに座り込んで一日中チェッカーをして遊んでいた男たちが、たまたまイスラム教徒で、その男をピックアップトラックから引きずり降ろして、長刀の一振りで首を刎《は》ねて、その首を市場に持っていって、みんな加われ、不信心者が聖典を汚《けが》したぞ、といったのだ。チカはその男の首を、死んで灰色になった皮膚を想像して、床にうつ伏して胃が痛くなるまで吐くことになる。でもいまは「まだ煙の臭いがする?」と女にたずねる。

「するよ」と女はいって、巻いていた緑色のラッパーをほどいて埃だらけの床に広げる。身につけているのはブラウスとかすかに光る黒いスリップだけで、それも縫い目がほつれている。「こっち来て、座って」

チカは床のうえの擦《す》り切《き》れたラッパーを見る。たぶん女がもっている二枚のうちの一枚だ。チカは自分が着ているデニムのスカートと、自由の女神の像をエンボス加工した赤いTシャツを見下ろす。どっちもンネディといっしょにニューヨークに住む親戚のところで数週間すごした夏に買ったものだ。「だめよ、あなたのラッパーが汚れるわ」

「座って」と女はいう。「あたしたち、ここで長いこと待つんだから」

「どれくらいか、わかります……?」

「今晩か、明日の朝までか」

チカは手をあげて額にあてる。マラリアの熱を調べるみたいに。いつもなら冷たい手のひらで気分が落ち着くのに、今度ばかりはその手が汗で湿っている。「ピーナッツ買ってる姉さんを置いてきてしまった。いまどこにいるかわからない」

「安全なとこにいってるよ」

「ンネディ」

「えっ？」

「姉さんの名前、ンネディっていうの」

「ンネディか」と女がくり返すと、そのハウサ風の発音がイボ語の名前を羽根のようなやさしさで包む。

あとになってチカは、ンネディを探して病院の死体置き場をしらみつぶしに調べてまわり、先週ある結婚式でンネディと撮った写真を握りしめて新聞社へ出かけていくことになる。シャッターが切られる間際にンネディがつねったもんだから半笑いした間抜け顔が写っている写真。ふたりしてよくマッチした肩の出るアンカラドレス（フィットタイプのドレスで裾がマーメイド風）を着ている。その写真をコピーして市場と近くの店という店の壁にテープで貼るのは、ンネディが見つからないのは、絶対にンネディを見つけられなくなるのはずっとあとのことで、いまチカは女にいう。「ンネディといっしょに先週おばさんを訪ねてここにきたの。学校が休みになったんで」

「どこの学校、いってる？」と女はたずねる。

「ラゴス大学。わたしは医学、ンネディは政治学」チカは、大学に行くってどういうことかこの人にわかるのかなと思う。それに、学校といったのは、いま自分が必要とする実感に中身をあたえるためだったのかも——ンネディは暴動のせいで行方不明になったりしてない、ンネディはどこか安全な場所にいて、きっといつもの調子で大きな口を開けて笑いながら、いつもの政治的主張を唱えていると実感したかったのかもと思う。たとえば、将軍アバチャの政権がどのように外交力を駆使して政権がアフリカ諸国に合法的と思われるようにしているか。あるいは、こんなに多くの人がブロンドのヘアアタッチメントをつけていることが英国植民地主義の直接的な結果なのだ、といったふうに。「おばさんのところに来てまだ一週間、カノに来たのは初めて」といってからチカは気づく。自分はいま思っているんだ――自分や姉が暴動に襲われるなんて、こんな暴動は新聞で読むものだったのに、こんな暴動は他人に起きることだったのに、と。

「おばさん、市場にいる？」と女がきく。

「いいえ、職場にいる。連邦事務局の部長だから」チカはまた持ちあげた手を額にあてる。しゃがんで腰をおろして女のそばに身を寄せる。自分の身体がぜんぶラッパーのうえにのるように。ふだんならここまで近づきはしない。女の身体からなにか匂いがする。なにかきつい匂い、ハウスガールがベッド用シーツ類を洗うときに使う棒石けんのような匂いだ。

「あんたのおばさん、安全なところいってる」

「ええ」とチカはいう。そんな会話はなんだかシュールだ。どこか自分が慎重になってる気がする。「まだ信じられない、こんなことが起きるなんて、この暴動」

女はじっと前をにらんでいる。女はなにもかも長くてほっそりしている。前にのばした両脚、爪がヘナで染まった指、そして足。「悪魔のしわざだ」やっと女が口を開く。この人は暴動のことをそんなふうに考えるのか、暴動を悪魔のしわざとしか思わないのか。ンネディがここにいたらいいのに、とチカは思う。ンネディのココアブラウンの目がきらりと光って、唇がすばやく動き、こういう暴動みたいなことは真空地帯から起きるわけではなくて、宗教や民族の差異がしばしば政治化されるのは飢えた被支配者たちがたがいに殺し合えば支配者が安全だからだ、と説明するのを想像する。それから、この女の人の心はそんなことが理解できるほど広くないかもしれないと思い、そう思ったことにチクリとやましさを覚える。

「いま学校で病気の人みてる？」と女がたずねる。

チカは自分が驚いたことを悟られないよう、すばやく視線をそらす。「臨床？　ええ、去年から始まった。付属病院で患者をみてるわ」彼女は自分が不安感に襲われることはいわずにおく。六、七人の医学生のグループの後ろで身を縮めるようにして、シニア研修医の目を避けながら、患者を診察して鑑別診断をするよういわれなきゃいいが、と思うことまではいわない。

「あたしは商売をやってる。タマネギを売って」

チカはその声に皮肉や非難の響きがないか耳を澄ますけれど、それはない。声はやさしく、低く、女はただ自分がやっていることをいっている。

「市場の露店が壊されなきゃいいけど」とチカは答える。ほかにどういっていいかわからない。

「あいつら、暴動を起こすときはいっつも市場の露店を壊す」と女はいう。

チカは女にこれまで何回くらい暴動を見てきたかきいてみたかったけれど、質問はしない。過去にほかの暴動のことを読んだことはある。ハウサ人の狂信的イスラム教徒がイボ人のキリスト教徒を襲い、その復讐にイボ人のキリスト教徒が残忍なミッションに走ることもあると。チカは名指しするような会話は避けたいと思う。

「乳首がひりひりしてトウガラシみたい」と女がいう。

「えっ？」

「乳首がひりひりしてトウガラシみたいなの」

びっくりしたチカが唾《つば》を飲み込んでなにかいう前に女はブラウスをめくりあげ、擦り切れた黒いブラジャーの前フックをはずす。ブラの内側から、折り畳んだ十ナイラと二十ナイラ紙幣を取り出して、それから胸をすっかりはだける。

「焼けるように痛くてトウガラシみたいで」と彼女はいって、乳房を両手で持ちあげながらチカのほうに身を寄せてくる。捧げ物でもするみたいに。チカは身をずらす。つい一週間前にやった小児科のローテーションを思い出す。シニア研修医のドクター・オルンロヨが学生全員に、ちいさな少年のステージ四にあたる心雑音を聞くよういったのだ。少年は好奇心いっぱいの目でみんなを見ていた。医師が最初に指名したのはチカだ。彼女は汗だく、頭のなかが真っ白になり、もう心臓の位置さえよくわからなかった。それでも思いきって少年の乳首の左側に震える手をあてると、正常に流れる血液とは違った、ブル・ブル・ブルという振動が指先に感じられた。チカは少年に向かってつっかえながら「ごめん、ごめん」といってしまった。少年がニコッと笑っているのに。その女の乳首は少年のものとは似ても似つかない。ヒビが切れてこわばったダークブラウンで、乳輪にかけて色が薄くなっている。チカは注意深く観察して、手をのばして触診する。「赤ちゃんがいる?」

「いるよ。一歳だ」

「乳首が乾きすぎてるけど、感染症じゃないと思う。お乳をあげたあとローションを使うといい。それに授乳中は乳首だけじゃなくて乳輪のところまですっぽり赤ちゃんの口に含ませるようにして」

女はチカを長いあいだ見つめている。「こんなの初めてだよ。五人も育ててきたんだけど」

「わたしの母さんもおなじだったわ。六人目の子どもが生まれるとやっぱり乳首がカサカサになって、でも、それがどうしてなのかわからなかった。友だちが湿り気をあたえなきゃと教えてくれるまではね」とチカ。嘘《うそ》をついたりすることはほとんどなく、まれに幾度か嘘をつくときは決まってその裏に目的が隠れている。この嘘にはどんな目的があるんだろうとチカは思う。なんでまた自分も似たようなむかし話を作りあげなければと思うんだろう。自分の母親の子どもは彼女とンネディだけなのに。おまけに母親には英国で研修を受けた、きざなドクター・イグボクウェがいて、電話一本で連絡がつくというのに。

「あんたの母さんは乳首になに塗ってるの？」と女はきく。

「ココナッツバター。ヒビの治りが早いのよ」

「へえ？」女はチカをちょっと見つめる。こうして閉じ込められて絆《きずな》ができたみたいに。

「わかった、使ってみるわ」彼女はスカーフを手でちょっともてあそんで、それから

「あたしも娘を探してんの。今朝いっしょに市場に行って。あの娘はピーナッツを売ってて、バス停の近くで、あそこ客がいっぱいだから。そしたら暴動になって、市場のなかをあっちこっち探して」という。

「赤ちゃんは？」とききながら、チカにはそう質問する自分が愚かしく聞こえる。

女が首をふる。その目に一瞬イラッと、怒りのような表情が浮かぶ。「耳がわるいのかい？　わたしがいったのが聞こえてない？」

「ごめんなさい」とチカはいう。

「赤ん坊は家にいるよ！　あたしがいってるのは最初の娘のこと、ハリマだよ」女が泣き出す。静かに泣いている。肩が上下している。チカの知っている女たちがやるように、いーいーいーいーいーいーいーいーいと烈《はげ》しく叫ぶのではない、こんなことは独りでは耐えられないから抱いて慰めてちょうだい、といったものではない。女が泣くのはその人だけのひそかなもので、やらねばならない儀式を、他人には関係のない儀式を執り行なっているよう。

チカが、ンネディとタクシーを拾っておばさんの家のある地区から離れた市場に行ってみようなんて思わなければよかった、北部の古都カノをちょっと見学しようなんて思わなければよかった、あの女の娘ハリマがあの朝は病気になるか、疲れるか、なまけるかして、あの日はピーナッツを売ってなければよかった、そう考えるようになるのはずっとあとのことだ。

女がブラウスの端で注意深く両目をぬぐう。「アラーの神が、あんたのお姉さんとハリマを安全なところで守ってくれてますように」と女はいう。でもチカは同意を示すときにイスラム教徒がなんというかよくわからなくて――「アーメン」でないことだけは確かなので――ただこっくりとうなずく。

女が店の隅にある金属容器の近くで錆《さ》びた蛇口を見つける。たぶん店の人はここで手を洗ったんだ、といって女は、何カ月か前にこの通りの店がのきなみ遺棄《いき》されたことを教えてくれる。政府が不法建築物だから取り壊すと公表したのだ。女が蛇口をひねり、ふたりしてじっと見ていると、なんと、ちょろちょろ水が流れる。茶色く濁って、おまけにひどい金属臭、すでにチカの鼻孔をつんと刺している。それでも水は流れている。「あたしは手を洗ってお祈りする」女の声が大きくなっている。そして歯ならびはいいけれど前歯が茶色い歯を見せながら女は初めて笑う。頰に深いえくぼがくっきりと浮かぶ。指が半分すっぽり入りそうなえくぼはこんなにほっそりした顔にはめずらしい。女は蛇口のところでぎこちなく手と顔を洗い、それからスカーフを首からはずして床に広げる。チカは目をそらす。女がメッカの方角に向かってひざまずくのがわかるけれど、チカは見ない。それは女の涙のような、ひそかな経験なのだ。チカは店から出ていけたらいいのにと思う。いっそ、自分もいっしょに祈ることができたらいいのに、自分も神を信じることができたらいいのに、むっとする店内で全知全能の存在を感じることができたらいいのに、と思う。彼女には、神に対する自分の曇《くも》りなき考えがいつ湯気のこもったバスルームの鏡みたいになったのか思い出せない、その鏡から曇りを拭《ふ》き取《と》ろうとしたかどうかさえ思い出せない。

チカは母親を喜ばせるためにまだ小指につけたり、人差し指につけたりしているフィンガー・ロザリオに触ってみる。ンネディはもうつけていない。低い、かすれた声で笑いながら、「ロザリオって本当に魔法の妙薬よね、わたしはもういらない」といったのだ。

チカの家族はあとから何度もくり返しミサを行なうことになるけれど、でもそれはンネディの魂が安らかな眠りにつけるよう祈るものではなく、どこまでもンネディの身が安全でありますようにと祈るものだ。そのときチカはこの女のことを、埃っぽい床に頭をつけて祈っていた女のことを思い出して母親に、ミサなんてお金の無駄よ、あれは教会が資金集めにやってることなんだからといわずにおくのだけれど、それはずっとあとになってからのことだ。

女が立ちあがると、不思議とチカはエネルギーが湧いてきたような気がする。三時間以上もたったんだから、暴動はもう鎮まって、暴徒もどこかへ行ってしまったんじゃないかと思う。行かなければ、家に帰ってケネディとおばさんが無事かどうか確かめなければ。

「行かなくちゃ」とチカ。

女の顔にまたイラッとした表情が浮かぶ。「外は危ない」

「みんなどこかへ行ってしまったと思うけど。もう煙の臭いもしないし」

女はなにもいわずに、また床のラッパーのうえに座る。チカはしばらくそれを見ているけれど、理由がわからないまましょんぼりする。たぶん女から賛成することばかなにかを聞きたいのだ。「お家《うち》は遠いんですか？」とチカがきく。

「遠いよ。バスをふたつ乗り継ぐ」

「それじゃ、わたしがおばさんの運転手を連れてもどってきて、お家まで送りますよ」

女はそっぽを向く。チカはゆっくりと窓まで歩いていって窓を開ける。内心では、やめなさい、もどっといで、無茶はだめだ、と女から声がかかるのを待っている。でも女はなにもいわない。窓をよじのぼって外へ出るとき、チカは背中に無言の視線を感じる。

通りはどこも静かだ。陽が沈もうとしている。夕闇のなかであたりを見まわしてみても、どっちへ行けばいいのかわからない。タクシーが来ないかな、魔法のように、運良く、神のはからいで、と祈るような気持ちだ。そのタクシーのなかにンネディが乗っていて、いったいどこ行ってたの、みんなものすごく心配してたんだから、ときいてくれないかと祈るような気持ちだ。二本目の、市場に通じる大通りの端までたどりつくかつかないうちに死体が目に入る。ほとんど気づかないまま、歩いて近くへいってから、それが熱いと感じる。死体はたったいま焼かれたばかりにちがいない。吐き気をもよおす、焼け焦げた肉の臭い、こんな臭いはこれまで嗅いだことがない。

あとになってチカは、フロントシートに警官が座るエアコンのきいたおばさんの車でカノ中を探しまわっているとき、通りで、焼け焦げた死体をいくつも目にする。どれも通りの脇に沿ってならべられている。まるでだれかが慎重にそこまで押していって、まっすぐにしたみたいだと思うことになる。彼女が正視するのは死体のひとつにすぎないけれど、それは硬直して、うつ伏せになった裸の身体だ。一部を焼かれたその男がイボ人なのかハウサ人なのか、キリスト教徒なのかイスラム教徒なのか、黒く焦げた肉を見ただけでは区別がつかない。BBCラジオから流れる声が、死者と暴動について――「少数民族間の緊張の背景にある宗教的なもの」と述べるのをチカはあとから聞くことになる。それで彼女はラジオを壁に投げつけ、あれほど多くの死体のことを、わずかなことばに押し込めて、都合の悪い部分は削って無菌化してしまうやり方に、烈しく、燃えるような怒りが全身を駆け抜けるのを感じることになる。でもいまは、焼け焦げた死体の熱があまりに近く、あまりにリアルで、チカは背を向けて店に駆けもどる。走りながら脚に鋭い痛みを感じる。店にたどりついて窓をどんどんとたたく。女が窓を開けてくれるまでたたきつづける。

チカが床に座り込んで脚を調べると、翳《かげ》りゆく光のなかに流れ落ちる血が見える。頭のなかで眼球が身の置きどころなく泳いでいる。なんだか他人事のよう、血は、だれかがトマトペーストを塗ったよう。

「あんたの脚。血が出てる」女はちょっと疲れたようにいう。スカーフのほつれた端を蛇口で濡らしてチカの脚の傷を洗い、それから濡れたスカーフを巻いて、ふくらはぎのところで結んでくれる。

「ありがとう」とチカ。

「トイレ、行きたくない?」

「トイレ? いいえ」

「あそこの金属容器ね、あれをトイレ代わりにしよう」女はそういって、ひとつを店の奥へ運ぶと、すぐに臭気がチカの鼻孔に侵入してくる。埃と金気臭い水の混じった臭気で頭がくらくらして、気分が悪くなる。目を閉じる。

「ごめん! お腹《なか》の調子がわるくて。今日いろんなことあって」背後で女の声がする。それから女は窓を開けて容器を外に出し、蛇口のところで手を洗う。もどってくるとなにもいわずに、チカとならんで座る。しばらくすると、遠くから、いっせいになにか叫んでいるのが聞こえてくる。チカにはことばの意味がわからない。店のなかが真っ暗になって、女は床のうえに身体を伸ばす。敷いているラッパーは上半身の分しかない。「ガーディアン」紙を広げたチカが「北部にいるハウサ語を話す反動的なイスラム教徒には、非イスラム教徒に対して暴力をふるってきた歴史がある」と読むことになって、悲しみのさなかにもふと、ハウサ人でイスラム教徒の女の乳首を診察し、そのやさしさを経験したことを思い出すのはずっとあとのことだ。

チカは一晩中まんじりともしない。窓はきっちり閉まっている。風通しがわるくて息苦しく、分厚い砂まじりの埃が鼻孔に侵入してくる。窓のあたりに黒焦げの死骸がぽっと浮かんで、チカを責めるように指差しつづける。ようやく女が起きあがって窓を開ける音が聞こえ、夜が明ける前の青い曙光《しょこう》が屋内に入ってくる。しばらく窓辺に佇《たたず》んでから、女はよじのぼって外へ出る。足音がチカの耳にも聞こえる。人が通りすぎていく。女が呼びかける大きな声と、それがだれかわかって返す声、それに続いて早口でやりとりするハウサ語が聞こえるが、チカには理解できない。

女が窓をよじのぼって店にもどってくる。「危ないのは終わった。あれはアブだ。食料を売ってる。自分の店を見にいくって。催涙ガス持った警察だらけだ。兵隊がくるよ。兵隊がだれかをいたぶることになる前にあたしは行くわ」

チカはゆっくりと立ちあがって伸びをする。節々が痛い。チカは歩きに歩いて、門を構えた敷地内のおばさんの家に帰り着くことになる。通りにはタクシーの姿などなく、走っているのは軍のジープとボコボコになった警察のステーションワゴンだけだから。あとからチカは、目の前のおばさんが水の入ったグラスを手に部屋から部屋へふらふら歩きまわって、何度も何度もイボ語で「どうしてあんたとンネディに訪ねておいでなんていったんだろ？ どうしてわたしの守り神《チ》はこんなふうにわたしを欺くんだろ？」とつぶやいているのを見て、その肩をしっかりつかんでソファまで連れていくことになる。でもいまチカはスカーフを脚からほどいて振る。そうすれば血の痕跡を払い落とせるとでもいうかのように。そして女に手渡す。「ありがとう」

「家に帰ったら脚をよおく、よおく洗うんだよ。姉さんによろしく、みんなにも」そういって女はラッパーを腰のまわりにしっかりと巻きつける。

「そちらのみなさんにも、よろしくいってください。赤ちゃんとハリマにも」とチカはいう。そのあとで、家まで歩いて帰る途中、乾いた血がこびりついて赤銅色になった小石を拾って、その悪鬼のような記念品を胸に抱くことになる。そのときチカは小石を握りしめながら奇妙なひらめきのなかに、ンネディは二度と見つからないんじゃないか、死んでしまったんじゃないかと思うのだ。でもいまは、女のほうを向いて「そのスカーフ、いただけないかしら？ また血が出てくるかもしれないし」という。

女はしばらく理解できないようすだったけれど、やがてうなずく。その顔には、ひょっとするとこれから知ることになる悲嘆の気配が読み取れたかもしれない。それでも、女はかすかにうわの空の笑みを浮かべてチカにスカーフを手渡し、向こうを向いて窓をよじのぼり、外へ出ていく。

ゴースト

きょうイケンナ・オコロに会った。ずいぶん前に死んだと思っていた男だ。あるいは、かがんで砂をひとつかみして、その人物に投げつけるべきだったのかもしれない。ゴーストではないことを確かめるため、みんながやるように。がしかし、わたしは西欧の教育を受けた人間だ。七十一歳の退職した数学の大学教授として、そんなやり方を寛大に笑っていられる科学性をそなえた人間ということになっている。だから砂など投げなかった。かりに投げたいと思ったとしても、いずれにせよ、それは無理な話だった。男に会ったのは大学の会計課、地面はコンクリートで固められていた。

わたしは自分の年金について再度、訊ねるために出向いていた。「こんにちは、教授」そっけない調子で事務員のウグウォケがいった。「申しわけありませんが、お金はまだ届かないのです」

もうひとりの事務員が、いまでは名前も忘れてしまったが、詫《わ》びるようにうなずきながら、ピンクのコーラの実を嚙《か》んでいた。ふたりとも慣れたものだ。わたしもこんなことには慣れきっていた。火炎樹の下に寄り集まって、仲間うちで身振り手振りで声高に語る、ぼろぼろの服を着た男たちもそうだった。教育大臣が年金資金を盗んだんだ、とひとりがいった。副学長がやったんだよ、利息の高い口座にその金を入れたのさ、と別の声がした。あいつのチンポコなんか干あがっちまえ。子どもは種なしになっちまえばいい。あんなやつ下痢《げり》で死んじまえばいいんだ。男たちは副学長を口汚くののしった。わたしが近づくと彼らは挨拶《あいさつ》をよこして、こんな事態になったことをさも詫びるかのように首をふった。あたかも教授であったわたしの年金が、用務員や運転手だった彼らの年金よりもなぜか重要だとでもいうように。男たちの大部分がわたしのことを「教授」と呼んだ。木の下に陣取り、売り台のそばで「教授、教授！　おいしいバナナだ、買っていってくださいよ！」と声をはりあげる物売りとおなじように。

ヴィンセントと少しだけ話をした。一九八〇年代にわたしがまだ学部長をしていたころ、家の運転手をしていた男だ。「三年間も年金が出ないんですもんねえ、教授。退職した人が死んでいくわけですよ」

「オ・ジョカ（おいおい）」とわたしはいったが、もちろん彼はわたしの口から、それがどんなにひどいかを聞きたいわけではなかった。

「ンキルさんはどうですか？　たしかアメリカで元気にやってらっしゃるんでしたね？」彼はいつも娘のことをきく。わたしと妻のエベレがエヌグにある医科大学に娘を訪ねるとき車を運転してくれたのはこの男だった。エベレが死んだとき、親類縁者を引き連れてお悔《ムグ》やみ《バル》をいいにやってきて、運転手をしていたころエベレがとても良くしてくれたこと、彼の子どもたちのためにわたしたちの娘のお下がりをまわしてくれたことを、いささか長々しく、それでも心に沁みる調子で語ってくれたのだ。

「ンキルは元気だよ」

「電話がかかってきたときは、ぜひ、よろしくとお伝えください、教授」

「そうするよ」

しばらく彼はしゃべりつづけた、ありがとうをいうすべを学びそこねたわれわれ国民について、靴を修理してやっても分割払いの代金を払わない寄宿舎の学生について。ところが、わたしの目を惹いたのはもっぱら彼の喉仏《のどほとけ》だった。まるで、皺《しわ》の寄った首筋の皮膚を突き破らんばかりに、いまにも飛び出さんばかりに上下していたのだ。ヴィンセントはわたしより若く、たぶん六十代後半のはずなのに、ずいぶん年を取ってしまったものだ。髪もほとんど残っていない。そういえばあのころもわたしを職場へ送る車のなかで、のべつまくなしにしゃべっていた。わたしの新聞を読むのも好きだった。別にわたしがそうしろとすすめたわけでもないのに。

「教授、バナナを買ってもらえませんかね？　腹が減って死にそうだ」火炎樹の下に集まっている男のひとりがいった。見たことのある顔だ。隣家に住むイジェレ教授のところの庭師だ。半分おどけて、半分まともな調子だったが、わたしはピーナッツとバナナを一房買いあたえた。彼らに必要なのは本当は保湿剤だったのだが。顔も腕もまるで灰をまぶしたように見えた。もう三月になろうというのに、ハルマッタン（サハラ砂漠から西海岸へ吹く乾燥した埃っぽい風）の季節がいまだに居座っている。乾いた風のために服が静電気を帯びてバチバチと鳴り、睫毛には細かな土埃《つちぼこり》がこびりついた。今日はいつもよりたっぷりローションをつけてきたし、唇にはワセリンを塗ってきたのだが、乾きはわたしの手のひらと顔をごわごわに強ばらせていた。

エベレは保湿剤をちゃんとつけないからだと、よくわたしをからかった。とくにハルマッタンの吹くあいだは、朝、顔を洗ったあとのわたしを引き止めて、腕や脚や背中にゆっくりとニベアを塗り込んでくれたものだ。この素敵な肌の手入れは怠っちゃいけないの、彼女はよく、あの茶化すような笑いをまじえてそういった。肌のつやが決め手だったのよ、といつもいった。わたしには、一九六一年にエリアス通りの彼女のフラットへ押し寄せたほかの求婚者たちのように、金があったわけではなかった。「すべすべ」ということばをエベレは使った。わたしとしては暗褐色の自分の肌がそれほど特別だとも思えなかったが、エベレが手ずからマッサージをしてくれたおかげで、年がたつにつれて、こぎれいに身じまいするようになったのだ。

「ありがとうございます、教授」男たちはそういって、だれが分配役をやるかをめぐり、ひやかし合いが始まった。

わたしはそばに立ったまま彼らの話を聞いていた。どこか気取ったしゃべり方をしているのがわかる。そこにわたしがいるせいだ。大工仕事がうまくいかないこと、子どもたちの具合がわるいこと、金貸し業者とのトラブルが増えたこと。男たちはしょっちゅう笑った。笑うのはもちろん憤懣《ふんまん》をなだめるためで、そうするにこしたことはない。だがそれは、精気をなんとかそのまま手つかずに取っておく手段でもあったのだ。わたしだって、もしも連邦政府統計局から支給された役職手当を多少なりとも貯蓄にまわしていなかったら、なくてもやっていけるのにンキルが送るといってきかないドルがなかったら、彼らのようになっていたかもしれない、とたびたび思う。おそらく、亀の甲羅のように身をまるめ、おのれの尊厳もかなぐり捨てることになっていただろう。

わたしは男たちに別れを告げて、会計課と教育学部の境界になっている木麻黄《もくまおう》の木立の近くに止めた車へと歩いていった。イケンナ・オコロに会ったのはそのときだ。

彼のほうから声をかけてきた。「ジェームズ？　ジェームズ・ンウォイエじゃないか？」口を開けたまま突っ立っている彼の歯は、まだ完璧《かんぺき》にそろっていた。わたしは昨年一本なくしていた。ンキルが「細工」と呼ぶものを拒否したばかりだったのに、イケンナのみごとな歯列を目にすると、あまり愉快ではなかった。

「イケンナ？　イケンナ・オコロか？」わたしはおずおずと訊ねた。そんなこと、ありえない、三十七年前に死んだ男が生き返るなんて。

「そうさ、そうだよ」イケンナは近づいてきた。釈然としなかった。わたしたちは握手をして、短い抱擁《ほうよう》をかわした。

イケンナとわたしは親しい友人ではなかった。あのころイケンナのことをよく知っていたのは、みんながよく知っているからにすぎなかった。新しい副学長はイングランドで育ったナイジェリア人で、授業中、教師は全員ネクタイを締めなければいけないという通達を出した。そのとき抗議の意味を込めて色鮮やかなチュニックを着つづけたのはこの男だった。教職員クラブの演壇にのぼり、汗だくになって声が嗄《か》れるまで、政府への嘆願について、教員以外の職員の待遇改善について演説したのはこの男だった。彼は社会学が専門で、本物の科学を研究するわれわれの多くは、時間をもてあまして読むに堪えない本を山のように書いている社会科学の研究者なんぞからっぽの器だと考えていた。そんなわれわれにしても、イケンナだけはちがう目で見ていた。彼の横柄なスタイルを大目に見て、彼のビラは捨てなかったし、むしろ、諸問題に鋭く切り込む、博学で辛辣《しんらつ》なことばを賞賛していたほどだった。彼の恐れを知らぬ大胆さにわれわれは納得したのだ。あいかわらず肌の色は薄く、ちいさな体軀《たいく》に蛙《かえる》のような目をしていたが、寄る年波には勝てず肌にはしみが浮いている。あのころ、イケンナのことを耳にした者は現にその姿を見るとひどく落胆して、必死でそれを隠そうとしたものだった。あの巧みな弁舌が、なぜか当然のようにすばらしい容姿を期待させたのだ。がしかし、名のある獣がいつも猟師の籠《かご》を満たすとはかぎらない、とわが民の言い伝えにもあるではないか。

「生きていたのか？」わたしは心底、驚いて訊ねた。家族とわたしが彼に会ったその日に彼は死んだ、一九六七年七月六日、あれは太陽がぎらぎらと不気味なほど赤く燃えるなかを、あわてふためきスッカから脱出した日だった。連邦政府軍が近づくにつれてドーン、ドーン、ドーンという砲撃音が間近に聞こえた。家族全員がわたしの自家用インパラに乗っていた。市民軍は、手をふって合図しながらわれわれを大学キャンパスの門から出すとき、心配はいらない、ヴァンダル（五世紀ころにローマなどを略奪したゲルマン民族）たちは——政府軍をわれわれはそう呼んだ——ものの数日で退却する、だから、すぐに帰還できる、と叫んだ。地方の村人たちが、終戦後には大学講師の家のゴミ箱をあさることになったそのおなじ者たちが、徒歩で進んでいた。何百という村人が、女は頭に箱をのせ、背中に赤ん坊をくくりつけ、裸足《はだし》の子どもたちは大きな包みを抱え、男たちは自転車を引きずりヤムイモを運んでいた。そうだ、イケンナの緑色のカデットを見たのは、エベレが娘のズィクを、家に置いてきてしまった人形のことでなだめていたときだった。イケンナが車を反対方向に走らせて、キャンパスにもどろうとしていた。わたしは警笛を鳴らして止めた。「もどるのは無理だ！」わたしは叫んだ。しかし彼は手をふって「原稿を取ってこなければ」といった。いや「資料を取ってこなければ」といったのか。もどるなんて無茶だと思った、砲撃音はどんどん近づいてくる、わが軍が一、二週間でヴァンダルたちを退却させるにしても。だが一方でわたしはまた、われわれが負けることなどありえない、ビアフラの大義は正当だ、といったことで頭がいっぱいだったため、それ以上は考えなかった。わたしたちが避難したその日にスッカが陥落し、キャンパスが占拠されたというニュースを聞くまでは——。ニュースを運んできたエズィケ教授の縁者から、講師がふたり殺されたと聞かされた。そのひとりは連邦軍の兵士と口論になって撃ち殺された。それがイケンナだということは、あえて告げられる必要さえなかった。

イケンナはわたしの質問に大きな笑い声で答えた。「生きてるさ、ほら！」そう答えたことが自分でもおかしかったと見え、彼はまた大声で笑った。いまにして思えば、あの笑い声さえどこか色あせてうつろに聞こえた。あの当時、職員クラブ中に響きわたった攻撃的な調子は、自分に賛同しない人びとを嘲笑《あざわら》う調子は、微塵《みじん》もなかったのだ。

「だが、きみを見たんだがな」とわたし。「おぼえていないか？　わたしたちが脱出したその日だったろ？」

「ああ」

「きみは出てこなかったっていうじゃないか」

「出たんだ」彼は首をこくりとやった。「出たんだよ。翌月、ビアフラを離れた」

「離れた？」いまになってみると信じられないことだが、そのとき一瞬、破壊活動家《サボタール》のことを耳にするとき感じる深い嫌悪感が走ったことをおぼえている。味方の兵士を裏切り、われわれの正当な大義を、生まれたばかりのわれわれの国を裏切り、その代わりにナイジェリア中を移動する身の安全を保証され、われわれの手には絶対に入らなかった塩も肉も冷たい水も入手したやつら――われわれは彼らをサボと呼んでいた。

「いや、いや、そういうんじゃない。あんたが考えているのとは違う」しばしことばに詰まったイケンナのシャツが肩のところでほつれているのにわたしは気づいた。「赤十字の飛行機に乗って海外へ出たんだ。スウェーデンへ」そう語る姿には、どこか信用できない感じがぬぐいきれなかった。ああも簡単に人びとを「行動」に駆り立てた男とは思えない頼りなさと、およそ似つかわしくない遠慮。ビアフラが独立を宣言した直後に彼が開いた最初の集会のことは、いまでもありありと目に浮かぶ。自由広場はひしめきあう人でごったがえしていた。イケンナがしゃべり、われわれは喝采して「独立万歳！」と叫んだのだ。

「スウェーデンに行ったのか？」

「そうだ」

彼はそこで口をつぐんだので、それ以上、説明する気はないなとわたしは見た。キャンパスからどうやって生きて外に出たのか、その飛行機とやらにどうやって乗ることになったのか。戦争末期に飛行機でガボンに運ばれた子どもたちのことはわたしも知っているが、赤十字の飛行機で脱出した人間のことなど、もちろん聞いたことはない。それも、そんな早い時点で。沈黙する両者のあいだの緊張がたかまった。

「ずっとスウェーデンにいたわけか？」

「ああ。家族全員がオルルにいたから、あそこが爆撃されたとき。だれも生き残らなかった。だから帰ってくる理由もなくて」ここで話が途切れたのは彼が耳ざわりな音を発したためで、それは笑い声のようではあったが、むしろ咳払《せきばら》いに聞こえた。「ドクター・アンヤとしばらく連絡を取りあったんだ。この大学のキャンパスが再建されたことは彼から聞いた。きみが戦争のあとアメリカへ行ったといっていたな」

戦争が終わった直後の一九七〇年、エベレとわたしはスッカにもどったが、そこにいたのはわずか数日だけだった。あまりにひどかった。わが家の蔵書は前庭の大樹の下で黒焦げの山になっていた。浴槽にはおびただしい糞《くそ》の塊がこびりつき、そのあいまにトイレットペーパー代わりに使われた『数理学紀要』のページがまじり、こすりつけられてかさぶたのようになった糞の下に公式がにじんで見えた。わたしが研究し、教えていた公式だ。ピアノは——エベレのピアノは——影も形もなかった。イバダン大学を卒業したときに着た卒業ガウンが、なにかを拭《ぬぐ》うために使われたあと放置されて、いまやそこから、わたしが見ていることなどおかまいなしに、せわしなく蟻《あり》が出入りしていた。写真は引き裂かれ、額は壊されていた。そんなわけで、わたしたちはアメリカへ発ち、一九七六年まで帰らなかった。帰ってもエゼンウェゼ通りに別の家を割り当てられたので、長いことイモケ通りに車を乗り入れることを避けた。むかしの家を見たくなかったのだ。あとから耳にしたところでは、新しい住人たちがあの大樹を切り倒してしまったそうだ。そんなことをイケンナに話したが、バークリーですごした時期のことには、そこで教職に就けるようアメリカ黒人の友人チャック・ベルが話をつけてくれたことには、いっさい触れなかった。しばし黙っていたイケンナが口を開いた。「ちいさなお嬢さん、名前はズィクだったっけ、どうしてる？　もう立派な大人になってるだろうなあ？」

教職員クラブの家族の集いにズィクを連れていくと、いつも、イケンナは娘のファン夕代を自分が払うといってきかなかった。ズィクがいちばんかわいい子だから、と彼はいったが、わたしたちは疑っていた。娘につけた名前が当時の大統領アズィキウェ[*1]にちなんだものだったからではなかったか。そもそもイケンナは、ズィキスト運動などなまぬるいといって抜けるまではズィキストだったのだから。

「ズィクは戦争で死んだ」とイボ語でわたしはいった。死にまつわることがらを英語で話すと、かならず不穏な気持ちになるからだ。

イケンナは深く息をしたが「ンド（お気の毒に）」といっただけだった。どんなふうだったか、などと質問してこないことにも――いずれにせよ、死に方にあまり大差などないのだから――まるで戦争による死がとてつもない事故でもあるかのように過度の衝撃を見せなかったことにも、わたしはほっとした。

「戦争が終わってからもうひとり娘が生まれたんだ」とわたしがいうと、イケンナはたたみかけるようにいった。「できることはやった。やったんだよ。国際赤十字は辞めた。あれは人間のために立ちあがろうとしない臆病者の巣だった。エケットで飛行機が撃ち落とされると彼らは退却した。それがまさにゴウォンが望んでいたことなのに、そんなことはまったく無視して。でも世界教会協議会はウリに救援機を飛ばしつづけた。夜間にだよ！　彼らと出会ったときわたしはウプサラにいた。第二次世界大戦後に行なわれた活動のなかであれは最大のものだった。わたしはひたすら資金集めに奔走した。ヨーロッパ中のおもだった都市という都市でビアフラのための集会を開いたんだ。トラファルガー広場の大集会のことはきみも聞いたことがあるだろ？　あの集会の最終責任者はわたしだった。わたしもやれることはやったんだよ」

何度もおなじことをしゃべっているとは思えなかった。大勢の人たちに向かって何度も、わたしに向かってしゃべってきたのではないか。わたしは火炎樹に目をやった。男たちはまだそこに集まっていたが、バナナやピーナッツはもう食べ終わったのだろうか。ひょっとするとそのときだったかもしれない、霞《かすみ》のようなノスタルジアのなかにわたしが沈んでいったのは。いまもわたしから離れようとしない郷愁の念に。

「クリス・オキボは死んだ、そうなのか？」とイケンナがきいてきたので、わたしはまた現実に引きもどされた。一瞬、彼がそれを否定してほしいと、オキボもゴーストとしてもどってきてほしいと望んでいるのかと思った。しかしオキボは死んだ。われらが天才、われらが希望の星、その詩があらゆる人を、自然科学をやるわれわれまでも、かならずしも理解できないながら、感動させた男。

「ああ、戦争がオキボを奪った」

「成長途上の巨人を亡くしたな」

「そうだ、しかし少なくとも彼には戦う勇気があった」いった途端に後悔した。クリス・オキボに対する賛辞のつもりだった。大学人としてわれわれとおなじように働きつ

＊1　イボ人の民族運動指導者で独立後の初代大統領。一九六六年の軍事クーデタで辞任後、ゴウォン中佐に実権を握られる。ビアフラ戦争では初めはイボ側を支持したが途中で連邦政府側に転じた。

づけることもできたのに、彼はスッカを守るために銃を取ったのだ。誤解されたくなかったので、わたしは謝罪しようかどうしようかと逡巡《しゅんじゅん》した。土埃があがり、ちいさな竜巻になって道路を走っていった。頭上で木麻黄の木が大きく揺れて、吹きつける風が枯れた木の葉を遠くへ吹き飛ばした。あるいは自分の居心地の悪さのせいだったのかもしれない、わたしがイケンナに、戦争が終わってエベレとわたしが車でスッカにもどってきた日のことを語りはじめたのは。一面が廃墟と化した風景のこと、吹き飛ばされた屋根、スイスチーズのように――エベレはそういった――穴だらけになった家屋のことを。アグレリへ続く道に出たとき、ビアフラ兵がわたしたちの車を止めて、怪我《けが》をした兵士をひとり車に押し込んだので、バックシートにしたたる兵士の血が破れた座席のクッションに染み込み、詰め物の奥へ入り、車の内部に、見ず知らずの人間の血が絡みついたことを。なぜイケンナにこんな話をするのか自分でもよくわからなかったが、彼の話に見合うようにするために、わたしはその兵士の血から立ちのぼる金属臭でイケンナのことを思い出したんだといった。なぜなら、連邦軍兵士がイケンナを撃ち、死ぬまで放置して、イケンナの身体《からだ》から流れる血が土に滲み出すところをいつも想像したからだと。だがそれは事実ではなかった。わたしはそんなことを想像しなかったし、負傷した兵士のためにイケンナのことを思い出したわけでもなかった。話が変だとイケンナは思ったかもしれない。しかし、そうはいわずに、うなずいてこういった。「いろんな話を耳にしたよ、じつにいろんな話を」

「スウェーデンの暮らしはどんなだい？」

　彼は肩をすくめてみせた。「去年、退職した。帰国して、見ることにしたんだ」彼は「見る」という語を、まるで、人が自分の目を使ってする行為以上の意味があるかのように口にした。

「家族はどうしてる？」わたしは訊ねた。

「結婚はしなかった」

「そうか」

「きみの奥さんはどう？　ンネンナさんだったたっけ？」とイケンナ。

「エベレだ」

「ああ、そうだ、エベレさんだった。すてきな人だ」

「エベレはもういない、もう三年になるかな」イボ語でわたしはいった。イケンナの目が涙でうるむのを見て驚いた。名前さえ忘れていたくせに、とにもかくにも彼女を悼《いた》む気持ちはもちあわせていたんだ、というよりむしろ可能性に満ちていた時代を悼んでいたのかもしれない。イケンナが、こうあったかもしれないことの重さを背負っている人間だということに、わたしは気づいた。

「お気の毒だ」と彼。「とてもお気の毒だ」

「いや、いいんだ。訪ねてくるから」とわたし。

「なにが？」当惑したような表情できいてはきたが、もちろん彼はわたしのことを耳にしていたのだ。

「訪ねてくるから、わたしを訪ねてくるんだ」

「そうか」あやすような、狂人に向かって使う口調だ。

「つまり、妻はよくアメリカを訪ねたってことさ、娘があっちで医者をしてるんで」

「ああ、そういうことか」まことに晴れやかな表情になってイケンナはいった。ほっとしたようだ。彼を責める気にはなれない。われわれは教育を受けた人間だ。現実と見なされるものとの境界はきっちりわきまえていなければならないと教えられた人間なのだ。

わたしにしても、エベレが初めて訪ねてくるまでは彼とおなじだったのだから。あれは葬儀が終わって三週間ほどたったころのことだった。ンキルとその息子がアメリカに帰った直後で、わたしはひとりだった。階下のドアが閉じて、開き、ふたたび閉じる音が聞こえたが、べつにどうということもなかった。夕方の風のいつものいたずらだと思った。だが寝室の窓から樹木の葉ずれが聞こえてくるわけではなかった。インドセンダンやカシューナッツの木の葉がたてるシュッシュッという音もない。屋外には風がなかった。それなのに階下のドアが、閉じては、また開いている。回顧に浸って、過度に怯えているのだろうか。階段に足音がした。エベレが歩くのとおなじ歩調で、三歩目がやや重たい。わたしたちの部屋の暗闇のなかで、わたしはじっと横になっていた。するとベッドカバーが引きあげられるのがわかり、わたしの腕と脚と胸をそっとマッサージする手と、クリーム・ローションのなめらかさが感じられて、心地良い眠気が一気に襲ってきたのだ――その眠気にはいまだに抗《あらが》えない。目がさめたとき――彼女が訪ねてきたあとはいつもそうなるのだが、わたしの肌はすべすべになり、ニベアの香りが残っていた。わたしはしばしばンキルに、ハルマッタンの季節は週に一度、雨季にはもう少し間隔をあけて、母親が訪ねてくるのだといいたい衝動にかられるが、しかしそういってしまうと、あの娘に、ここに飛んできてわたしを荷物ごとまとめてアメリカへ連れ去る恰好の理由をあたえることになる。となると、わたしは便利すぎるものに囲まれて、クッションをあてがわれた生活を送らざるをえなくなり、それではつまらない。われわれが「チャンス」と呼ぶものが散乱する生活。そんなものはわたしの流儀に反する。一九六七年に戦争に勝っていたらどうなっていただろう、と考える。ひょっとすると、あんなふうにチャンスをもとめて海外をながめやることはなかったかもしれないし、イボ語を話さない孫息子のことをあれこれ心配する必要もなかったかもしれない。前回ここを訪ねてきたとき、知らない人に対してなぜ「こんにちは」と挨拶しなければならないのかをまったく理解できなかった孫息子、あの子の住む世界では礼儀はごくシンプルなものをよしとするからだ。しかし、だれが断言できる？　ひょっとすると、かりに戦争に勝っていたとしても、なにも変わっていなかったかもしれないではないか。

「娘さんはアメリカが気に入ってるのかい？」とイケンナ。

「うまくやってるよ」

「医者だってさっきいったね」

「ああ」イケンナにはもっといろいろ話してやってもいいように思えて、あるいはそれまでに話したことによる緊張感があまり和《やわ》らいでいなかったからかもしれないが、わたしはさらに話しつづけた。「娘はコネティカットのちいさな町に住んでいる。ロードアイランドの近くでね。そこの病院の理事会が医師をひとり募集した、応募してきた娘がナイジェリアで医師資格を得ていることをひと目見るなり、即座に、外国人は採用しないといった。ところが娘はアメリカ生まれだ――わたしたちがバークリーにいたときに生まれたからね、戦争が終わってから渡米して、三年間そこで教えたんだ――そこで娘を採用せざるをえなかったというわけさ」そういってふっと笑いながらわたしは、イケンナもいっしょに笑ってくれるといいがと思った。だが彼は笑わなかった。火炎樹の下にいる男たちに目をやったのだ。まじめな顔で。

「ああ、そうか。いまは少なくともわれわれがこうむったほどひどくはないか。五〇年代末の、オイボランド（英国）で行なわれていた学校教育がどんなものだったか、おぼえているだろ？」と彼はきいてきた。

おぼえているという意味でうなずきはしたが、わたしは海外留学生としてイケンナとおなじ経験をしたわけではなかった。彼はオックスフォードで学んだ人間だが、わたしは黒人大学連合基金の奨学金を得てアメリカで学んだのだ。

「教職員クラブはむかしのままだな」とイケンナ。「今朝、行ってみたよ」

「あそこにはもうずいぶん足を向けていない。退職する前から、あそこに行くと自分がすごく年をとって場違いなところにいるような気がするから。ここの青二才たちは無能のやからだ。だれも教えるということをしていない。新しい考えをもっている者など皆無だ。学内の政治、政治、政治さ。それに学生ときたら、進級資格を金で買う始末、あるいは身体で」

「本当か？」

「ああ、そうだ。なにもかも堕落してしまった。大学評議会なんて個人的なカルト対決の場になっている。ひどいもんだよ。ジョゼファット・ウデアナをおぼえているかな？」

「すごいダンス狂」

わたしは一瞬、めんくらった。というのも、ジョゼファットのあのころのことなど長いあいだ考えたこともなかったからだ。戦争前は、確かにダンスパーティとなると、キャンパス中で彼の右に出る者はなかった。「そうだ、そうだった」相づちを打ちながらわたしは、イケンナの記憶力がある時期から凍結していることに感謝の念を抱いた。あの時期は、まだジョゼファットが清廉潔白《せいれんけつぱく》な人間だとわたしも信じていたのだ。「ジョゼファットは六年間も副学長をやったが、ここをまるで自分の父親の養鶏場みたいに運営した。金が消えたと思うと、突然、ありもしない国外基金の名前をつけた新車がお目見えする、という具合さ。訴訟にもちこむ者もいたが、なにも変わらなかった。だれが昇進するか、だれが現職にとどまるか、勝手放題に人事をやった。早い話が、あの男がたった独りで大学評議会のようにふるまったってことだな。いまの副学長も彼の忠実な後継者だ。わたしは退職してからまだ一度も年金を受け取っていないんだよ。いま会計課へ行ってきたところさ」

「そんなことをどうして放置しておくんだ？　なぜだ？」そうきいてきたときのイケンナは、ほんの一瞬、むかしのイケンナにもどっていた。声といい、怒りといい、目の前にいる人物が大胆不敵な男だったことをわたしは思い出していた。むかしの彼なら近くの木まで歩いていって握り拳《にぎりこぶし》をたたきつけていたかもしれない。

「さあね」わたしは肩をすくめた。「講師陣の多くは書類上の誕生日を書き換えてるよ。みんな人事課へ行ってだれかを買収し、五年ほど追加してもらうんだ。だれも退職したいとは思ってないからね」

「それは正しいことじゃないな。まったく正しくない」

「国中がそんな具合さ、本当だよ、ここだけじゃない」わたしはゆっくりと首を右へ左へとふった。それがこの種のことがらについて触れるときに、この国の人間が最後にやることになった身振りなのだ。まるで、悲しいかな、それは避けられない状況なんだ、とでもいうかのように首をふる。

「そうか、規範がいたるところで崩れているのか。偽薬のことを新聞で読んだばかりだが、どうみても深刻だな」とイケンナがいったので、即座に、彼が偽薬の話をもちだしたのは偶然ながら好都合だと思った。わが国では使用期限の切れた薬を売ることが最新流行の疫病のようにはびこっている。もしもエベレがあんなふうに死ななければ、わたしにしても、この問題をそれまでのようにごくふつうに話題にできたかもしれない。しかし、わたしは疑い深かった。もしかするとイケンナはエベレが病院でどんどん衰弱していったときのことを耳にしていたのかもしれない。担当の医師が投薬後に彼女が回復しないため怪訝《けげん》に思っていたのを、わたしがどれだけ動揺したかを、手遅れになる前にどうして薬が効いていないことにだれも気づかなかったのかを。イケンナはそれについてわたしと話したいと思ったのかもしれない。すでに彼が、かすかにわたしのなかに嗅ぎ取っている狂気の一端を、いま少しあらわな形でわたしが示すように。

「偽薬のことは身の毛がよだつ」これ以上なにもいうまいと心に決めたので、重苦しい調子になった。だが、わたしはイケンナの策略を読み違えたのかもしれない。というのは、彼はその話題を先に進めようとはしなかったからだ。また火炎樹の下の男たちにちらりと目をやり、「それで、きみは最近はどんなふうに暮らしているの？」と訊ねた。まるでわたしがこの、往時の勢いをなくしてすっかり色あせた大学のキャンパスで、独り、支給されることのない年金を待ちながらどのような生活を営んでいるのか、それだけが知りたいとでもいうかのようにきいてきたのだ。軽く微笑《ほほえ》み、わたしは答えた。休んでいるのさ。退職したらそうするしかないだろ？　イボ語で退職のことを「老齢の休息」というんじゃなかったかな？

ときには古くからの友人マドゥエウェ教授をふらりと訪ねることもある。マンゴーの木が境界に植えられた自由広場のうらぶれた空き地を横切って歩いていく。さもなければ、イケジアニ街に沿って歩く。そこではスピードをあげて通りすぎるモーターバイクに学生たちが両脚を大きく開いてまたがり、道路にぽっかりあいた穴を避けるためにニアミスを起こしたりしている。雨季になり、雨がこの土地を食いつくして新たな小峡谷ができあがるころ、わたしは、やった！という気分になる。新聞を読む。よく食べる。家事手伝いのため週に五日やってくるハリスンのオヌグブスープは絶品だ。娘とはよく電話で話をするから、一週おきに電話が故障するとＮＩＴＥＬ（ナイジェリア電話公社）へ駆け込み、だれかにいくばくかの金を握らせて修理してもらう。埃だらけで散らかり放題の書斎から、古い、古い雑誌を発掘したり。深々と息をして、イジェレ教授の家とわたしの家の境界に植わったインドセンダンの匂いをかぐ──薬効のある匂いとされているが、どんな効き目があるのかは知らない。教会へは行かない。エベレが初めて訪ねてきてから行くのをやめた。もう自分で確信がもてなくなったからだ。われわれを宗教へ導くものは死後世界についての自信のなさだ。というわけで日曜日はベランダに腰をおろして、鷲《わし》が家の屋根を踏みつけるのを見ながら、その鳥たちが困ったようにちらりとこちらを見やるところを想像する。

「父さんはその生活がいいの？」最近は電話でンキルが、あのどこか厄介《やっかい》なアメリカ風のアクセントできくようになった。いいとかわるいとか、そういうことじゃない、それがわたしの生活なんだ、と返事をする。それこそが大切な問題なんだ。

また土埃が舞って、ふたりして目を保護するためにまばたきをしたので、わたしはわが家までいっしょに帰ろうとイケンナをさそってみた。そうすれば腰を落ち着けてちゃんと話ができる。しかし彼はエヌグへ行く途中だからという。じゃあ、それが終わったらどうだい、というと、彼は両手で、それならという意味のあいまいな身振りをした。だが、来るつもりはないのがわかった。もう会うこともないだろう。乾いたナッツのような男が歩き去るのをわたしはじっと見ていた。それから、われわれが、戦争が起きる前のあの良き時代に教職員クラブに通ったわれわれ全員が、送ることになったかもしれない生活と、実際に送った生活のことを考えながら、車を運転して家に帰った。ゆっくり運転した。交通規則をまったく守ろうとしないモーターバイクのせいもあったが、わたしの視力が以前ほどしっかりしなくなったからだ。

先週、バックさせるときメルセデスにちいさな引っかき傷をつけてしまったので、ガレージに入れるときは慎重にやった。もう二十三年も乗っているが、まだちゃんと走る。それがドイツから輸送されてきたとき、ンキルがどれほど興奮したか、よくおぼえている。わたしが科学アカデミー賞受賞のために出かけていったドイツで購入した車だ。最新型だった。そんなことは知らなかったが、ンキルの十代の友人たちは熟知していて、スピードメーターをひと目見るためにやってきて、ダッシュボードのパネルにちょっと触っていいかと訊ねたものだった。いまではむろん、だれもかれもメルセデスを運転している。コトヌから入ってくる、バックミラーやヘッドライトの取れた中古を買うのだ。

エベレはよくそれを茶化して、わたしたちの車は古いけれど、シートベルトもせずにみんなが運転するあのトゥクトゥクもどきよりははるかにましね、といったものだ。彼女はいまもユーモアのセンスをなくしていない。訪ねてくると、ときどき、わたしの睾丸《こうがん》をくすぐるように指を這《は》わせるのだ。彼女はわたしの前立腺の薬物療法がもうどれも効かなくなっているのは承知している、だから、そんなことをするのはただわたしをからかうため、優しくからかうときのエベレ特有の笑い声をあげるためだ。彼女を埋葬するとき、孫息子が自分で書いた詩を読んだ。「笑いつづけてください、おばあちゃん」そのタイトルは、まったくもって完璧だとわたしは思った。子どもらしいことば遣いに、そのほとんどをンキルが書いたのではないかと疑っていたにもかかわらず、わたしは泣きそうになった。

家のなかに入る前に庭を見まわした。ハリスンがわずかながら庭作りをしている、といってもこの季節はひたすら水を遣《や》るのが仕事だ。バラの茂みは乾いた葉柄だけになっていたが、丈夫なチェリーの茂みは埃をかぶりながらも緑色を保っている。テレビのスイッチを入れた。スクリーン上にはまだ雨が降っていた。オタグブ医師の息子で、電気工学を学ぶ頭のいい若者が、先週やってきて修理してくれたのに。先刻の雷のあと、サテライトチャンネルが映らなくなってしまったが、わたしはまだサテライトのオフィスへ行って修理してくれそうな人間を見つけていなかった。BBCやCNNなどは映らなくてもなんとか数週間はやっていける。NTA（ナイジェリア・テレビ公社）の番組はずいぶんいいのだ。

数日前に偽薬を輸入したかどでまたひとり告訴された男のインタビューを放映したのはNTAだ。今回は腸チフスの薬だった。「わたしの薬が人を殺したわけではありません」大勢の人たちに対してアピールする絶好のチャンスとばかりに、カメラに向かって男はいった。「ただ病気を治すことはないというだけです」わたしはテレビを消した。その男の厚ぼったい唇をそれ以上、見ていられなくなったのだ。だが、もしもエベレが訪ねてくることがなかったら、これほど烈《はげ》しく腹を立てることもなかったかもしれない。ただ、その男がまた自由の身となり、中国やインドやらへ出かけていって、実際には人を殺さないにせよ、病気が殺すのを確実にするような使用期限切れの薬剤を輸入することがないよう祈るだけだっただろう。

戦争が終わったあとの歳月、イケンナ・オコロは死んでいないとなぜ一度も思いつかなかったのだろう。一九七〇年一月以降、数カ月たってから、いや何年もたってから、死んだものと思われていた男たちが家の敷地に入ってきた話を耳にしたことも何度かあったのだ。わたしにできるのはせいぜい、不信と希望のあいだで宙吊りになった家族が、これはあの戦争のことをほとんど口にしない。口にするとしても、そこには受け入れがたい腑《ふ》抜《ぬ》けのようになった男たちに投げつけた砂の量を想像するくらいだ。しかし、われわれいあいまいさがあるのだ。まるで、空襲のときは泥だらけの防空壕のなかで身をまるめ、空襲が終わると焼け焦げた皮膚にピンクの斑点《はんてん》が散らばる屍《しかばね》を埋めたのは大事なことではなくて、キャッサバの皮まで食べながら自分の子どもたちのお腹《なか》が栄養失調で膨らんでいくのをじっと見ていたのは大事なことではなくて、大事なのはわれわれが生き延びたことであるかのように。それがビアフラを生き延びた、われわれ全員の暗黙の了解だった。エベレにしてもわたしにしても、最初の子どもの名前をズィクとするかどうか、何カ月も激論をかわしたのに、ンキルカのときはあっけなく意見がまとまった。これから先のことを考えるほうがよかったのだ。

いまは書斎に腰をおろしている。わたしが教えた学生のリポートを採点した場所、ンキルが中等学校に通っていたころ数学の宿題を手伝ってやった場所だ。肘掛《ひじか》け椅子《いす》の革は擦り切れている。書棚の上方にかかったパステル画は剝げかかっている。電話は机のうえの分厚い電話帳にのっている。そのうち電話が鳴って、ンキルが孫息子のことをなにか話してくれるだろう。学校で今日はいい成績をとったと。それを聞いてわたしは、アメリカの教師は熟慮が足りずに、あまりに簡単にAをつけると思いながらも、にっこり笑うのだろう。すぐに電話が鳴らないなら、そのときは風呂に入って寝る。するとわたしの部屋の、しんとした暗闇のなかで、ドアが開いて、閉まる音が聞こえてくるのだ。

先週の月曜日に

先週の月曜日からカマラはよく鏡の前に立つようになった。横を向き、くるりと反対を向き、ずんぐりした胴部を品定めして、それがブックカバーのように平らなところを想像しながら目を閉じ、トレイシーが絵の具のついたあの指で愛撫《あいぶ》するところを心に描く。バスルームでトイレの水を流してから、カマラはいま鏡の前でそうした。

出るとドアのそばにジョシュが立っていた。トレイシーの七歳の息子だ。母親そっくりの、両目のうえに直線を描いたような、濃い非曲線的な眉毛をしている。

「おちっこ？　うんち？」ジョシュが赤ちゃんことばをまねてきいた。

「おちっこよ」カマラがキッチンへ歩いていくと、グレーのベネチアン・ブラインドがカウンターに細いストライプの影を投げかけていた。そこでふたりは午後いっぱい読書マラソン競技の予行演習をやったのだ。「ほうれん草ジュースは飲んだ？」

「うん」ジョシュがカマラをじっと見ていた。この子はわかっている――わかっているはずだ——緑色のジュースの入ったグラスをジョシュに渡すたびにカマラがわざわざバスルームへ行くのは、ジュースを流してしまうチャンスをあたえるためだと。それはジュースをなめたジョシュが思いきり顔をしかめて「おえっ。これ、やだ」といった最初の日から始まった。

「きみのパパがね、それを夕食前に毎日飲まなければいけないって。グラス半分だから、流してしまうのに一分とかからないわ」というとカマラはくるりと向きを変えてバスルームへ行った。そういうこと。彼女がもどってみるとグラスはからっぽ、いまみたいに、シンクのそばに置いてあった。

「きみの夕食の支度をするから、パパが帰ってくるまでにゼイニー・ブレイニー（子ども向け教育玩具を売るチェーン店）のゲームの準備をばっちり《オール・セット》しておいたら？」とカマラ。「オール・セット」みたいなアメリカ英語表現はいまだに口のなかでもたつく感じが抜けないけれど、カマラはジョシュのためにあえて使った。

「オーケー」とジョシュ。

「ピラフといっしょに食べるのはお魚の切り身がいい？　それともチキン？」

「チキン」

カマラは冷蔵庫を開けた。いちばん上の棚にはオーガニックのほうれん草ジュースの入ったペットボトルがぎっしり詰まっている。二週間前、そのスペースを缶入りハーブティーが占めていた。ニールが『子どものためのハーブの飲み物』を読んでいたからだ。

その前は大豆飲料、その前は骨を育てるプロテイン・シェークだった。ほうれん草ジュースはもうじき終わるなとカマラは察した。なぜならその午後やってきたときまず気づいたこと、それはカウンターのうえから『野菜をジュースにするための完全ガイド』が消えていたことだったから。週末にニールが抽き出しにしまったにちがいない。

カマラはオーガニックチキンの細切りの入ったパッケージを取り出した。「ジョシュ、ちょっと横になって映画でも観たら？」とカマラはいった。キッチンにいて彼女が料理するのを見ていたいといったけれど、ジョシュはひどく疲れているようだ。読書マラソンの決勝戦に出場するほかの四人もきっとジョシュみたいに疲れているのだろう。長ったらしい、言い慣れないことばを何度も舌のうえでころがしたせいで口はだるいし、明日の競技会のことを思ってぴりぴりと身をこわばらせているのだろう。

ジョシュが「ラグラッツ」のＤＶＤを挿入してカウチに寝そべるのをカマラは見ていた。オリーブ色の肌に、もつれた巻き毛のきゃしゃな子ども。故郷のナイジェリアでは彼のような子は「ハーフ＝カースト（ヨーロッパ白人との混血）」と呼ばれている。その語は自動的に、クールで、肌の色が薄くて、美形で、白人の祖父母を訪ねて海外へ旅することを意味した。カマラはずっとハーフ＝カーストたちの妖しい魅力を快く思っていなかった。ところがアメリカでは「ハーフ＝カースト」は使ってはいけないことばだった。カマラがそれを知ったのは「フィラデルフィア・シティ・ペイパー」紙に「高給、駅近辺、車不要」とあったベビーシッターの求人広告を見て、初めて電話をかけたときだ。ニールは彼女がナイジェリア人だと聞いて驚いたようだった。

「とても流暢《りゆうちよう》に英語を話しますね」とニールがいったのでカマラはむかっときた。彼が驚いたことにも、英語が彼の個人財産だと決めてかかっていることにも腹が立った。そのせいで、トベチから学歴のことはいうなといわれていたのに、カマラは自分が修士号をもっていて、アメリカには夫と暮らすために最近やってきたばかりで、グリーンカード取得の申し込みが受理されて正規の労働許可証が出るまでベビーシッターをして少しお金を稼ぎたいのだといってしまった。

「ほしいのはジョシュを学期末まで責任をもって世話してくれる人なんだけど」とニール。

「だいじょうぶです」あわててカマラはいった。修士号をもっているなんていわなければよかった。

「もしかするとジョシュにナイジェリアの言語を教えられる？　放課後に週二回、フランス語のレッスンはもう始めているんだ。ジョシュはテンプル・ベス・ヒレルで上級コースに通ってるんだが、あそこは四歳で入学試験を受けるんだよ。とてもおとなしくて、とてもかわいくて、すばらしい子だが、僕が心配しているのは、学校や近所にあの子のような異人種《バイレイシャル》の両親をもつ子がいないことでね」

「バイレイシャル？」とカマラはきき返した。

するとニールはなんとも微妙な咳《せき》をした。「妻はアフリカン・アメリカンで、僕は白人、ユダヤ人だ」

「おお、ハーフ＝カーストなんですね」

一瞬の沈黙があってニールは口を開いたが、声がくぐもって聞こえた。「そのことばは使わないでほしい」

彼の口調にはカマラに「すみません」といわせるものがあったけれど、なぜ自分があやまっているのかよくわからなかった。その口調にはまた、仕事のチャンスを逸したと思わせる含みが感じられた。だから彼が住所をいうなり翌日会えるかときいたときは驚いた。ニールは背が高く、あごが長かった。なめらかな、ほとんど人の心をなごませる調子で話をするのは、たぶん、弁護士だからだとカマラは思った。面接はキッチンで行なわれた。ニールはカウンターにもたれ、カマラの身元保証先やナイジェリアでの生活についてたずね、ジョシュは自分にユダヤ人とアフリカ系アメリカ人の血が流れているのを理解できるよう育てていると語った。そのあいだ彼はひたすら電話に貼った銀色のステッカーを撫《な》でつづけた。「銃にはノー」と書かれている。子どもの母親はどこにいるのだろう、ひょっとしたらニールが殺してトランクに詰め込んだのか？　カマラはこ数カ月、コートTV[*1]ばかり観ていたので、アメリカ人はなんてクレイジーなんだろうと思うようになっていた。でもニールの話を聞けば聞くほど、彼は蟻《あり》も殺せない人だという確信は強まるばかり。カマラは彼のなかにある脆《もろ》さも感じ取った。不安の塊なのだ。

＊1　犯罪や裁判を扱うドラマ、ドキュメンタリーを流すテレビ局。

ジョシュがほかの子とちがうために学校で辛い思いをしているのではないかと心配していて、ジョシュは不幸せかもしれない、ジョシュは自分のことを十分わかっていないかもしれない、ジョシュはひとりっ子で、もう少し大きくなると子ども特有の問題を抱えることになるかもしれない、落ち込むかもしれない、と心配でならないのだという。カマラは途中で「まだ起きていないことをなぜそんなに心配するのですか？」と口をはさみたくなった。でもそうしなかったのは、この仕事に就けたと確信できなかったからだ。ニールが仕事の条件をいったときも――放課後から六時半まで、時給十二ドルを現金で――なにもいわなかったのは、どうやら彼に必要なのは、なにがなんでも必要なのは、聴いてもらうことであるらしく、カマラにとって話を聴くのは雑作もないことだったからだ。

自分の教育方針やしつけは理論にもとづく、絶対にたたいたりはしない、虐待はしつけだとは思わないから、とニールはいった。「なぜその行為が間違っているかをジョシュに理解させればやらなくなるはずだ」とニール。

ぴしゃりとやるのはしつけです、虐待とはまったくちがいます、とカマラはいいたかった。虐待というのは自分の子どもの肌に煙草の火を押しつけたりすることだ。アメリカ人がそんなことをするのをテレビニュースで知ったばかりだった。でもカマラは、トベチからこういいなさいといわれていたように「ぴしゃりとやることについては同感です。それにもちろん、あなたが良いと考える教育方針だけに従いますので」といった。

「ジョシュは健康に良い食事をさせている」とニールはつづけた。「果糖を多量に含むコーンシロップ、漂白された小麦粉、トランス脂肪酸はほとんど摂取しない。すべて書き出しておくよ」

「わかりました」いわれたことがさっぱりわからないままカマラは答えた。

帰りぎわに「お子さんのお母さんは?」ときいてみた。

「トレイシーはアーティストなんだ。いまは長時間、地下室ですごしている。大きな作品に取り組んでいて、依頼された仕事だから。締め切りがあって……」声が尻すぼみになった。

「まあ」カマラは当惑気味にニールを見つめた。彼のいったことのなかに、なにか非常にアメリカ的なものが、少年の母親がカマラに会うためここにいない理由を説明するなにかがあるのだろうか、それを自分は察するように求められているのだろうか、と考えた。

「いまのところはジョシュも地下に行ってはいけないことになっているので、あなたも地下には行かないように。なにか問題があれば僕に電話して。番号は冷蔵庫に貼ってある。トレイシーは夕方までうえにはあがってこない。毎日、ケータリングサービスのスープとサンドイッチで間に合わせてうまくやっているんだ」ここでニールはちょっと黙った。「なにが起きても彼女を邪魔しちゃいけない、それは心得ておくように」

「わたしがここへ来たのはだれかのお邪魔をするためではありませんので」カマラの声

はちょっと冷やかになった。ニールの口調が突然、故郷ナイジェリアならハウスガールに対するものいいに聞こえたからだ。トベチに説得されて、見ず知らずの人間の子どもの尻を拭《ふ》くような、専門性を必要としない仕事なんかに応募するんじゃなかった。メイン・ラインに住む金持ちの白人は金の使い方を知らないというトベチのことばなんかに耳を貸すんじゃなかった。でも逆撫でされた自尊心をなだめながら駅まで歩いていくまでもなく、説得される必要などなかったのはわかっていた。仕事がほしかったのは彼女のほうで、仕事ならなんでもよかった。毎日アパートから出かける理由がほしかったのだ。

そして三カ月がすぎた。ジョシュのベビーシッターをした三カ月。ニールの心配事に耳を傾け、ニールが不安に駆られて出す指示を実行に移し、ニールに対する哀れみがどんどん大きくなった三カ月。トレイシーの姿はその三カ月のあいだ一度も見かけなかった。カマラは最初、部屋の隅の棚に飾られた結婚写真のなかで、長いドレッドロックスの髪にピーナッツバター色の肌をして裸足《はだし》で写っているこの女性に興味津々《きょうみしんしん》だった。地下室から出てくるかしら、出てくるとしたらいつだろうと思っていた。ときどき下方から、ドアがばたんと閉じる音や、クラシック音楽のかすかな旋律が聞こえてきた。トレイシーは自分の子どもに会っているのだろうか。母親のことを聞き出そうとしてもジョシュは「マミーはお仕事でとっても忙しいんだ。邪魔をしたらすごく怒るからね」という。その顔に用心深く本音を出すまいとする表情が浮かんでいたため、それ以上聞き出すのはやめておいた。カマラはジョシュの宿題を手伝い、いっしょにカード遊びをし、いっしょにDVDを観た。子どものころよく捕まえたコオロギの話をしてやるとジョシュが嬉《うれ》しそうにじっと耳を傾ける、その姿には心がなごんだ。トレイシーの存在はカマラがナイジェリアの母親に電話をかけるとき電話線の向こうで低く唸る雑音のように、取るに足りないものになっていた。先週の月曜日までは。

その日、ジョシュはバスルームにいて、カマラがキッチンのテーブルに向かって腰をおろして彼の宿題に目を通しはじめると、背後で音がした。ジョシュだと思って振り向くと、トレイシーがいた。身体《からだ》のラインがはっきりわかるレギンスにセーター姿で、にっこり笑いながら目を細め、絵の具のついた指で長いドレッドロックスを顔から払いのけた。奇妙な瞬間だった。じっと見つめ合うふたりの視線、カマラは急に自分の体重を減らしたい、化粧を直したいと思った。もしもチンウェに教えたら、きっと、「あなたとおなじものをもってる同類の女だって？　トゥフィア（まったく）！　なにばかなこといってるの？」といっただろう。カマラだって先週の月曜日から自分にそう言い聞かせてきたのだ。揚げたプランテーン（料理用バナナ）を食べるのをやめ、サウス通りのセネガル人がやっている店で髪を細く編んでもらい、化粧品店に積まれたマスカラの品定めを始めながら、そうつぶやいていた。そんな独り言をいっても事態はなんの変化もなかった。というのはその昼下がりにキッチンで起きたことがとんでもない希望をふくらませ、いまや彼女の生活を駆り立てているのはもう一度トレイシーが上階にあがってくると思うことだったからだ。

カマラはチキンの細切りをオーヴンに入れた。ニールが時間通り帰宅しない日は一時間に三ドル追加されてカマラがジョシュの夕飯を料理した。「夕飯を料理する」という、ただ箱や袋を開けて中身をオーヴンや電子レンジに入れるだけの無菌化された一連の行為がまるでちがった作業に聞こえるのがおかしかった。故郷で使っていた、もくもくと煙の出るあの灯油コンロをニールに見せたかった。オーヴンがビーッと鳴った。カマラはジョシュの夕食の皿にライスをまるく盛りつけ、その周囲をチキンの細切りで囲んで「ジョシュ」と声をかけた。「晩ご飯ができたわよ。デザートはフローズンヨーグルトでいい？」

「うん」ジョシュがにこっと笑った。昼のカーブがトレイシーのにそっくり、そう思ったカマラはカウンターの端につま先を思いっきりぶつけてしまった。先週の月曜日からやたらものにぶつかるようになっていたのだ。

「だいじょうぶ？」とジョシュがきいた。

「だいじょうぶ」カマラはつま先をこすった。

「待って、カマラ」ジョシュは床にひざまずいて彼女の足にキスした。「ほら。これでもう痛いのがどっか行っちゃったでしょ」

目の前の、下を向いたちいさな頭を見下ろし、手のつけようのない巻き毛を見ていると、カマラは思わず彼を抱き寄せたくなった。

「ありがとう、ジョシュ」

電話が鳴った。ニールだ、とカマラは思った。

「ハーイ、カマラ。うまくいってる？」

「うまくいってますよ」

「ジョシュはどう？　明日のこと心配してる？　緊張してるかな？」

「だいじょうぶです。予行演習は済ませました」

「すごい」ちょっと間があき「ちょっと代わってくれる？」といった。

「いまバスルームです」カマラは声を低くして、ジョシュが部屋の隅にあるＤＶＤプレーヤーのスイッチを切るのを見ていた。

「オーケー、すぐに帰るよ。最後の客をオフィスから、文字通り押し出したところだ。その客の夫に示談にするようなんとか説得したら、今度は彼女のほうがぐずぐず手間取りはじめて」といって彼は短く笑った。

「わかりました、では」と受話器を置こうとして彼女は、ニールがまだ切りたくないと思っていることに気づいた。

「カマラ？」

「はい？」

「僕は明日のことがちょっと心配なんだ。だって、ああいう競技がはたしてジョシュの年齢の子にとって健全かどうか、実のところ確信がもてないんだよ」

カマラは水道の蛇口をひねり暗緑色の液体の筋をきれいに洗い流した。「ジョシュならだいじょうぶですよ」

「ゼイニー・ブレイニーの店にあの子を連れていって、競技のことからちょっと気を紛らせてやりたいと思って」

「だいじょうぶですよ」カマラはもう一度いった。

「ゼイニー・ブレイニーの店に行ってみないか？　帰りにきみの家まで送っていくから」

できたら家に帰りたい、とカマラはいった。なぜジョシュがバスルームにいるなんて嘘《うそ》をいってしまったのか自分でもわからなかった。はらりと口から出てしまったのだ。以前はニールと気軽におしゃべりができた。たぶんゼイニー・ブレイニーにもいっしょに行っただろう。でもなんだか、もうこれまでのようにニールと仲良くやっていきたい気分ではなくなっていた。

カマラはまだ受話器を握っていた。さっきから耳ざわりな音をたてているのに。最近ニールが電話受けに貼った「われわれの天使を守ろう」と書いてあるステッカーに触ってみた。半狂乱になって電話をかけてきた次の日に貼ったのだ。インターネットで見かけた、最近近所へ引っ越してきたという、幼児に性的いたずらをする人物の写真がUPS宅配便の男にそっくりなのだと。ジョシュ、ジョシュ、ジョシュはどこ？　ジョシュ、ジョシュ、ジョシュはどこ？　まるでジョシュが家のなかではなくて外にいるみたいにそのときニールはきいたのだ。カマラは受話器を置きながら彼がかわいそうになった。アメリカ人の子育てというのは不安をなんとか手なずけることであり、その不安は食べ物がありすぎることに起因すると彼女は理解するようになった。つまり、空腹から解放されたアメリカ人は、どこかで読んだばかりの奇病に自分の子どもが罹《かか》りはしないかと不安になり、落胆や、欠乏や、失敗から子どもを守る権利があると考えるようになったんだ。空腹から解放されたアメリカ人は、自分たちが良き親であることを自画自賛する贅沢《ぜいたく》をあたえられたんだ。まるで自分の子どもの世話をするのは慣例というより特例だといわんばかり。女たちがテレビで自分の子どもをどれほど愛しているか、子どものためにどれほど犠牲を払っているかを語るのを見て、以前のカマラはおかしいと思った。いまでは苛々《いらいら》した。毎月、毎月、生理が執《しつ》拗《よう》にやってくるたびに、あっけなく孕《はら》んだ赤ん坊を連れた、こぎれいな装いをした女たちが恨めしかったし、「健全な親であること」などと軽やかにいうのも不愉快だった。

カマラは電話を置いて、黒いステッカーを引っ張った。ステッカーは簡単に剝《は》がれそうだ。ニールの面接を受けたとき「銃にはノー」と書いてあったステッカーは銀色だった。そのことをカマラはまっさきにトベチに話した。ニールはそれを何度もくり返し、まるで儀式のように撫でつけてたのよ、変な感じ、ともいった。でもトベチはステッカーには興味を示さなかった。質問はもっぱら家について、カマラにわかるわけのない細部についてだった。コロニアル風だった？　築何年くらい？　そうきくあいだトベチの目は夢見ごこちにうるんで輝いていた。「俺たちもいつかアードモアでそんな家に住むぞ、それともいっそメイン・ラインがいいかな」

カマラはなにもいわなかった。彼女にとって大切なのは、どこに住むかではなく、自分たちがどうなってしまったかだったから。

トベチとはスッカの大学で出会った。ふたりとも最終学年に在籍していたときで、彼は工学、彼女は化学を学んでいた。もの静かで、本好きで小柄な彼は、親が「前途有望」といいそうな青年だった。でもカマラが心惹《こころひ》かれたのは、彼がカマラを畏敬《いけい》の念を込めて見つめたためで、その目差しにカマラは自分がありのままでいられると思ったからだ。一カ月後、カマラはキャンパス内の並木道に面した男子寮の彼の部屋に引っ越し、どこへ行くにもいっしょで、オカダに乗るときもカマラはトベチと運転手のあいだにはさまるようにしてまたがった。壁のべたつくバスルームではバケツの水をいっしょに浴びて、小型の屋外用コンロでふたりして料理をした。トベチのことを友人たちが「女の腰布」と呼びはじめたとき、彼は、あいつらは自分がほしいと思っているものがわかっちゃいないんだといわんばかりに、にやりと笑った。ふたりが国の青年奉仕活動を終えたあとすぐに結婚式を挙げたのは、牧師をしているトベチの叔父が、福音主義派伝道団の会議に出席する一行にトベチの名前を加えて、アメリカのヴィザを申請したらどうかとすすめたからだ。アメリカとは重労働のことなのはふたりとも知っていたし、重労働をする心づもりがあればなんとかなることも知っていた。トベチがアメリカに行って仕事を見つけて、二年間働いてグリーンカードを取得し、それから彼女を呼び寄せることになった。ところが二年がすぎて、四年がすぎて、カマラがエヌグで中学校教師をしながらパートタイムで修士号を取得するプログラムで学び、友人の子どもたちの洗礼式に参列しているあいだ、トベチはフィラデルフィアでタクシーの運転手をしていた。タクシー会社を経営するナイジェリア人が運転手をかたっぱしから騙《だま》したのは、だれも正規の許可証をもっていなかったからだ。また一年がすぎた。トベチが送金したいと思っていた金額を送れなかったのは、稼いだ金の大半が彼のいう「書類手続き」につぎ込まれたからだ。彼女のおばさんたちのささやきがどんどん大きくなっていった——あの男はいったいなにを待っているの？　自分でなんとか女房を呼び寄せることができないなら、そう知らせてくれなきゃ、女の持ち時間はすぐに切れてしまうんだから！　電話で話をしているときはトベチの声が張りつめているのを察して彼をなぐさめたカマラも、ひとりになると彼を思って泣き暮らし、それでもついにその日がやってきた——トベチが電話してきて、たったいま目の前にグリーンカードがある、カードは緑色じゃないけど、といったのだ。

フィラデルフィア空港に到着したときの、空調でむっとする臭いをカマラはずっと覚えているだろう。パスポートに身元引受人としてトベチの名が書かれた観光ヴィザをはさみ、そのページを少し折り返して握りしめ、到着出口から出ていくとそこに彼がいた。

肌の色が薄くなり、ちょっと太ったトベチが笑っていた。六年ぶりだった。ふたりはしっかり抱き合った。車のなかで彼は自分の書類が未婚者として登録してあるため、アメリカでもう一度結婚届を出して、それから彼女のグリーンカードを申請することになるといった。アパートに着くと彼が靴を脱いだ。彼の足はキッチンフロアのミルク色のリノリウムのうえで黒っぽく見えて、毛が生えていることにカマラは気づいた。彼の足に毛が生えているなんて覚えていなかった。不恰好なアメリカ風の英語がちりばめられたイボ語を話すトベチをカマラはじっと見つめた。「アイ・ウィル・ゴー」を「アマー・ゴー」なんていっている。電話ではこんなふうに話さなかった。それとも話したのに、気づかなかったのか？　実際に会ってみるとちがったってこと？　自分は大学時代のトベチと会えるつもりでいたのか？　彼は記憶を発掘し、滔々《とうとう》とまくしたて、嬉々としていた――あの夜のこと覚えてる？　ほら、俺たちが雨のなかでスヤ（スパイシーな肉のグリル）を買った夜だよ。カマラは覚えていた。ぴかりごろごろ雷が鳴って、電球が点滅して、ずぶ濡れの焼き肉を生っぽいタマネギといっしょに食べたので目から涙が出たのだ。翌朝目が覚めると息がめちゃめちゃタマネギ臭かったことも思い出した。努力なんかしなくても簡単に彼らの関係がうまくいっていたことも。いまは沈黙がぎこちないけれど、そのうちうまくいくはず、長いこと離れればなれになっていたのだから、とカマラは自分に言い聞かせた。ベッドではなにも感じなかった。皮膚と皮膚がゴムのようにこすれあうだけ、ふたりのあいだが以前どんなふうだったか、カマラははっきり覚えていた。彼は寡黙《かもく》で、優しく、堅く、彼女は大きな声を出し、つかまり、身をよじった。いまではこれがおなじトベチなのかと思うほどせっかちで、大げさなそぶりで、なかでもいちばん厄介《やっかい》なのが、例のとってつけたようなアクセントで話しはじめることだった。それを聞くとカマラは彼の顔をひっぱたきたくなった。「アイ・ウォナ・ファック・ユー。アイム・ゴナ・ファック・ユー」初めての週末、彼はカマラを連れてフィラデルフィアを案内した。旧市街を行ったり来たりしているうちにカマラが疲れきってしまうと、ベンチに座っていろと彼はいってボトル入りの水を買いにいった。ややゆるめのジーンズにTシャツを着て、濃いオレンジ色の太陽を背にして彼女に向かって歩いてくるトベチが一瞬、自分の全然知らない他人に見えた。彼はバーガーキングのマネージャーという新しい仕事から帰宅するとき、ちょっとしたプレゼントを持ち帰るようになった。最新の「エッセンス」誌、アフリカンストアからマルティナ（ノンアルコールの麦芽飲料）、それにチョコレートバー。裁判所へ出向いて、苛々したようすの女の正面で誓いのことばを述べ合う日、彼が口笛を吹きながら上機嫌でネクタイを結ぶのを見ていると、カマラは絶望的な悲しみに襲われて、彼のように自分も喜べたらどんなにいいかと思った。喜怒哀楽の感情は自分の掌中におさめておきたかったのに、すでにそれは手からこぼれ落ちてしまっていた。

彼が仕事に出かけているあいだカマラはアパートのなかを歩きまわったり、テレビを観たり、冷蔵庫のなかのものを手当り次第に食べたりした。パンを食べきると、マーガリンまでスプーンで何度もすくって食べた。服がウェストやアームのあたりでぴちぴちになったので、散歩に出かけるときは一枚しかないアバダ（ワックスプリントの布）をゆったりと身体に巻いて両端を脇のところで結んだ。やっとトベチとアメリカで合流できたのに、ついに夫といっしょになれたのに、カマラの気分は晴れなかった。本音で話ができるのはチンウェだけのような気がした。トベチを待ってるなんてバカよ、といわない友人はチンウェだけだった。ベッドなんて大嫌いといいながら朝になるとそこから起き出したくなくなるといっても、そんな困惑もチンウェなら理解してくれそうだった。

チンウェに電話すると最初のハロー、ケドゥ（元気）？を言い合った直後からチンウェが泣き出した。チンウェの夫が別の女を孕ませ、夫がその女に婚資を払うところだという。チンウェは娘をふたり産んだけれど、その女は息子がたくさん生まれる家系の出だからだ。カマラはその役立たずの夫のことを怒り、チンウェをなぐさめようとした。自分の新生活のことはなにもいわずに電話を切った。話している相手に脚がないのに、自分には靴がないなんて不満はいえなかったのだ。

母親には電話でなにもかもうまくいっていると告げた。「すぐにちっちゃな足がぱたぱた歩きまわる音が聞こえるようになるわね」と母親がいったので、カマラは「イセ（アーメン）！」といって祝福に同意することばを返しておいた。そして実行した——トベチがうえにのっているあいだわざわざ目を閉じ、なんとか妊娠したいと願ったのだ。それで意気消沈から自分を引っ張り出すことにまではならないとしても、せめて世話をするものができることにはなるはずだったから。トベチは避妊用のピルを持ち帰り、これまでの埋め合わせをするために、ふたりで楽しむために、一年間はふたりだけでいたいといったけれど、カマラは毎日一錠ずつそれをトイレに流し、わたしが日々こんなに憂鬱《ゆううつ》なのがどうしてわからないのだろう、いつのまにかふたりのあいだに滑り込んでしまった厄介事にどうして気づかないのだろうと不思議に思った。それでも先週の月曜日、彼はカマラの心の変化には気づいていた。

彼はその夜「今日はご機嫌じゃないか」といってカマラをハグした。彼女の機嫌がいいので彼も幸せそうだった。カマラはどきどきしたけれど、後ろめたくもあった。トベチにはいえないことだったし、彼とはまったく関係なく突然またやる気になったのだから。トレイシーがキッチンにあがってきたようすをトベチにいうわけにはいかなかった。いったいどんな母親なんだろうと考えるのはとうのむかしにやめていたので、どれほど驚いたかもいうわけにはいかなかった。

「ハーイ、カマラ」といってトレイシーは近づいてきた。「トレイシーよ」彼女の声は低く、その女っぽい身体は流線形で、セーターと手は絵の具だらけだった。

「まあ、こんにちは」カマラは微笑《ほほえ》んだ。「ようやくお目にかかれて嬉しいです」

カマラが手を差し出したが、トレイシーはぐいと近づいて彼女のあごに触れた。「ブラケットをつけたことは？」

「ブラケットですか？」

「そう」

「いえ、ありません」

「ものすごくきれいな歯をしてるわねえ」

トレイシーは手を彼女のあごに置いたまま、かすかに顔を上向かせたため、カマラは最初、褒められた少女になったような気がして、それから花嫁になったような気がした。もう一度彼女は微笑んだ。カマラは自分の身体のことを、トレイシーの視線を、ふたりがひどく接近していることを、ものすごく近いことを、強烈に意識した。

「アーティストのモデルをしたことはある？」

「いえ……ありません」

ジョシュがキッチンに入ってきてトレイシーに駆け寄った。「マミー！」顔が紅潮している。トレイシーが彼をハグしてキスし、髪の毛をかきまわした。「お仕事もう終わったの？」ジョシュがトレイシーの手にしがみついた。

「まだよ、ハニー」トレイシーはキッチンの勝手をよく知っているようだった。グラスがどこにしまってあるか知らないのじゃないか、浄水器のフィルターの扱い方を知らないのじゃないか、とカマラは思っていたのだ。「行き詰まっちゃって、それでちょっとだけうえにきてみようと思ったのよ」トレイシーはジョシュの髪をなでつけていた。それからカマラのほうを向いた。「ちょうどこの喉《のど》のところがすっかり詰まっちゃって、わかる？」

「ええ」といったものの、カマラにはわからなかった。トレイシーがまっすぐカマラの目をのぞき込んだため、自分の舌が巨大な塊になったように感じた。
「ニールがあなたは修士号をもってるっていってたわ」
「ええ」
「すばらしいわ。わたしは大学が大嫌いで、卒業するまで待てなかったの！」といって
トレイシーは声をあげて笑った。カマラも笑った。ジョシュも笑った。トレイシーはテ
ーブルのうえの郵便物をぱらぱらめくり、封筒を一枚取りあげ、開いて中身を取り出し
てまた封筒にもどした。カマラとジョシュは黙って見ていた。トレイシーが顔をあげた。
「オーケー、仕事にもどるほうがいいみたい。またあとでね」
「ジョシュに制作中の作品を見せてあげてはいかがですか？」カマラがきいた。トレイ
シーが行ってしまうと思うだけで耐えられなかったのだ。
その提案にトレイシーは一瞬ひるみ、それからジョシュを見下ろすと「きみ、見た
い？」ときいた。
「うん！」
地下室には大きな絵が壁にたてかけてあった。
「きれいだね」ジョシュがいった。「だよね、カマラ？」
カマラには絵の具をでたらめに吹きつけただけに見えた。「ええ。とてもすてきね」
カマラには地下室そのもののほうが興味深かった。事実上トレイシーはここで暮らし
ているのだ。スプリングのへたったカウチ、脚のがたつくテーブル、コーヒー滓《かす》のつい

たマグ。トレイシーがジョシュをくすぐるとジョシュは声をあげて笑った。トレイシーが彼女のほうを向いた。「ひどく散らかっててごめんなさいね」

「いいえ、気になさらずに」ここを掃除しましょうか、とカマラはいいたかった。少しでもここに長く居られるなら。

「合州国にきたばかりだってニールがいってたけど、そうなの？　ナイジェリアのことが聞きたいわ。わたし、一、二年前にガーナにいたことがあるのよ」

「まあ」カマラは下腹に息を吸い込んだ。「ガーナはどうでした？」

「すごくよかった。母なる国がわたしの仕事のことをすべて教えてくれたから」ジョシュをくすぐりながらも、トレイシーの目はじっとカマラに注がれていた。「あなた、ヨルバ人？」

「いいえ。イボ人です」

「あなたの名前はどういう意味なの？　発音はこれで正しい？　カ・マラ？」

「ええ。カマラチズオロアニィを短くしたものです。『神の恵みがわれわれに十分あたえられますように』という意味です」

「きれいねえ、音楽みたい。カマラ、カマラ、カマラ」

カマラはトレイシーがそれをもう一度口にするところを想像した。今度は彼女の耳にささやくように。カマラ、カマラ、カマラ、ふたりの身体が名前の音楽に合わせて揺れるあいだに。

絵筆を握って走るジョシュをトレイシーが追いかけ、ちょうどカマラの近くへきたときだ。トレイシーが立ち止まった。「この仕事、気に入ってる？」カマラは驚いて「ええ。ジョシュはとてもいい子ですから」といった。トレイシーがうなずいた。それから手を伸ばして、もう一度カマラの顔に軽く触れた。その目がハロゲンランプの灯《あか》りのなかできらりと光った。「わたしのために服を脱いでみてくれる？」まるで息をするようなソフトな口調だ。ソフトすぎて、ちゃんと聞き取れたかどうか、カマラは確信がもてなかった。「あなたを絵に描くわ。絵はあなたにあまり似ていないかもしれないけど」カマラは自分の息がほとんど止まっているのがわかった。「まあ。どうしましょう」「考えておいて」トレイシーはそういってジョシュのほうを向いて、仕事にもどらなければ、といった。

「ジョシュ、さあ、ほうれん草の時間よ」カマラはちょっと大きすぎる声でいって上階へあがった。もっと大胆なことをいえばよかった、トレイシーがもう一度あがってくればいいのに、と思った。

ニールはジョシュにチョコレートチップを食べていいと許可したばかりだった。彼が使っている無糖甘味料には発ガン性があると新しい本に書いてあったのだ。というわけでジョシュがデザートにチョコレートチップを振りかけたオーガニックのフローズンヨーグルトを食べているとき、ガレージのドアが開いた。ニールはしゃれたダークスーツを着ている。革鞄をカウンターに置いて、ハーイとカマラに声をかけてから「ハロー、おちびさん！」とジョシュを急襲。

「ハーイ、ダディ」ジョシュが彼にキスして笑い声をあげると、ニールは彼の首筋に鼻をもみ込んだ。

「カマラといっしょにやってるリーディングの練習はうまくいってる？」

「いってる」

「緊張してるかな？　うまくやれるよ、絶対に勝つさ。でもそれはたいしたことじゃない、ダディにとってはおまえはすでに勝者だからね。ゼイニー・ブレイニーに行く準備はばっちり《オール・セット》かい？　面白いぞお！　チャム・ザ・チーズボール初のお出ましだ！」

「うん」ジョシュは皿を脇へ押しやり、通学用バッグをがさごそやり出した。

「学校のことはあとで見てあげるよ」とニール。

「靴ひもが見つからないよう。グラウンドで靴から引き抜いたんだけど」ジョシュがバッグから取り出したのは一枚の紙で、そのまわりに泥のこびりついた靴ひもが絡まっていた。ジョシュが引っ張って二本に分けた。「ほら、見て！　僕のクラスがいま作ってるスペシャル・ファミリーのシャバット（ユダヤ教の安息日）用カード、おぼえてる？」

「それがそうか？」

「そう！」ジョシュはクレヨンで彩色した紙をかかげて大きく振った。早熟なほど形の良いジョシュの手のなかには「カマラ、僕たちが家族でうれしい。シャバット・シャローム（良い週末を）」ということばが見えた。

「先週の金曜日にあげるの忘れちゃった、カマラ。あげるのはだから明日まで待たなきゃだめだ、それでいい？」というジョシュの顔はひどくまじめだ。

「いいわよ、ジョシュ」カマラは皿洗い機にセットするため、ジョシュの使った皿をすすぎながらいった。

ニールがジョシュからそのカードを取った。「おいおい、ジョシュ」とそれをジョシュにもどしながらニールはいった。「カマラにこのカードをあげるのはすごくいいことだけど、カマラはきみのベビーシッターで友だちだろ、これは家族のためのものだよ」

「リア先生がだいじょうぶだっていったもん」

ニールは応援を求めるみたいにカマラを見たが、カマラは目をそらして皿洗い機を開けることに専念した。

「行こうよ、ダディ？」とジョシュがいった。

「よし」

出発前にカマラは「明日はうまくいくといいわね、ジョシュ」といった。

ニールのジャガーでふたりが走り去るのを見送った。カマラの足が階下へ降りていきたくてむずむずした。降りていって、トレイシーの部屋をノックし、なにか要りませんか？　コーヒーとか、お水とか、サンドイッチとか、ときいてみたかった。バスルームに入り、編みなおしたばかりの髪をぽんぽんとはたき、リップグロスとマスカラを塗りなおし、それから地下室へつづく階段を降りていった。何度も立ち止まってはもどりかけた。ついに階段を駆け下り、ドアをノックした。何度もノックした。

トレイシーがドアを開けた。「もう帰ったと思っていたわ」という彼女の表情は心ここにあらずといった感じだ。色あせたTシャツに、絵の具が筋を作るジーンズを着た彼女は、睫毛《まつげ》が濃すぎて、まっすぐすぎて、つけ睫毛かと思うほどだ。

「いえ」カマラはばつがわるかった。先週の月曜日からずっと、なぜあがってこなかったの？　わたしを見てなぜ目を輝かせないの？　「ニールとジョシュはゼイニー・ブレイニーに出かけました。ジョシュの明日の幸運を祈っています」

「ええ」トレイシーの態度には、どこかひりひりするような苛つきがあった。

「きっとジョシュは優勝します」とカマラ。

「あの子ならやるかもね」

トレイシーがドアを閉める気なのか、後ろへ身を引く気配を見せている。

「なにか要るものはありませんか？」とカマラ。

ゆっくりとトレイシーが微笑んだ。前へ身を乗り出して、カマラにぐんと近づき、接近しすぎたために顔と顔がぶつかりそうだ。「わたしのために服を脱いでくれるのよね」

「ええ」といってカマラが腹部をへこませつづけていると、「よかった。でも今日じゃなくていいわ。今日は吉日じゃないから」というなりトレイシーは部屋のなかに消えた。

翌日の午後ジョシュの顔を見ないうちから、カマラには彼が優勝できなかったのがわかった。ジョシュはクッキーの皿を前にして座り、グラスからミルクを飲んでいた。すぐそばにニールが立っている。きれいなブロンドの女が体型に合わないジーンズをはいて、冷蔵庫に貼ったジョシュの写真に見入っていた。

「ハーイ、カマラ。いま帰ったところだ」とニール。「ジョシュはすばらしかった。彼が優勝してもまったくおかしくなかったくらいだ。だれが見ても、いちばん一生懸命がんばった子だったからね」

カマラはジョシュの髪の毛をかきまわした。「ハロー、ジョシュ」

「ハーイ、カマラ」といってジョシュは口にクッキーを詰め込んだ。

「こちらはマレン。ジョシュのフランス語の先生だ」とニールがいった。

その女はハーイといってカマラの手を握り、それから部屋の隅へ行った。ジーンズが股に食い込み、顔の両サイドが明るすぎる頰紅のせいでなんだか汚れて見える。カマラが想像していたフランス語教師のイメージにはほど遠かった。

「読書マラソンにレッスン時間を食われてしまって、それでここでレッスンできるかなと思ってね、マレンは親切にもオーケーしてくれたから。かまわないよね、カマラ？」

とニールがきいた。

「もちろんですよ」というと突然カマラはまたニールが好きになり、キッチンに射し込む光をブラインドが細く切るのがいいなあと感じ、フランス語の教師がそこにいることまで好ましく思えた。というのはレッスンが始まれば階下へ降りていって、トレイシーに、いまは服を脱ぐのにちょうどいいかしら、とたずねることができるからだ。新しいバルコネット・ブラをしてきていた。

「心配だな」とニールがいった。「やけにあまいもので僕はあの子をなぐさめてるよね。ロリポップを二本もあげたんだ。それにサーティワンにも寄ったしなあ」ニールはささやくようにいったけれど、ジョシュにも十分聞こえる大きさだった。以前、ジョシュが通っていたテンプル・ベス・ヒレルの幼稚園入園前のクラスに本を寄贈したことを話してくれたときも、ニールはこれとおなじように不必要に抑えた声を使った。それはエチオピアのユダヤ人について書かれた絵入りの本で、そこに描かれた人びとは肌がつややかな大地の色をしていたが、ジョシュがいうには、先生がその本をクラスで読んでくれたことは一度もなかったとか。「ジョシュはだいじょうぶですよ」というと、ニールが感謝せんばかりに彼女の手を握ったことを思い出した。とにかくだれかにそういってもらわなければならなかったみたいに。

だからカマラはいった。「ジョシュは乗り越えますよ」

ニールはゆっくりうなずいた。「どうかな」

カマラは手を伸ばしてニールの手を強く握った。あふれんばかりの寛容の精神を感じていたのだ。

「ありがとう、カマラ」そういうと、ニールはちょっと間をおき「もう行かなくちゃ、今日は帰りが遅くなる。夕飯つくってくれるかな?」といった。

「もちろんです」とカマラはまた微笑んだ。ひょっとすると地下室へもう一度降りていくチャンスがあるかもしれない。ジョシュが夕飯を食べているあいだに。ひょっとするとトレイシーが彼女に泊まっていってと頼むかもしれない、そうなったらトベチに電話して、急に夜通しジョシュの世話をしなければならなくなったということになるかも。

地下室へ通じるドアが開いた。カマラは興奮でこめかみがどくどくと脈打つのを感じ、トレイシーがレギンスに絵の具のついたTシャツ姿であらわれると、そのどくどくがさらに強まった。彼女はジョシュをハグし、キスした。「ほら、きみはわたしの勝利者よ、わたしの特別の勝利者だね」

カマラはトレイシーがニールにキスしなかったのが嬉しかった。彼らが兄と妹みたいに「ハーイ」と言い合うだけなのが嬉しかった。

「あら、カマラ」とトレイシーがいったので、カマラはトレイシーがいつも通りに見えるのは、自分に会って特別喜んでいないのは、ニールに知られたくないからなのだと自分に言い聞かせた。

トレイシーが冷蔵庫を開けてりんごを一個取り出し、ため息をついた。「すっごく行き詰まっちゃったわ。すっごく」

「うまくいくさ」とニールは低い声でいった。それから部屋の隅にいるマレンに聞こえるように声を張りあげて、「まだマレンに会ってなかったよね」といった。

ニールがふたりを紹介した。マレンが手を伸ばしてトレイシーの手を握った。

「コンタクトしてる?」とトレイシー。

「コンタクトですか? いいえ」

「あなた、まれにみる目をしてるわね。スミレ色」トレイシーはまだマレンの手を握ったままだ。

「あら。ありがとうございます!」マレンは緊張気味にくすくす笑った。

「本当にスミレ色だ」

「あ、……ええ、わたしもそう思います」

「アーティストのモデルをしたことはある?」

「あ、……いえ……」とさらなるくすくす笑い。

「考えてみるべきだわね」とトレイシーがいった。

りんごを口元へもっていき、ゆっくりとひと口嚙《か》むあいだ、マレンの顔にそそがれるトレイシーの視線は微動だにしなかった。ニールが鷹揚《おうよう》な笑みを浮かべてふたりをじっと見つめている。カマラは目をそらした。そしてジョシュの隣りに腰をおろして、彼の皿からクッキーをひとつ摘《つま》んだ。

ジャンピング・モンキー・ヒル

キャビンはすべて屋根が草葺《くさぶ》きだった。バブーン・ロッジ（ヒヒ荘）、ポーキュパイン・プレイス（ヤマアラシ館）といった手描きの名札が、玉砂利《たまじゃり》を敷いた小道へつづく木製のドアのそばにかかり、窓は、宿泊客がジャカランダの葉ずれや、絶え間なく打ち寄せる波音で目覚められるよう開け放たれていた。枝編細工のトレーには選りすぐりの上質のお茶がならんでいる。午前九時ごろ、控えめな黒人のメイドたちがベッドメーキングをし、優雅なバスタブを磨きあげ、カーペットに掃除機をかけ、手作りの花瓶《かびん》に野の花を生けていった。ここケープタウン郊外のジャンピング・モンキー・ヒルのようなところで「アフリカ作家ワークショップ」が開かれるなんて変な話、とウジュンワは思った。名前からしてしっくりこない。それにこのリゾートには、そんなことは飽き飽きという独りよがりな感じがあった。ここは外国からおしよせた旅行客が、あたふたとトカゲの写真を撮って帰国し、南アフリカには赤い頭のトカゲの数をはるかに上まわる黒人がいることにほとんどの人が気づかずに終わる、そういう場所じゃないのかと思ったのだ。あとでそのリゾートを選んだのはエドワード・キャンベルだと彼女は知ることになる。数年前、彼がケープタウン大学講師だったころ、週末をここですごしたことがあったのだ。

でもそんなことウジュンワは知らなかった。エドワードが——サマーハットをかぶり、笑うとウドンコ病にかかったような色の前歯が二本見える老人が——空港に迎えにきた午後は、まだ知らなかった。ウジュンワの両頰にキスしたエドワードは、ラゴスで支払済航空券を手に入れるときトラブルはなかったか、もうすぐ到着する飛行機でくることになっているウガンダ人を待ってもいいか、お腹《なか》はすいていないかときいた。ワークショップのほかの参加者は妻のイザベルがすでに出迎えを終えて、友人のサイモンとハーマイオニーがスタッフに雇われてロンドンから来ていて、リゾートでの歓迎昼食会を準備しているところだという。ウジュンワは到着ゲートのベンチに彼といっしょに腰をおろした。エドワードは肩のところでウガンダ人の名前を書いたボードを左右に揺らし、この時期のケープタウンはひどく湿気が多い、ワークショップの準備はとても楽しいと語った。一語一語を引き延ばして話した。そのアクセントはイギリス人が「お上品」と呼ぶもので、金持ちのナイジェリア人がそれをまねると、意図に反して変な調子に聞こえてしまうやつだ。この人が彼女をワークショップ参加者に選んだのだろうか、とウジュンワは考えた。たぶんちがう。募集案内を出して応募者から選んだのはブリティッシユ・カウンシルだった。

エドワードが少し身をずらして近くに寄ってきた。ナイジェリアではなにをしているのかときいている。ウジュンワは大きなあくびをするふりをして、もう口を閉じるといいのにと思った。彼は質問をくり返し、ワークショップに参加するため勤務先で休暇をとったのかときいてくる。ウジュンワを熱心に観察している。六十五から九十歳のあいだのどこかだろう、顔からは年齢を確定できない。感じはわるくないのだけれど整った顔つきとはいえず、まるで神が彼を創造するとき壁にぺしゃっと投げつけて平らにし、顔一面に目や鼻をなすりつけた感じだ。ウジュンワはあいまいな笑みを浮かべ、ラゴスを発つ直前に職を──銀行の仕事を──なくしたから休暇をとる必要はなかったと答えた。もう一度あくびをした。彼はもっと知りたくてうずうずしているようすだったが、ウジュンワはそれ以上いいたくなかった。だから、目をあげるとウガンダ人がこっちへ歩いてくるのが見えてほっとした。

ウガンダ人は眠そうだった。三十代前半、角張った顔つき、黒い肌、櫛《くし》を入れない髪の毛がもつれた球のようになっていた。彼はエドワードの手を両手で握りながらお辞儀をし、それからウジュンワのほうを向いてハローといった。ルノーのフロントシートに座ったのは彼だ。リゾートまでのドライブは長く、急斜面の丘を走る道路はやみくもに鑿《のみ》で刻んだような道で、こんなにスピードを出して運転するにはエドワードは高齢すぎるのではないかと心配になった。ウジュンワが息を詰めているうちに、手入れの行きとどいた小道と草葺き屋根の集落へと到着した。にこやかなブロンド女性がこれから泊まるキャビンまで案内してくれた。ゼブラ・レア（シマウマの隠れ家）というそのキャビンには、四柱式ベッドにラベンダーの香りのするシーツがかけてあった。ウジュンワはちょっとベッドに腰かけてから立ちあがって荷を解き、ときおり窓外の木々の葉群れに目をやった。猿が隠れていないかと思ったのだ。

残念ながら猿は一匹もいない、とエドワードがいったのは、その後、テラスに立てたピンクの日傘の下で参加者たちがランチを食べているときだ。ターコイズブルーの海が見えるよう、テーブルが手すりの近くにならべられていた。彼は一人ひとり指差しながら参加者を紹介した。南アフリカの白人女性はダーバンから、黒人男性はジョハネスバーグから。タンザニア人男性はアルーシャから、ウガンダ人男性はエンテベから、ジンバブエ人女性はブラワヨから、ケニア人男性はナイロビから、そして最年少二十三歳のセネガル人女性はパリから飛んできていた、パリで大学に通っているという。

エドワードは最後に「ウジュンワ・オグンドゥはナイジェリア人でラゴスに住んでいます」と紹介した。ウジュンワはテーブルを見渡して、だれと仲良くなれそうか考えた。いちばん可能性が高いのはセネガル人女性かな。その目に場違いに感じているようなきらめきを宿し、フランコフォン（フランス語使用者）のアクセントで英語をしゃべり、太いドレッドヘアに銀色の筋を編み込んでいる。ジンバブエ人女性はもっと長くて細いドレッドヘアで、編み込んだ子安貝《こやすがい》が首を横に振るたびにキラキラ光った。非常にテンションが高くて、身振り手振りが大げさすぎるけれど、彼女なら好きになれそう、ただしお酒をたしなむ程度に——つまり少量なら、とウジュンワは思った。ケニア人とタンザニア人はごくふつう、ほとんど区別がつかない——背が高くて額が広く、不揃いの髭をたくわえ、半袖の柄物シャツを着ている。威圧的でない人は好きという程度に、あまり深く関わらないなら好きになれそうだ。南アフリカ人のことはよくわからなかった——白人女性はくそまじめでユーモアのかけらも感じられないすっぴん顔、黒人男性のほうはやけに信心深そうで、ドアからドアへ訪ねて歩き、目の前でドアがぴしゃりと閉められても微笑《ほほえ》んでいる「エホバの証人」の信者みたいだ。ウガンダ人はというと、空港で会ったときからこの人は嫌だと思っていたし、エドワードの質問にへつらうように答えているいまはもっと嫌だった。身を乗り出すようにしてエドワードとだけ話をし、ほかの参加者を無視している。みんなも彼にはほとんど話しかけない。ウガンダ人が前回のリプトン・アフリカ作家賞受賞者で、一万五千ポンドを獲得したことは周知のことで、乗ってきた飛行機についてのあたりさわりのない会話にも彼にだけ声がかからなかった。

クリーミーチキンにハーブを飾った料理を食べ終えて、大きなボトルから注がれるソーダ水を飲み終えたころ、エドワードが立ちあがって歓迎の挨拶《あいさつ》を述べた。しゃべりながら目を細める彼の細い髪が、磯の香りの混じる微風に逆立ってはたはたと揺れた。エドワードはみんながもう知っていることから話しはじめた——ワークショップは二週間、これは自分の発案だが、もちろん寛大にも資金を提供してくれたのはチェンバレン・アート財団であり、それは彼の発案であるリプトン・アフリカ作家賞の資金をこの財団の善意の人たちが提供してくれたのとおなじである、と述べた。また、参加者全員が「オラトリー」誌に掲載できる短篇を一篇書くことになっている、キャビンにノートパソコンが準備されている、最初の一週間で書きあげて二週目にはそれぞれの作品を合評する、ウガンダ人参加者がワークショップのリーダーを務める、と述べた。それから話は自分自身のことに移り、なにゆえアフリカ文学がここ四十年間の彼の大義であるか、オックスフォード時代にはじまり生涯にわたる情熱の対象になったかを語った。ちらちらとウガンダ人のほうに目をやり、ウガンダ人はいちいちその視線に同意し、熱心にうなずいた。最後にエドワードは妻のイザベルを、すでに全員が顔見知りであるにもかかわらず、あらためて紹介した。彼は妻が動物の権利擁護者《ようごしゃ》であり、ボツワナで十代をすごしたアフリカ通であると語った。彼女が立ちあがると彼は自慢げに見えた。背が高く、ほっそりとしたイザベルの優雅さが、彼の容貌《ようぼう》の欠陥を補うといわんばかりに。彼女の髪は抑えた色調の赤で、髪の房が顔のまわりを縁取るようにカットされていた。その髪を軽くはたきながら「エドワード、本当に、紹介だけよ」とイザベルはいった。それでも、ウジュンワは彼女自身がその紹介を望んだのだろうと想像した。ひょっとするとエドワードに、ねえ、忘れないでね、ランチのときにわたしのことをちゃんと紹介してね、と念を押したのかもしれない。さぞや微妙な口調で。

翌日の朝食の席でウジュンワの隣りに腰をおろしたイザベルは、いかにもそんな口調でこういった――その洗練された骨格からするとあなたはナイジェリアの王家の出にちがいないわね。それを聞いてウジュンワの心にまず浮かんだのは、ロンドンにいるあなたの友人が美形である理由を説明するのに王家の血筋を持ち出す必要はありますか、という質問だったけれど、それは控えて、それでも思わず口にしてしまった――自分は本当に王女であり、古い王家の血をひいていて、先祖のなかには十七世紀にポルトガルの商人を捕獲して、たらふく食べさせてあまやかし、王家の檻で飼育していた者もいる、とそこまでいってちょっと間をおき、クランベリージュースを飲む手を止めて、グラスに視線を落としてにっこり笑った。イザベルは晴れやかに、自分にはいつも王家の血筋を見抜く目があるの、あなたに密猟反対キャンペーンを支援してほしいわ、ホントにひどい話、どれほど絶滅危惧種《きぐしゅ》の猿を人が殺しているか、食べるわけでもない、ブッシュミート（野生動物の肉）についてあれこれいわれている話もまったく気に留めない、お守りにするため陰部を使うだけなのよ、といった。

朝食後、母親に電話してリゾートやイザベルのことを話すと、母親がくすくす笑うのでウジュンワは嬉《うれ》しかった。受話器を置いてノートパソコンの前に座って考えた、母親が最後に本音で笑ったのはいつだっただろう。長いあいだ座ったままマウスを横に動かしながら、主人公の名前はありふれたチオマにしようか、それともイバリとかエキゾチックな名前がいいかと思案した。

チオマは母とラゴスに住んでいる。スッカで経済学の学位を取り、国の青年奉仕活動を終えたばかりだ。毎週木曜日に「ガーディアン」紙を買って求人欄をくまなくチェックし、茶色のマニラ封筒に履歴書を入れて送る。何週間も返事はない。ようやく面接をしたいという電話がかかってくる。最初の二、三の質問が終わったあと、その男性は彼女を雇おうといって彼女のほうへ歩いてきて後ろに立ち、肩越しに手を伸ばして胸をぎゅっとつかむ。彼女は悲鳴をあげ「ばか！ そんなことして恥ずかしくないの！」といってその場から立ち去る。数週間どこからも音沙汰はない。母親のブティックを手伝う。さらに履歴書を送る。次の面接では、これまでチオマが耳にしたなかで最高に偽物っぽくて愚かしいアクセントの女性が、外国で教育を受けた人を望んでいます、というので、そこを立ち去りながらチオマはあやうく吹き出しそうになる。また数週間どこからも連絡がない。父親とは何カ月も会っていないが、意を決して、ヴィクトリア島にある父親の新しいオフィスへ出かけていって、職探しのために手を貸してほしいと頼む。顔を合わせるときは緊張が走る。「どうしてもっと早くこなかったんだ、ええっ？」と怒ったふりをするのはそのほうが簡単だからで、それはチオマにもわかっている、傷つけた相手には怒るほうが簡単なのだ。父親がいくつか電話をかける。娘に二百ナイラ札を数枚渡す。母親についてはなにもきかない。父親の机のうえに「黄色い女」の写真があることに気づく。母親からさんざん聞かされてきた女だ。「肌がすごく白くて、混血っぽくて、でも美人なんてとてもいえないわ、顔なんて熟れすぎた黄色いパパイアみたい」

ジャンピング・モンキー・ヒルの大きいほうの食堂にはシャンデリアがすごく低い位置に吊るしてあって、ウジュンワが手を伸ばすと届きそうだ。白いクロスのかかった細長いテーブルの一方の端にエドワードが、もう一方の端にイザベルが席を占めて、そのあいだに参加者が腰をおろしていた。ウェイターが歩きまわってメニューを手渡すたびに、硬い木の床が耳ざわりな音をたてた。ダチョウのメダイヨン。スモークサーモン。チキンのオレンジソースがけ。エドワードはダチョウを食べるようみんなに勧めた。まさしく「マー・ヴェ・ラス」だから。ウジュンワはダチョウなんて食べる気になれなかったし、ダチョウが食肉になることさえ知らなかった。そういうと、エドワードは愛想よく笑い、もちろんダチョウはアフリカの主要産物だからといった。みんながダチョウを注文したので、柑橘類《かんきつるい》の風味が強すぎるチキンが運ばれてきたとき、やっぱりダチョウにしておけばよかったかしらとウジュンワは思った。いちおう見かけはビーフみたいだ。こんなに多量のアルコール——ワインをグラス二杯も——飲んだのは初めてで、頭に霞《かすみ》がかかったみたいだと思いながら、セネガル人女性と、自然な黒髪の手入れの仕方についてしゃべった。シリコン製品は使わずにシアバターをたっぷり使い、濡らしたときだけ櫛を入れる。エドワードがワインについて、シャルドネにはまったくもってうんざりだ、といっているのが断片的に耳に入ってきた。

それから、参加者は見晴らしのいい東屋に集まった――ウガンダ人だけがみんなから離れて、エドワードとイザベルといっしょに座っていた。飛びまわる虫をぴしゃりとたたきながら、みんなでワインを飲み、笑い、からかいあった。あなたがたケニア人って従順すぎるわよ！　きみたちナイジェリア人が攻撃的すぎるのさ！　あなたがたタンザニア人にはファッションセンスが皆無ね！　きみたちセネガル人はフランス人に洗脳されすぎ！　彼らはスーダンの戦争について、「アフリカン・ライターズ・シリーズ」[*1]の凋落《ちょうらく》について、本と作家について語った。ダンブゾー・マレチェラ[*2]はすごい、アラン・ペイトン[*3]は恩着せがましい、イサク・ディネセンは許せない、という点で意見が一致した。ケニア人が煙草をふかすあいまに、ヨーロッパ人の声色で、イサク・ディネセンがいったこと――キクユ人の子どもってみんな九歳で精神薄弱になるのよ――をまねてみせた。それを聞いてみんな大声で笑った。ジンバブエ人がアチェベって退屈、文体のセンスがないもの、というと、ケニア人が、それは冒瀆《ぼうとく》だ、といってジンバブエ人のワイングラスを取りあげた。すると彼女は笑いながら、もちろんアチェベはえらいえらい、と前言を撤回した。セネガル人は、ソルボンヌの教授がコンラッドは本当は「彼女の側」に立っているといったとき、ほとんど吐きそうになったわ、だって、まるで自分の側に立つのがだれか、自分では決めちゃいけないみたいじゃないと語った。ウジュンワはぴょんと跳びあがってはどすんと座り、コンラッドの描くアフリカ人さながら、バブバブと意味不明のことをしゃべりながら、頭のなかであまいワインがもたらす軽薄さを感じていた。ジンバブエ人がふらついて水たまりにバシャッと落ちて、ドレッドヘアから水を垂らしながらもどってきて、あそこ、魚がのたくってたわよ、触ったもん、といった。ケニア人が、それ、短篇に使うわ、俺、といった——こじゃれたリゾートの水たまりに魚——彼はなにを書いたらいいのか全然アイディアが浮かんでいなかったのだ。セネガル人が自分の短篇は、彼女の本当の話で、亡くなったガールフレンドのことをどれほど嘆き悲しんでいるか、悲しみが深すぎてつい両親に打ち明けてしまったために、いまでは両親が彼女を冗談まじりにレズビアンとして扱いながら、適当な若者のいる家族のことを話題にしつづけるのだと語った。南ア黒人は「レズビアン」と聞くと、強い警戒の表情を見せ、すっと立ちあがるやその場から歩み去った。その南ア黒人を見てケニア人が、父親のことを思い出したよ、といった。聖霊リヴァイヴァル教会へ通っていた父親は、あいつらは救済されていないからといって通りでは人と口をきかなかったと。ジンバブエ人、タンザニア人、南ア白人、セネガル人、全員が自分の父親のことを話した。

みんながウジュンワを見た。自分だけ発言していないことに気づいた瞬間、ワインの酔いが一気にさめた。彼女は肩をすくめて、父親について話すことはほとんどないとつ

＊1　ハイネマンによって一九六〇年代から出版されていたシリーズ。
＊2　ローデシア時代に生まれたジンバブエの作家、詩人。
＊3　一九〇三年生まれの南アフリカの白人作家、反アパルトヘイト活動家。

ぶやいた。ふつうの人よ。「あなたの人生に彼は存在するの？」とセネガル人が訊ねた。そのものやわらかな口調が、そうではないと断言しているようで、ウジュンワは初めて、彼女のフランコフォンのアクセントに苛立《いらだ》った。「存在するわよ」と静かながら力を込めてウジュンワはいった。「子どものころ本を買ってくれたし、わたしの初期の詩や短篇を読んでくれたのも父よ」そこでちょっと言い淀《いよど》むと、みんなの視線がいっせいに彼女に集まった。だからウジュンワは言い足した。「父はびっくりするようなことをしたのよ。わたしが傷つくこともしたけれど、たいていはびっくりすることだった」セネガル人はもっとききたそうなようすだったが、気が変わったのか、もっとワインが飲みたいといった。「お父さんのことを書いてる？」とケニア人が訊ねたので、ウジュンワは断固たる「ノー」を返した。フィクションがセラピーだと考えたことはなかったからだ。タンザニア人がフィクションはすべてセラピーだよ、ある種のセラピーさ、だれがなんといおうと、といった。

その夜は書こうとしたものの、目玉はぐるぐる、頭痛もするわで、寝ることにした。朝食後にノートパソコンの前に座り、ウジュンワはお茶の入ったカップを両手にはさんでゆっくりと揺らした。

チオマにマーチャント・トラスト銀行から電話がかかってくる。父親が連絡した相手のひとつだ。父親が会長と知り合いなのだ。チオマは期待に胸がふくらむ。彼女が知っている銀行関係者はみんな、しゃれた中古のジェッタを運転し、グバガダに上等なフラットをもっている。面接をするのは部長代理だ。色が黒くてハンサムで、眼鏡のフレームにエレガントなデザイナーのロゴが入っていて、話しかけられるとき彼女はなんとしても注目されたいと思う。彼は注目しない。雇いたいのはマーケティングの担当者で、仕事は外まわり、新規口座を開く客を獲得することだと告げる。イインカといっしょに働くことになる。試用期間に一千万ナイラの契約を取りつければ、正規雇用が保証される。部長代理が話しているあいだ、彼女はしきりとうなずく。チオマは男たちに注目されることに慣れているため、彼が、男が女を見る目で見ていないことにすねたいような気分になる。おまけに外まわりをして新規口座を開いてくれる客を獲得するとはどういうことか、二週間後に仕事をはじめるまでいまひとつ理解できない。制服を着た運転手がチオマとイインカを、エアコンのきいた社用車で――彼女はなめらかなレザーシートに手を走らせて、降りたくないなと思う――イコイに住むあるハッジ（メッカ巡礼を済ませた人）の家へ連れていく。そのハッジは気のいいおじさん風の、でっぷりと太った男で、にこにこと身振り手振りをまじえて大声で笑う。イインカはこれまでに一、二度会いにきていたから、ハッジは彼女をハグしてなにか笑わせることをいう。彼がチオマを見る。「これはまたなんと上等な」という。執事が水滴で曇《くも》ったチャップマン（カクテル風ソフトドリンク）のグラスを出す。ハッジはイインカと話をするが、しょっちゅうチオマのほうを見る。それからイインカにもっと近くに来て、高利まわりの貯蓄口座について説明するよう求め、さらに膝《ひざ》のうえに座るようにいう。だが、あんたをのせられるほど強くはないかな？　ときく。イインカはもちろんお強いですよ、と答えて彼の膝にのり、すまし顔で微笑む。イインカは小柄で肌の色が薄い。彼女を見ているとチオマは「黄色い女」を思い出す。

チオマが「黄色い女」のことで知っているのは、母親から聞いたことだ。ある気だるい昼下がり、「黄色い女」がアデニラン・オグンサンヤ通りにある母親のブティックに入ってきた。母親は「黄色い女」がだれかわかっていた。もう一年も夫が関係していることも、夫が「黄色い女」にホンダアコードを買いあたえ、イルペジュにあるフラットのために金を払っていることも知っていた。しかし彼女の母親を怒り狂わせたのはこの侮辱――「黄色い女」が自分のブティックへやってきて、靴の品定めをし、自分の夫の金で買おうとしたことだった。そこで母親は「黄色い女」の背中に垂れていたヘアウィーブ（編み込み式のヘアピース）をぐいっと引っ張り「亭主泥棒！」と叫んだ。そこへ売り子たちも加勢して、「黄色い女」をたたいたり殴ったりしたので、女はほうほうの体《てい》で外の車まで逃げた。それを聞いたチオマの父親は、母親を怒鳴り散らし、街の無教養な女みたいな振る舞いをして自分に恥をかかせ、彼女自身も恥をかき、なにもしていない女を恥さらしにしたといった。そして彼は家を出た。チオマが国の青年奉仕活動から帰ってみると、父親の衣装ダンスがからっぽになっていた。エロホルおばさん、ローズおばさん、ウチェおばさん、みんながやってきて母親に「いっしょにいって謝ってあげるから、帰ってきてと頼んであげるから、それともあなたの代理として、私たちがそう伝えにいってあげようか」といった。チオマの母親は「絶対だめ、金輪際そんなことしないで。許しを請うなんてまっぴら。もうたくさん」といった。フンミおばさんがやってきて、「黄色い女」は彼を媚薬《びやく》で縛りつけているのよ、彼の縛りを解いてくれそうないいババラウォ（ヨルバ語で「占い師」の意）を知ってるわ、といった。チオマの母親は「いいえ、そんなつもりはないから」といった。母親のブティックは商売あがったり。というのはチオマの父親がいつもドバイから上等な靴を輸入するのを助けてきたからだ。そこで彼女は値段を下げて、「ジョイ」や「シティ・ピープル」に広告をうち、アバで作られた靴を仕入れはじめた。チオマはそんな靴をはいて、その朝ハッジの居間に腰をおろし、でっぷりした膝にちょこんと腰かけたイインカがマーチャント・トラスト銀行で口座を開くとどんな利点があるか話しているのをじっと見ている。

最初ウジュンワは、エドワードが頻繁《ひんぱん》に彼女の身体を凝視することを気にかけないようにしていた。視線は顔ではなく、いつももっと下のほうに向けられた。ワークショップは毎日、大きな食堂で八時に朝食、一時に昼食、六時に夕食、と判で捺《お》したようなスケジュールで進められた。そして六日目、とてつもなく暑い日にエドワードが論評すべき最初の短篇のコピーを配った。ジンバブエ人の書いた作品だった。参加者全員がテラスに腰をおろしていた。コピーが手渡されたとき、ウジュンワは日傘の下の席がすべて埋まっていることに気づいた。

「わたしは陽のあたる席でもかまいませんから」と彼女は立ちあがりながら「エドワード、あなたのためにわたしが立ったほうがよさそうね？」といった。

すると彼は「いや、僕のためならむしろ横になって寝てくれたほうがいいな」といった。その瞬間、急にむっと湿気が多くなった。遠くでカーカーとカラスが鳴いた。エドワードはにやにやしていた。彼のことばが聞こえたのはウガンダ人とタンザニア人だけだ。それからウガンダ人が声をあげて笑った。ウジュンワが笑ったのは、それがおかしくてウィットにとんでいるから、よく考えるならそうだからだ、と自分に言い聞かせた。

昼食後ジンバブエ人と散歩に出て、海辺で立ち止まって貝殻を拾いながら、エドワードがいったことを話してしまいたいと思った。でもジンバブエ人は心ここにあらずといったようすで、いつもより口数が少なかった。おそらく自分の短篇のことが気がかりなのだ。ウジュンワはその夜、その短篇を読んだ。文体上の粉飾が多すぎたけれど、その物語が好きだったので、余白に高い評価と配慮に満ちた提案を書き込んだ。それは笑いをさそう、おなじみの物語だった。ハラレの中等学校教師の話で、彼が通うペンテコステ派教会の牧師が、教師の妻の子宮を縛った魔女たちから告白を取りつけないかぎり、彼と妻には子どもができないと告げる。そこで彼らは隣りの住人が魔女だと思い込み、毎朝、大声で祈りをあげて、フェンス越しにことばの聖霊爆撃をしかけるのだ。

ジンバブエ人が翌日その抜粋を朗読したあと、ダイニングテーブルのまわりにはしばし沈黙が流れた。やがてウガンダ人が口を切り、文章にエネルギーがあるといった。南ア白人が熱心にうなずいた。ケニア人は異議を唱えた。文学的に書こうとするあまり筋が通らない文章がいくつかあると彼はいって、その箇所を具体的に読んでみせた。タンザニア人が、物語は部分ではなく全体で考えるべきだといった。そうだよ、とケニア人は同意し、でも、筋の通ったまとまった物語を形成するためには、各部分の意味がはっきり伝わらなければいけないんだといった。そこでエドワードが口を開いた。書き方は確かに意欲的だが、物語そのものに「それで？」といった疑問の余地が残る。あの恐るべきムガベ政権下のジンバブエで起きているもろもろのことを考えると、物語がひどく時代遅れ《パッセ》な感じがするんだが、といった。ウジュンワはエドワードをまじまじと見た。「時代遅れ」ってどういう意味よ？　物語が時代遅れってどうしていえるの？　でも彼女はエドワードがどういう意味でいっているのか質問しなかったし、ケニア人もきかなかったし、ウガンダ人もきかなかったし、ジンバブエ人がしたことといえば顔からドレッドヘアを払っただけ、それで子安貝がカラカラと鳴った。ほかの人たちは黙っていた。そのうちみんなあくびをしはじめ、おやすみといって、それぞれキャビンにもどっていった。

翌日みんなは前日のことを話題にしなかった。スクランブルエッグがすっごくふわふわとか、夜中にジャカランダの葉が窓にあたると気持ちのわるい音をたてるといったことを話した。夕食後、セネガル人が自分の短篇から朗読した。風の強い日で、樹木のざわめきを締め出すためにドアは閉まっていた。室内にエドワードのパイプから出る煙が充満した。お葬式の場面を二ページ読むあいだ、セネガル人は水を飲むため頻繁に朗読を中断した。感情がたかぶってくるにつれてフランス語なまりが強くなり、「t」音が「z」音のように聞こえた。朗読が終わると、全員がエドワードの顔をうかがった。ウガンダ人までが、ワークショップのリーダーであることを忘れてしまったようにそうした。エドワードがなにか考え込むようにパイプをふかし、それから、この種のホモセクシュアルの物語はどうもアフリカを反映しているとはいえないといった。

「どういうアフリカですか?」ウジュンワの口から思わずことばがこぼれた。

南ア黒人が座り直した。エドワードがさらにパイプをふかした。それから、教会でおとなしくしようとしない子どもを見るような目でウジュンワを見ていった――自分がこれからいうことは、オックスフォードで教育を受けたアフリカニストとしてではなく、リアルなアフリカに敏感でありたいと切に思っている者としてであって、西欧的思想をアフリカ的立場に押しつけるつもりは毛頭ない。エドワードが発言しているあいだ、ジンバブエ人とタンザニア人と南ア白人が首を横に振りはじめた。

「まさに西暦二〇〇〇年というこのときに、ひとりの人物がその家族に自分がホモセクシュアルであると告げることが、どうしてアフリカ的なのかね?」とエドワードはきいた。

セネガル人がいきなり理解不能のフランス語でしゃべりはじめ、一分ほど途切れなくしゃべってから、「わたしはセネガル人よ！　わたしはセネガル人なの！」といった。エドワードがそれとおなじような早口のフランス語で応答し、それから英語で、やわらかな笑みを浮かべながら「彼女はあのすばらしいボルドーをいささか飲みすぎたようだな」といったので、参加者のなかからくすくすと笑いがもれた。

　ウジュンワがまっさきに席を立った。もうすぐキャビンというところで、だれかが彼女の名前を呼んでいるのが聞こえ、立ち止まった。ケニア人だった。ジンバブエ人と南ア白人もいっしょだった。「バーに行こう」とケニア人がいった。彼女はセネガル人はどこにいるのだろうと思った。バーではワインを一杯飲みながら、彼らがジャンピング・モンキー・ヒルのほかの客たち――全員が白人――がワークショップ参加者をうさんくさそうに見ている、と話すのを聞いていた。ケニア人の話では、前日プールへ続く小道を歩いていくと、まだ若いカップルが立ち止まってちょっと後ずさったという。南ア白人がいうには、彼女もまたうさんくさげに見られた、たぶんケンテ布のカフタンばかり着ているからじゃないかという。そこに座って夜陰に目を凝《こ》らしながら、酒が入って和《やわ》らいだ声に包まれていると、ウジュンワは腹の底で自己嫌悪が吹き出すのを感じた。エドワードが「僕のためならむしろ横になって寝てくれたほうがいいな」といったとき、彼女は笑うべきではなかった。それはおかしなことではなかった。全然おかしなことではなかった。すごく嫌だった、彼の顔に浮かんだにやにや笑いも、緑色がかった歯がちらりと見えたのも、彼がいつも彼女の顔ではなく胸を見るのも、その視線が彼女を舐《な》めまわすようなのも心底嫌だったのに、気のふれたハイエナみたいに自分は無理に笑っていたのだ。半分ほど飲んだワイングラスを下に置くとウジュンワは「エドワードがいつもわたしの身体をじろじろ見てる」といった。ケニア人と南ア白人とジンバブエ人が彼女を凝視した。ウジュンワはもう一度いった。「エドワードがいつもわたしの身体をじろじろ見てる」ケニア人が「あの男がぺたんこの棒みたいな女房のうえにのっかって、それがウジュンワだったらなあと思ってることなんざ、初日から明々白々だったよ」といった。ジンバブエ人が、ウジュンワを見るエドワードの視線はいつも嫌らしい流し目よね、といった。南ア白人は、エドワードは白人女性を見るときは絶対にあんなふうに見ないよね、だってウジュンワに彼が感じているのは敬意のない妄想《ファンシー》だもの、といった。

「みんな気づいてたの?」ウジュンワがきいた。「みんな気づいてたの?」妙に裏切られた気分だった。彼女は立ちあがってキャビンに帰った。母親に電話したがメタリックな声が「おかけになった電話番号は現在お話しできません、のちほどおかけなおしください」といいつづけたので受話器を置いた。書けなかった。ベッドに横になったが長いあいだ眠れなかった、ようやく眠りに落ちたのは明け方だった。

その夜はタンザニア人が彼の短篇から一部を朗読した。民兵の目から見たコンゴでの殺戮《さつりく》のことだった。民兵は淫乱な暴力に満ちた男だ。エドワードは、これは「オラトリー」誌のトップを飾る作品になるだろう、緊急かつ今日的意義があり、ニュースを伝えている、といった。ウジュンワはまるで漫画のキャラクターが描き込まれた「エコノミスト」の記事を読んでいるみたいだと思った。でも口には出さなかった。彼女はキャビンにもどり、胃痛がしたけれど、それでもノートパソコンに向かった。

チオマは座ったまま、ハッジの膝にのっているイインカを見つめていると、自分が劇を演じているような気がしてくる。中等学校時代に劇をいくつか書いたことがあった。そのうちのひとつを学校の創立記念日にクラスで演じたことがあって、終わるとみんな総立ちになって拍手し、校長が「チオマはわれわれの未来のスターだ」といったのだ。彼女の父親も来ていて、母親の隣りに座り、微笑みながら手をたたいていた。でも彼女が大学で文学を学びたいというと、それでは食べていけないといった。「食べていけない」というのが父親のことばだった。なにかほかのことを学ぶべきで、そうすれば副業としていつでも書くことができるというのだ。ハッジが軽くイインカの腕に指をはわせながら「だがな、サヴァンナ連合銀行が先週ここへ人を送ってきたんだ」といっている。それでもイインカは微笑んでいる、頬の筋肉が痛くないのかしらとチオマは思う。ベッドの下に置いた金属の箱のなかの短篇のことを考える。父親がすべて読み、余白に「すばらしい！　月並み！　よく書けている！　あいまい！」と書き入れてくれたこともあった。彼女のために小説を買ってくれたのは父親だ。母親は小説なんて時間の無駄、チオマには教科書があればいいのだと考えていた。

イインカが「チオマ！」といったので視線をあげる。ハッジが話しかけている。彼はほとんどシャイな感じで、彼女と視線を合わせようとしない。彼女に対して、イインカには見せないためらいがある。「きみはちょっと上等すぎるな。なんでビッグマンがきみと結婚しないんだ？」チオマは微笑むが、なにもいわない。ハッジが「マーチャント・トラスト銀行と取引しようといったところなんだが、おまえさんがわたしと個人的にコンタクトすることが条件だな」という。チオマはなんといっていいかわからない。イインカが「もちろんです」という。「彼女があなたと個人的にコンタクトすることになります。私たちでお世話しますよ。ああ、ありがとうございます、サー！」

ハッジは立ちあがって「おいで、このあいだロンドンへ旅行したときに買ってきたすてきな香水があるんだ。なにかおまえさんたちにお土産《みやげ》をもたせたいからね」といった。彼が奥に入って、もどってくる。「こっちへおいで、ふたりとも」イインカはそれに従う。チオマが立ちあがる。ハッジは彼女のほうを向き、彼女が従うのを待っている。でも彼女は従わない。彼女はドアのほうを向き、ドアを開けて明るい陽光のなかに歩み出て、社用車の横を通りすぎる。なかに座った運転手がドアを開けっ放しにしてラジオを聴いている。「あれれ、どうしたんですか？」と彼が呼ぶ。彼女は返事をしない。歩いて、歩いて、高い門を抜けて通りへ出ると、タクシーをつかまえてオフィスへ直行し、ほとんどなにもない机をきれいに片づける。

ウジュンワは砕け散る波の音で目が覚め、腹部に神経性の鈍痛を感じた。今夜、自分の作品を読みたくなかった。朝食も食べに行きたくなかったが、とにかく行って、いつも通りの笑顔で、いつも通りのおはようをいった。彼女がケニア人の隣りに座ると彼が身を寄せてきて、エドワードがいまセネガル人に、彼女の裸のへその夢を見たといったところだぞ、とささやいた。裸のへそ。ウジュンワが目をやるとセネガル人は上品に、ティーカップを口元にもっていき、血色のよさそうな顔で海のほうを見やった。彼女の自信に満ちた落ち着きがウジュンワはうらやましかった。エドワードがほかの人に対してもなにやら暗示的なことばを吐くと知って内心びっくり、この腹立たしさはなんだろうと考えた。彼に嫌らしい目つきで見られるのは自分だけが払う会費だと思い込んでいたってこと？　そう考えても、その夜の朗読のことを考えても、気分が落ち着きそうもなかった。そこで午後はだらだらと昼食を長引かせ、セネガル人に、エドワードから裸のへそのことを持ち出されたときなんて答えたの、ときいた。

セネガル人は肩をすくめて、老人がどんな夢を見ようが、自分はハッピーなレズビアンでいるつもりだし、彼になにかいう必要もないでしょ、といった。

「でも、私たち、なぜなにもいわないの？」ウジュンワはきいた。大きな声でいって、ほかの人たちを見た。「なぜいつも私たち、なにもいわないの？」

彼らはたがいに顔を見合わせた。ケニア人がウェイターに、水がぬるくなったのでもう少し氷がほしいといった。タンザニア人がウェイターに、マラウィのどこの出身かときいた。ウェイターは全員マラウィ出身みたいだけれど、コックも全員そうなの？ とケニア人。それからジンバブエ人が、コックがどこの出身かなんてどうでもいいわ、だってジャンピング・モンキー・ヒルの料理は吐き気がするだけだもの、肉とクリームばっかり、といった。ほかにもわいわいがやがやことばが飛び出したが、ウジュンワにはだれがなにをいっているのか聞き分けられなかった。考えてもみろよ、米料理の出ないアフリカ人の集会なんて、それに夕食にどうしてビールが禁止なんだい？ エドワードがワインがぴったりだと考えるからかい？ 朝食が八時というのも早すぎない？ それが「正しい」時刻だってエドワードが考えることなんか、気にすることないんじゃない？ それに彼のパイプの臭いには吐き気がするわね、紙で巻いた煙草を半分パイプで吸うのはやめてもらいたいわ、とにかく、どっちが吸いたいのか決めてもらわなくちゃ。

南ア黒人だけがずっと黙っていた。ひとり取り残されたみたいに、両手を膝のあいだにはさみ込み、エドワードはただの老人で悪気はないさといった。ウジュンワが彼に向かって叫んだ。「そんな態度だから、彼らがあなたがたを殺し、タウンシップ[*1]に押し込め、自分の土地のうえを歩きまわるのにパスブック[*2]なんてものを義務づけたりしたんじゃないの！」そういってしまってから彼女は謝罪した。そんなことをいってはいけなかった。声を張りあげるつもりなどなかった。南ア黒人は肩をすくめた。この種のことはいつだって悪魔の仕業だと思ってるみたいに。ケニア人がウジュンワをじっと見ていた。きみはエドワード以外のものに怒ってるな、と彼が低い声でいったので、彼女は視線をそらして「怒っている」という語が適切なことばだろうかと考えた。あとで、ウジュンワはケニア人、セネガル人、タンザニア人といっしょに土産物店に行って、模造の象牙《ぞうげ》でできた装飾品を試してみた。装飾品への関心のことでみんながタンザニア人をからかった——ひょっとすると彼もゲイかな？　彼は笑って、自分の可能性は無限だといった。それから真顔になって、エドワードにはコネがあるから、ロンドンでエージェントを見つけてくれるかも、あの男を敵にまわすことはないよ、チャンスへの扉をみすみす閉じることはないんだ、といった。彼にしても、アルーシャでつまらない教職に就いて一生を終えたくなかったのだ。全員に話しているようでいて、彼の視線はウジュンワに向けられていた。

ウジュンワはネックレスを買って、それをつけた。白い、歯形のペンダントが喉《のど》のところにくるのが好きだった。その夜、それを見たイザベルがにっこり笑った。「模造象牙がどんなに本物らしく見えるかみんなが理解して、動物のほうは放っておいてもらいたいものだわ」ウジュンワはぱっと顔を輝かせて、じつはこれ本物なんですよ、といってから、王家の猟のときに自分で象をしとめたの、と言い足そうかと迷った。イザベル

＊1　アパルトヘイト時代、大都市周辺にできた非白人居住区。
＊2　黒人などが携帯を義務づけられた身分証明書。

はびっくりして、それから傷ついた顔になった。ウジュンワはプラスチックを指でいじった。彼女にはリラックスする必要があったのだ、と自分の短篇を朗読するとき何度も自分に言い聞かせた。読み終えるとウガンダ人が最初に口を切った。物語はとても強烈だし、きわめてありそうなことだ。彼のことばよりも、それを語る自信に満ちた口調にウジュンワは驚いた。タンザニア人は、ラゴスの暮らしをよくとらえているといった。あの臭いや音、第三世界の都市はどこも似たようなものだから、と。南ア白人は、その第三世界ってことばは大嫌いだけれど、でも、ナイジェリアで女たちが現実にどんな暮らしをしているかがよく描けていて、とてもいいと思うといった。エドワードが身を乗り出し「現実の生活では本当はそうじゃない、だろ？　女たちがそんな下品なやり方で犠牲になることは絶対にないし、もちろんナイジェリアではありえない。ナイジェリアでは女性たちが高い地位に就いている。今日日もっとも権力のある大臣は女性だ」といった。

ケニア人が割って入って、その物語は好きだけれど、でもチオマが仕事を諦《あきら》めたのは信じがたい、結局、女性には選択の余地が残されていないんだから、そのエンディングはちょっとありえないよ、といった。

「すべてがありえないことだよ」とエドワード。「これは検討課題を書いているだけで、リアルな人たちを書いたリアルな物語ではない」

ウジュンワの内部で、なにかがきゅっと硬く縮んだ。エドワードがまだしゃべっていた――もちろん書かれたもの自体を褒《ほ》めなければいけないが、じつにマー・ヴェ・ラスだからね。エドワードが彼女をじっと見ている、その目のなかの勝利感、それがウジュンワを立ちあがらせた。大きな声で彼女は笑い出した。参加者たちはあっけに取られてウジュンワを見た。彼女は笑いに笑い、衆目を集めながら自分の原稿を取りあげた。

「リアルな人たちを書いたリアルな物語？」エドワードの顔に視線を据えながらウジュンワはいった。「物語に書かなかったことがひとつあります、それは同僚を残してハッジの家から出たとき、わたしが社用車に乗り込んで運転手に家まで送ってちょうだいといったことです、そんな車に乗るのはこれが最後になるのはわかってましたから」

ほかにもいいたいことはあった。でもウジュンワはいわなかった。目に涙がこみあげてきたけれど、泣かなかった。母親に電話するのが待ち遠しくて、キャビンに向かって歩きながら、物語ではこのエンディングならありえるかも、と考えていた。

なにかが首のまわりに

アメリカではみんな車や銃をもってる、ときみは思っていた。おじさんやおばさん、いとこたちもそう思っていた。きみが運良くアメリカのヴィザを取得したとたん、みんなそろって、ひと月もすれば大きな車をもって、すぐに広い家に住むようになるだろうけど、アメリカ人みたいに銃だけは買わないで、といった。

ぞろぞろと、きみが父親、母親、それに三人の弟や妹と暮らしているラゴスの部屋までやってきて、みんなに行き渡る椅子《いす》がないのでペンキの塗っていない壁にもたれて、大きな声でさよならをいい、小さな声で送ってほしいものをあげた。彼らの望み――ハンドバッグ、靴、香水、衣服――なんて、大きな車や家（それにひょっとすると、銃）とくらべたら、ささやかなものだ。いいよ、わかった、ときみは答えた。

きみの家族全員の名前をアメリカのヴィザ抽選の申し込み用紙に書き込んだのはアメリカに住むおじさんで、おじさんは、自分でなんとかやれるようになるまでいっしょに住んでいいといってくれた。空港まで迎えにきたおじさんが買ってくれたのは大きなホットドッグで、黄色いマスタードにきみは胸がむかついた。アメリカ・デビューの第一歩だな、といっておじさんは大きな声で笑った。おじさんはメイン州の、白人ばかり住むちいさな町に住んでいた。湖畔にたつ築三十年の古い家だ。勤めている会社が、給料に平均額よりさらに二、三千上乗せして、ストックオプションもつけよう、といってくれたという。会社が自分たちの多様性を必死でアピールしようとしているからだそうだ。あらゆるパンフレット類に、おじさんが働く部署とは無関係のパンフレットにまで、おじさんの写真を載せていた。おじさんは笑っていった。仕事はわるくない、住人は白人ばかりだがこの町に住む価値はある、女房が黒人の髪をあつかえるヘアサロンに行くのに一時間も車を飛ばさなければならないとしてもだ。アメリカを理解すること、アメリカはギブ・アンド・テイクだと知ること、それがこつだ。諦《あきら》めることもたくさんあったが、得るものも多かった、と。

大通りのガソリンスタンドでレジ係の仕事に就くにはどうすればいいか教えてくれたおじさんは、公立のコミュニティカレッジの入学手続きもしてくれた。カレッジでは太い腿《もも》をした女の子たちが爪を真っ赤に塗っていて、セルフタンニングのせいでオレンジ色に見えた。女の子たちがきみに質問してきた。どこで英語おぼえたの？　アフリカにはちゃんとした家があるの？　アメリカに来るまでに、車を見たことはあった？　みんなきみの髪にはあっけに取られた。ブレーズをほどくとぴんと立つの？　それとも垂れるの？と知りたがった。全部ぴんと立つの？どんなふうに？なぜ？櫛《くし》は使うの？その手の質問がきたとき、きみはしっかり微笑《ほほえ》んだ。そう質問されるぞ、とおじさんからいわれていたから。無知と傲慢《ごうまん》の混ぜ合わせだ、とおじさんはいった。さらに、おじさんたちがここに引っ越してきて数カ月後、近所の人たちがなんといったかも教えてくれた。リスが姿を消しはじめた、といったのだ。アフリカ人は野生の動物ならなんでも食べてしまうと聞きかじっていたせいだ。

おじさんといっしょに大笑いするきみは、おじさんの家で、とてもくつろいだ気分になった。奥さんはきみを「ンワンネ（妹）」と呼び、学校へ通っているふたりの子どももきみのことを「おばちゃん」と呼んだ。彼らはイボ語を話すし、お昼にはガリを食べるし、まるで故郷みたいだった。でもそれは、古いダンボール箱なんかといっしょにきみが寝泊まりしている、狭苦しい半地下の部屋におじさんがやってきて、きみをぐいっと引き寄せ、きみのお尻をもみしだき、うめき声をあげるまでのことだった。彼は本当のおじさんではなくて、きみの父親の妹が結婚した相手の兄弟だったから、血のつながりはなかったのだ。きみがおじさんを押しのけると、おじさんはきみのベッドに腰かけて——結局そこは彼の家だったから——にやにや笑いながら、二十二歳にもなって、もう子どもじゃあるまいし、といった。やらせてくれたらいろいろ面倒みてやるのに、頭のいい女はいつだってそうしてきたんだ、といった。故郷のラゴスで高給取ってる女はみんなそうやって職を手に入れてると思わないか？ニューヨークの女だってそうだろうが？

きみがバスルームに閉じこもって鍵をかけると、おじさんは上の階にもどっていった。きみは翌朝、家を出た。風の強い長い道を歩いていくと、湖の近くで稚魚《ちぎょ》の臭いがした。おじさんが車できみの横を通りすぎるのがわかった。いつも大通りできみを降ろしてくれたのに、おじさんは警笛さえ鳴らさなかった。奥さんに、きみが家を出ていったことをどう説明するんだろう。そのとき、きみはおじさんがいったことを思い出した。アメリカはギブ・アンド・テイクだ。

コネティカット州の小さな町にたどりついた。そこが、きみの乗ったグレイハウンドバスの終点だったから。鮮やかな、きれいな日除《ひよ》けの出ているレストランに入っていって、ほかのウェイトレスより二ドル安く働く、といってみた。インクのように黒い髪をしたマネージャーのファンは、ニッと笑うと金歯が見えた。ナイジェリア人はこれまで雇ったことはないが、移民はみんなよく働く。自分もそうだったからわかる。一ドル安く、だが内緒で、きみのために税金を払わされるのはこまる、といった。

学校へ通う余裕はなかった。部屋代を払うことになったからだ。染みだらけのカーペットが敷いてある狭い部屋だった。おまけにコネティカット州のその小さな町にはコミュニティカレッジがなくて、州立大学の入学金はとても手が出なかった。そこできみは公立図書館へ行って、大学のウェブサイトで講義要綱を調べて本を何冊か読んだ。ときどき、ツインベッドのごつごつしたマットレスに腰をおろして、故郷のことを考えた

——干し魚やプランテーンを売りあるき、うまいことといって客をのせたり、買わない客には悪態をついたりするおばさんたち、地酒ばかり飲んで家族をたった一部屋に押し込んで生活させているおじさんたち、きみが出発する前にさよならをいにやってきて、きみがアメリカのヴィザに当たったことを喜び、本当はうらやましいと打ち明けた友人たち、日曜の朝、教会まで歩いていくとき、よく手をつないでくれた両親、それを見て隣室から笑ってひやかした人たち、仕事先のボスが読んだ古い新聞を持ち帰って弟たちに読ませた父親、弟たちを中等学校へ通わせるための学費にしかならなかった母親の給料、それも、茶封筒を手に滑り込ませると子どもにAをつけるような教師のいる中等学校へ。

きみはAをとるため金銭を使う必要はなかったし、中等学校で教師に茶封筒をこっそり渡したこともない。でも、きみはいま横長の茶封筒を使って、月々の稼ぎの半分を両親へ送っていた。母親が掃除婦をしている半官半民組織の住所宛に、いつもファンがきみに渡す紙幣を送った。客がくれるチップと違って、ピン札だったから。毎月。お金は白い紙に丁寧に包んで送ったけれど、手紙は書かなかった。書くことがなかったのだ。

それでも数週間もすると書きたくなった。伝えたい話ができたからだ。自分の母親がガンと果敢に闘うようすや、義理の姉が早産したことを——故郷では絶対に表沙汰にしてはいけないし、回復を願う身内にだけこっそり打ち明けるようなことを——熱心に話すようすを伝えたかった。人が皿にたくさん食べ物を残し、しわくちゃのドル札を数枚、まるでお供えみたいに、無駄にした食べ物への罪滅ぼしみたいに置いていくことも書きたかった。子どもが泣き出して自分の金髪をかきむしり、テーブルからメニューを払い落としたりすると、両親が有無をいわさずその子を黙らせる代わりに、五歳ほどの子どもに懇願して、それから全員立ちあがって出て行ってしまうことも伝えたかった。お金持ちなのにみすぼらしい服を着て、ぼろぼろのスニーカーをはいている人たちのことも書きたかった。彼らはラゴスの大きな邸宅の正面に立つ夜警みたいに見えた。お金持ちのアメリカ人は痩《や》せていて、貧しいアメリカ人は太っていること、大きな家や車をもっていない人も大勢いることを書きたかった。でも銃については、まだよくわからなかった。もっているとしてもポケットにいれていたから。

きみが手紙を書きたいと思った相手は両親だけではなかった。友だちにも、いとこにも、おばさんやおじさんにも書きたかった。でもウェイトレスをして稼いだお金では、みんなに行き渡るだけの香水や衣服やハンドバッグや靴を買って、さらに部屋代を払う余裕はなかったから、手紙はだれにも書かなかった。

だれもきみの居場所を知らなかった。きみが教えなかったからだ。ときどき自分を見えない存在のように感じて、部屋の壁を通り抜けて廊下に出ていけそうな気がしたけど、やってみると壁にぶちあたって腕に打ち身のあとが残った。ファンが、きみを殴るやつがいるのか、いるなら俺がそいつの面倒みてやるぞ、というので、そんなときは曖昧《あいまい》な笑いを返しておいた。

夜になるといつも、なにかが首のまわりに巻きついてきた。ほとんど窒息しそうになって眠りに落ちた。

レストランでは、いつジャマイカからやってきたの？ と質問する人が大勢いた。聞き慣れないアクセントでしゃべる黒人はみんなジャマイカ人だと思っているのだ。きみのことをアフリカ人だと察した人のなかには、象は大好きだ、サファリに行ってみたい、という人もいた。

だからきみがその客に、薄暗いレストランのなかでその日のおすすめ料理を読みあげたあと、アフリカのどの国から来たの？ と質問されたので、きみはナイジェリアと答え、次はきっとこの人、ボツワナのエイズ撲滅のために寄付をしたというな、と身構えた。ところが彼のした質問は、ヨルバ人？ それともイボ人？ きみはフラニ人の顔つきじゃないもんな。[*1] それを聞いて、きみはびっくり――この人ぜったい州立大学の人類学の教授だ、二十代後半にしては、ちょっと幼いけど、でもほかに考えられる？ と思いながら、イボ人よ、と告げた。彼はきみの名前をたずねて、アクナって名はきれいだ、といった。名前の意味をたずねなかったのでほっとした。「『父の富』だって？ つまり、きみの父親はきみを夫に売るってことかい？」とだれもがたたみかけてくるのにうんざりしていたのだ。

彼はガーナとウガンダとタンザニアにいたことがあって、オコト・ビテックの詩やエイモス・チュツオーラの小説が大好きで、サブサハラ・アフリカの国々について、その歴史や複雑さについて、たくさん本を読んだという。注文された料理を運んでいくきみは、自分が感じている侮蔑感《ぶべつかん》を示してやりたいと思った。というのは、アフリカを過度に好きな白人とアフリカを全然好きじゃない白人はおなじ——腰は低いが人を見下す態度をとるからだ。ところが彼は、メイン州のコミュニティカレッジでアフリカでの脱植民地化についてクラス討論したとき、コブルディック教授がやったように、えらそうに首を横に振ったりしなかった。自分が知ってる民族について、当の民族よりずっとよく知ってると思い込んでいる人の表情をしなかったのだ。彼は次の日もやってきて、おなじテーブルにつき、きみがチキンでいいかときくと、ラゴスで育ったの？　ときいた。三日目もやってきて、注文するまえに、ボンベイへ行ったときのことや、次はラゴスに行ってそこで人が、実際に、スラムみたいなところに、どんなふうに住んでいるか見てみたい、と話しはじめた。だって海外に行ったとき自分は、愚かしい観光客がやるようなことは絶対にやらないからと。彼は夢中になってしゃべりつづけ、ついにきみは、これはレストランのポリシーに反すると告げねばならなかった。水の入ったグラスをテーブルに置くきみの手を彼はさっと撫でた。四日目、彼がやってくるのを見たきみは、フアンに、あのテーブルの係はもうしたくないと告げた。その夜、勤務が終わると、彼が

＊1　多民族国家ナイジェリアにはヨルバ、ハウサ、イボ、フラニなど二百五十を超える民族が住んでいる。

店の外で耳にイヤホンを突っ込んだまま待っていて、つきあってくれないかな、ときみにいった。きみの名前はハクナ・マタタと韻《いん》を踏んでる、「ライオン・キング」は感傷的映画のなかで例外的に好きな映画だし、といった。きみは「ライオン・キング」がどんな映画か知らなかった。明るい光のなかで見ると、彼の目がエクストラ・ヴァージン・オイルの色をしていることに気づいた。緑色がかった金色。エクストラ・ヴァージンのオリーブオイルはきみがアメリカにきて、たったひとつ、心の底から気に入ったものだった。

彼は州立大学の最終学年に在籍していた。年齢を教えられて、なぜまだ卒業していないのかときみはたずねた。そして、そうか、これがアメリカなんだ、自分が育ったところとは違うんだ、と思った。大学があんまりしょっちゅう閉鎖になるので通常コースに三年も追加しなければならなかったり、講師陣がいくらストライキをやっても給料がいまだに払われない、そんなところとは違うんだ。彼は二、三年休学して、自分を発見するためにおもにアフリカとアジアを旅したとか。それで、どこで自分をみつけたわけ？ときくと、彼は声をあげて笑った。きみは笑わなかった。人が学校へ行かない道を選択できるなんて、人生の方向を自分で決定できるなんて、思ってもみなかったから。きみは、人生があたえてくれるものをただ受け取ることに、人生が声に出して命じることを黙って書き留めることに馴染《なじ》んできたから。

それから四日間、きみは彼とつきあうことに、ノーといいつづけた。じっと顔を見つめられるのは気詰まりだった。きみの顔をひたすら、穴があくほど見つめるのでさよならしてしまったけど、一方では離れがたい気持ちもあった。そして五日目の夜、勤務が終わったあと、彼が戸口に立っていないのを知ってパニックになった。祈るような気持ちになったのはずいぶん久しぶりだったので、後ろから彼があらわれ、やあ、と声をかけてきたとき、誘われないうちから、つきあってもいいよ、ときみはいってしまった。ひょっとしてもう誘ってくれないかも、と不安になってしまったのだ。

次の日、彼は晩ご飯を食べにきみをチャンの店へ連れていった。きみのフォーチュンクッキーには紙が二枚入っていたけど、二枚とも白紙だった。


　きみがレストランのテレビで「ジェパディ」を観ること、有色の女性、黒人男性、白人女性、そして最後に白人男性、の順序でファンになって応援してる、と彼にいってしまうと、すごく気持ちが楽になったのが自分でもわかった。その順序では、ようするに白人男性は応援しないことになる。彼は笑って、自分は応援されないことに慣れてる、母親が女性学について教えてるから、といった。

　そして、ラゴスの父親はじつは教師ではなくて、建設会社の運転手助手だと打ち明けたとき、彼と親密になれた。きみは父親が運転するおんぼろプジョー504のなかで、ラゴスの交通状態を体験した日のことを話した。雨が降って、錆《さ》びて穴のあいた屋根のせいでシートがぬれていたこと。すごい渋滞のこと、ラゴスの道路はいつも、ものすごい渋滞で、雨が降るともうメチャクチャになること。道路が泥沼になって、車が抜け出せなくなると、いとこが車の後ろを押してお金をもらったりすること。あの日、父親がブレーキを踏み遅れたのは、雨が降って、沼みたいになっていたせいだ、ときみは思っていた。身体で感じる前に音でわかった。父親が突っ込んでしまった車は大型のダークグリーンの外車で、ヒョウの目のような金色のヘッドライトがついていた。父親は大声で許しを乞いはじめて、車を降りるや平身低頭、身を投げ出して、まわりからさんざん警笛をあびることになった。すみません、サー、すみません、サー、とひたすら謝りつづけた。わたしと家族を売り渡しても、あなたさまの車のタイヤ一個ほどにもなりませんので、といいつづけたのだ。ごかんべんを。

バックシートの「ビッグマン」は車から出てこなかったが、運転手が降りてきて、車の被害を調べ、きみの父親がひれ伏すように謝るようすを横目でちらりと見た。まるで懇願することがポルノグラフィーの演技かなにかみたいで、本当は見て楽しんでいるくせに、それを認めるのは恥だといわんばかりに。ついに、運転手が父親に、行っていい、さっさと立ち去れ、と手をふって合図した。ほかの車は警笛を鳴らしっぱなし、運転手は悪態をつきっぱなしだった。父親が車にもどってきたとき、きみは断固、父親を見ないことにした。市場のそばの湿地をよたよたと歩きまわる豚みたいだったから。きみの父親は「ンシ」のようにみえた。糞《くそ》。

きみがこのことを話すと、彼は口をきゅっと結んで、きみの手を握り、わかるよ、きみの気持ち、といった。きみは急にむかっときて、その手をふりほどいた。彼は、世界が自分のような人たちでいっぱい、いや、いっぱいであるべきだと思っていた。きみは、わかるなんてことはない、ただそうだってことで、それだけ、といった。

彼はハートフォードのイエローページでアフリカンストアを見つけ出し、きみを車で連れていった。いかにも慣れた調子で歩きまわり、ヤシ酒の瓶を傾けて、どれくらい沈殿物があるか調べたりするので、ガーナ人のオーナーが彼に、ケニアや南アフリカの白人かという意味で、アフリカ人かい、とたずねた。彼は、そう、でもアメリカにきてからずいぶんになるな、と答えた。店のオーナーが彼のことばを真に受けたので、彼は嬉《うれ》しそうだった。その晩、きみは買い入れたものを使って料理をした。ガリのオヌグブスープ添えを食べたあと、彼はきみの部屋のシンクに吐いた。でも、きみは全然気にならなかった。だって、いまでは肉の入ったオヌグブスープを料理できるようになったんだから。

彼は肉を食べなかった。動物を殺す方法が正しくないと考えていたからだ。動物のなかに「恐怖の毒」を放出させ、その毒が人びとを偏執症にするのだといって。故郷できみが食べた肉片は、肉があればの話だが、指半分ほどの大きさだった。でもきみはそのことはいわなかった。カレー粉やタイムが高すぎるので、きみの母親が料理という料理に使う「ダワダワ」のキューブがMSG（グルタミン酸ソーダ）入りだと、いや、MS

Gそのものであることもいわなかった。彼はMSGには発ガン性がある、とチャンの店が好きな理由はMSGを使わないからだ、ともいった。

一度、チャンの店で彼はウェイターに向かって、上海に行ってきたばかりだ、中国語が少し話せるんだ、と話しかけたことがあった。ウェイターが話にのってきて「どのスープがいちばん美味《おい》しかった?」とたずね、さらに「それで上海にガールフレンドができたの?」ときいた。彼はニッと笑って、なにもいわなかった。

きみは食べる気がしなくなった。みぞおちのあたりがきゅっと詰まったように感じた。その夜、彼がきみのなかに入ってきても、きみは唸り声をあげなかった。唇を噛《か》んで、行きそうもないふりをした。そうすれば彼が気にするのを知っていたから。あとになってきみは、なぜ自分がうろたえたか、その理由を話した。こんなにしょっちゅうきみがチャンの店にいっしょに行っているのに、メニューを持ってくる直前にきみがキスしてるのに、あの中国人の男はきみが彼のガールフレンドであるはずがないと決めつけたから、それにあのとき彼がニッと笑うだけでなにもいわなかったから。彼は謝るまえに、ポカンときみを見た。だからきみは、彼が全然わかっていないことを知った。

彼がきみにプレゼントを買ってきたとき、そんな高いものダメよ、といってきみは反対した。すると彼は、ボストンの祖父は金持ちだったからといい、それからあわてて、その老人が多額の寄付をしたから彼の信託資金はたいしたことないんだ、と言い足した。

きみは彼のプレゼントに惑わされた。振ると内部でピンクの衣装を着たスリムな人形がスピンする、拳大のガラス球。触れるとその表面が触れたものの色に変わる、きらきらした石。メキシコで手描きされた高価なスカーフ。ついにきみは彼にむかって、皮肉っぽく長く引き延ばした声で、これまでのきみの人生では、プレゼントはいつだってなにかの役に立つものだった、といってしまった。たとえば大きな石、それなら穀物を挽《ひ》ける。彼は大きな強い声で長いこと笑ったけど、きみは笑わなかった。彼の人生では、プレゼントというのはプレゼントするために買うものであって、それ以上のものではなく、役に立つものでもないことにきみは気づいた。彼がきみのために靴や服や本を買いはじめたとき、そんなことしないで、ときみはいった。もうプレゼントなんてほしくなかった。それでも彼は買ってきたので、きみはそれをいとこやおじさんやおばさんのために、そのうち故郷に帰れるようになったら、と思って取っておいた。といっても、きみはどうしたら航空券を買って、さらに、部屋代まで払えるようになるか、まったく見当がつかなかった。彼は、本気でナイジェリアを見たいと思ってるんだ、二人分の航空券を払ってもいいよ、といった。故郷に帰るために、彼にチケット代を払ってもらうのは嫌だった。彼がナイジェリアへ行って、ナイジェリアを、貧しい人たちの生活をぼんやりながめてきた国のリストに加えるのも嫌だった。そこの人たちは「彼の」生活をぼんやりながめることなどできはしないのだから。ある晴れた日に、きみはそのことを彼にいった。彼がきみをロングアイランド湾に連れていった日だ。口論になって、静かな水辺を歩いているうちに、きみの声がどんどん大きくなった。彼は、きみが彼のことを独りよがりだなんていうのは間違ってる、といった。きみは、ボンベイの貧しいインド人だけが本当のインド人だという彼は間違ってる、といった。それじゃ、ハートフォードで見かけた太った貧しい人みたいじゃない彼は、本当のアメリカ人ではないってこと？　彼がきみを追い抜いてぐんぐん先に歩いていく、裸の、青白い上半身を見せて、ビーチサンダルで砂をちょっと跳ねあげて。でも彼はもどってきて、片手をきみにむかって差し出した。きみたちは仲直りして、セックスをして、たがいに相手のヘアのなかに指を走らせた。成長するトウモロコシの穂軸に揺れる房みたいに柔らかくて黄色い彼の毛、そして枕の詰め物のような弾力のある黒っぽいきみの毛。彼の肌は太陽にあたりすぎて熟れた西瓜《すいか》のようになり、その背中にきみがキスしてローションをすり込んだ。

きみの首に巻きついていたもの、眠りに落ちる直前にきみを窒息させそうになっていたものが、だんだん緩んでいって、消えはじめた。

きみはまわりの人たちの反応から、きみたち二人がふつうではないことを知った——いやな人たちはものすごくいやな感じで、すてきな人たちはものすごくいい感じなのだ。年をとった白人の男女は小声でなにかつぶやいて、彼をじろりと見た。黒人の男たちはきみにむかって首をふった。黒人の女たちの哀れむ視線が、きみの自負心のなさと自己嫌悪を嘆いていた。それでも黒人の女たちのなかには一瞬、ひそかな連帯の微笑みを見せる人もいた。黒人の男たちのなかには、きみを許そうと努力するあまり、彼にあからさますぎる「ハーイ」をよこす人もいた。白人の男女のなかには「すてきなペアだこと」と、いかにも明るく、大声でいう人もいた。まるで自分の偏見のなさを自分自身に納得させようとしてるみたいに。

でも彼の両親は違った。それがごくふつうのことだと思わせてくれたのだ。彼の母親は、これまで息子はハイスクールの卒業ダンスパーティのとき以外、女の子を親のところに連れてくることはなかった、といった。彼は強ばった表情でニッと笑って、きみの手を握った。テーブルクロスがきみたちの握った手を隠していた。彼の手がぎゅっと握りしめてきたので、きみもぎゅっと握り返しながら、なぜ彼はこんなに強ばった顔をしてるのかしら、なぜ彼のエクストラ・ヴァージン・オイル色の目が、両親と話をするとき暗くなるのかしら、と不思議に思った。彼の母親は、ナワール・エル＝サーダウィ[*1]は読んだ？　ときみにきいて、きみが、ええ、と答えると嬉しそうだった。彼の父親はインド料理とナイジェリア料理がとても似ているといい、勘定書がきたとき支払いのことできみたちをからかった。彼らを見ていて、きみは感謝の気持ちでいっぱいになった。きみを象牙《ぞうげ》製品のように、エキゾチックな戦利品みたいに品定めしなかったからだ。

あとから、彼が両親とのあいだに抱えている問題をきみに話してくれた。両親がその愛をバースデイケーキのように分けあたえるやり方を、彼がロースクールへ入学するこ

＊1　エジプトの著名なフェミニスト作家、医師。

とに同意すれば、どれほど大きなスライスをあたえるつもりかを。きみは共感を感じたいと思った。でもその代わりにきみは怒った。

彼が、両親といっしょにカナダに行くのを断った、ケベック州の田舎にある夏のコテージで一、二週すごさないかといってたけど、といったとき、きみはさらに怒った。きみも連れておいでといってくれたという。彼はきみにそのコテージの写真を見せた。なぜそれがコテージと呼ばれるのか、きみにはわからなかった。きみの住んでいた土地では、銀行や教会ほどもある大きな建物だったからだ。きみはグラスを落とし、グラスは彼のアパートの堅い木の床で粉々に砕けた。いったいなにがうまくいかないの、と彼はきいた。きみは、うまくいかないことなんて山のようにあると思ったけど、なにもいわなかった。そのあと、シャワーをあびながらきみは泣きはじめた。水が涙を薄めていくのをじっと見ながら、なぜ、自分が泣いているのかわからなかった。

ついにきみは家に手紙を書いた。両親にあてた短い手紙をパリパリのドル札のあいだに滑り込ませた。自分の住所も書いておいた。ほんの数日後、宅配業者が返事を持ってきた。手紙は母親の自筆だということが、よれよれの字体と誤字からわかった。

お父さんが死んだ。会社の車のハンドルに被いかぶさるようにして。もう五カ月になる、と母親は書いていた。送ってくれたお金でちゃんとしたお葬式を出せた。客のために山羊を屠《ほふ》り、ちゃんとした棺《ひつぎ》で父親を埋葬したと。きみはベッドのうえで身をまるめ、両膝《りょうひざ》をしっかり胸に引き寄せて、父親が死んだとき自分はなにをしていたのか、父親が死んだあとのこの数カ月ずっとなにをしていたのか、思い出そうとした。ひょっとすると父親が死んだのは、きみの全身に、火を通さない米粒のようにぶつぶつと鳥肌が立ったあの日だったかもしれない。うまく説明できずにいると、シェフと交替したらどうだい、キッチンの火で暖まれるぞ、とファンにからかわれたあの日だったかもしれない。ひょっとすると、父親が死んだのはきみがミスティックまでドライブした日、あるいはマンチェスターで劇を観た日、それともチャンの店で晩ご飯を食べた日だったかもしれない。

きみが泣いているあいだ、彼はきみを抱いていてくれた。髪を撫で、きみのチケットを買うよ、いっしょに行って家族に会うよ、と彼はいった。きみは、いいの、ひとりで帰らなければ、といった。もどってくるんだろ、ときくので、きみは自分のグリーンカードが一年以内にもどってこなければ失効することを彼に思い出させた。いってる意味はわかってるんだろ？　もどってくるよな？　くるよな？

きみは顔をそむけてなにもいわなかった。彼がきみを車で空港まで送ってくれたとき、きみは彼を長く、長く、しっかりと抱きしめて、それから手を放した。

アメリカ大使館

ラゴスのアメリカ大使館の外にできた列のなかに彼女は立っていた。じっと前方を見つめながら、ほとんど動かずに、青いプラスチックの書類ファイルを小脇に抱えていた。列のなかで四十八人目だ。二百人ほどの列はアメリカ大使館の閉じた門からはじまり、チェコ大使館の蔦《つた》の絡まる、ややちいさめの門までつづいていた。笛を鳴らして「ガーディアン」「ザニューズ」「ヴァンガード」を鼻先に突きつける新聞売りにも彼女は気づかなかった。琺瑯《ほうろう》びきの皿を突き出しながら行ったりきたりする乞食にも、アイスクリーム売りの自転車が鳴らすクラクションにも気づかなかった。雑誌で自分をあおぐことも、耳元を飛びまわる小バエを追い払うこともなかった。後ろに立っている男に背中を軽くたたかれて「こまかいのもってないですか、アベグ（すみません）、二十ナイラ札を十ナイラ札二枚にしたいんだけど」ときかれたときは、男をしばらく見つめて、意識を集中させ、自分がどこにいるかをようやく思い出し、それから首をふって「いいえ」

と答えた。

蒸し暑さであたりには重苦しい空気がただよっていた。彼女の頭上にもその空気はのしかかってきて、心をからっぽにしておくのをいっそう難しくしていた。そうしなければいけないと昨日バログン医師はいったのだ。ヴィザ取得の面接のために気持ちをしゃきっとさせておかなければといって、医師はもう精神安定剤を出してくれなかった。口でいうのは簡単だ、心をできるだけからっぽにしておくことなんて、まるで彼女がやり方を知っているといわんばかり、自力でどうにでもなるといわんばかり、ちいさな、ぷりっと太ったウゴンナの身体《からだ》が目の前でくしゃっと崩れるイメージを自分から好んで引き寄せているような言い方だ。ウゴンナの胸に広がる赤いしぶきがあまりに色鮮やかなので、彼女はつい、台所のヤシ油をおもちゃにしちゃだめよといいたくなった。ウゴンナの手がヤシ油やスパイス類のしまってある棚に届いたわけでもないし、ヤシ油の入ったプラスチックボトルのキャップをまわし開けられるわけでもなかったのに。ウゴンナはまだ四歳だった。

後ろの男がまた肩をたたいた。ぐいと振り向く背中に強烈な痛みが走って、思わず叫び声をあげそうになった。筋違いですね、と告げるバログン医師の顔には、バルコニーから飛び降りてからはもう深刻なことにいっさい耐えられなくなった彼女を畏怖《いふ》するような表情が浮かんでいた。

「ほら見て、あそこの役立たずの兵隊がやっていること」後ろの男が指差しながらいった。

ゆっくりと首をまわして彼女は通りの向かい側を見た。ちいさな人だかりができている。ひとりの兵士が眼鏡の男を長い鞭《むち》で打っていた。鞭は空中で大きく弧を描いてから男の顔にあたったのか、首にあたったのか、彼女にはよくわからなかった。男が両手をあげていたからだ。それで鞭がかわせるとでもいうように。男の眼鏡がずり落ちるのが見えた。兵士のブーツの踵《かかと》が黒いフレームと、薄い彩色レンズを砕くのが見えた。

「ほら、あの兵隊たちにみんなが泣きつくさまときたら」と後ろの男がいった。「この国の連中は兵隊に泣きつくことに慣れきってしまった」

彼女はなにもいわなかった。正面にいる女がさっき「ずっと話しかけてるのに、あんたったら牛みたいにわたしを見てるよね！」といったきり彼女のことを無視しているのとはちがって、男のなれなれしさは執拗《しつよう》だった。たぶん男は、列にならぶ人たちみんなにできた親近感を、この女はなんで分かち合わないんだろうと思っているのだ。だれもが夜明け前に起き出して——それも眠れた場合の話だけれど——少しでも早くアメリカ大使館まで行ってヴィザ申請の列にならばなければと思ってやってきて、みんな兵士の振りかざす鞭を要領よくのがれて、追い立てられる家畜の群れのように右往左往しながらやっと列を作り、アメリカ大使館が今日は門を開けないんじゃないかと気をもんでいたのだ。門が開かないとなれば明後日にまた最初からおなじことをやらなければならない。水曜日は大使館が閉館だから——そんな仲間意識ができていたのだ。きっちり正装した男と女が新聞をまわしながら将軍アバチャをこきおろし、ジーンズの若者たちは、いかにもきびきびと、アメリカの学生ヴィザをもらうときの質問にどう答えるか、秘訣を交換していた。

「ほら、あの男の顔、ひどく血が出ている。鞭で顔が切れたな」と後ろの男がいった。

彼女は見なかった。吹き出た血がしぼりたてのヤシ油のように真っ赤なことは想像がついたから。代わりに顔をあげてエレケ・クレセント通りに目をやった。青々とした芝生の大使館がならぶ、曲がりくねった通り。息をする歩道。大使館が開く時間にあらわれて、閉館すると消えてなくなる市場。レンタル椅子屋《いすや》が積みあげた白いプラスチックの椅子の山が——レンタル料は一時間に百ナイラ——あっというまにちいさくなった。セメントブロックに渡した木の板には色とりどりのお菓子やマンゴー、オレンジがならんでいた。巻き布をクッションにして、煙草をならべたトレーを頭にのせている年少の子どもたち。子どもに手を引かれた盲目の乞食たちがいて、その皿にだれかがお金を置くと、英語、ヨルバ語、ピジン語、イボ語、ハウサ語で祝歌を歌った。そして、もちろん、即席の写真スタジオもあった。三脚のそばに背の高い男が立って、「一時間でできる高級写真、アメリカのヴィザ申請用の公式写真」とチョークで書いた看板をかかげていた。彼女もそこで壊れそうなストゥールに腰かけてパスポート写真を撮ってもらったけれど、できあがった写真がぼやけていても、顔の色が少しだけ白く仕上げてあっても驚かなかった。でも、ほかに選択の余地はなかった。前もって写真を撮っておくことなどできなかった。

二日前に彼女は自分の子を、先祖代々の故郷の町ウムンナチにある菜園近くの墓に埋葬したところだった。友人たちに囲まれてすごしたのに、いまではそれさえ思い出せない。その前日にはトヨタ車のトランクに夫を隠し、夫の友人の家まで運んで、その友人が夫を国外へ逃がした。さらにその前日には、パスポート写真を撮る必要などまったくなかった。彼女の生活はいつも通りで、ウゴンナを保育園へ迎えにいって、ミスター・ビッグズの店でソーセージ・ロールを買ってやり、カーラジオから流れるマジェク・ファシェクの歌に合わせて歌っていたのだ。占い師たちが、数日後にあんたは自分の人生を受け入れられなくなるといったとしても、笑い飛ばしていただろう。すごい想像力ね、といって、占い師に十ナイラおまけに渡したかもしれない。

「アメリカ大使館の連中は窓から、兵士が人を鞭で打ってるのを見ながら楽しんでるんじゃないかと思うこともあるよな」と後ろの男がいっている。もう口を閉じてほしかった。男がしゃべりつづけるせいで、心をからっぽにしてウゴンナのことを考えずにいるのが余計難しくなる。彼女はもう一度、通りの向かいに目をやった。兵士がその場から立ち去ろうとしていた。ひどいしかめっ面《つら》をしているのが、遠くにいる彼女にも見てとれた。その気になれば自分の一存で、自分以外の大の男を鞭で打つことができるという男の渋面だ。ふんぞり返った男の大げさな態度は、四日前の夜、裏手のドアを破って乱入した男たちとおなじだった。

「亭主はどこにいる？　どこだ？」彼らは断りもせずにふたつの部屋の洋服ダンスを力まかせに蹴り開け、抽《ひ》き出《だ》しまで調べた。夫は背丈が六フィート以上もあって、抽き出しに隠れるなんてとても無理だといえばよかった。三人の黒ズボンの男たちは、アルコールとペペスープの臭いをぷんぷんさせていた。後になって、ウゴンナの動かない身体を抱きながら、自分はもう二度とペペスープを食べることはないと思った。

「亭主はどこへ行った？　どこだ？」男たちが頭に銃を押しつけてきた。「知りません。昨日、出ていきました」両脚のあいだを温かい尿が流れ落ちたが、それでも彼女はじっと立っていた。

黒いフード付きトレーナーを着た男がいちばん酒臭く、ぎらつく目が痛そうなほど真っ赤だった。そいつがいちばん派手にわめきちらし、テレビを蹴飛ばした。「亭主が書いた新聞記事のことは知ってるな？　あいつが嘘《うそ》つきだってのは知ってるな？　あいつのようなやつらは面倒を起こすから、ナイジェリアの前進を望んでないわけだから、監獄に入れるべきだってのもわかってるな？」

男はソファに腰をおろした。彼女の夫がいつも座ってNTAの夜のニュースを観ていた場所だ。男が彼女をぐいと引き寄せたので、ぶざまにも男の膝《ひざ》のうえに乗ってしまった。ウェストに男の銃が突きつけられた。「いい女が、なんであんなトラブルメーカーといっしょになった？」男が固くなるのが伝わってきて、息に混じる男の興奮に吐き気がした。

「女に手を出すな」別の男がいった。スキンヘッドがきらりと光る男だ。ワセリンでも塗っているのだろうか。「行くぞ」

彼女が身をほどいてソファから立ちあがると、フード付きトレーナーの男が座ったま ま、彼女の尻をピシャッとたたいた。ウゴンナが泣き出して、彼女のほうへ走りよったのはそのときだ。フード付きトレーナーの男は大声で笑いながら、女の身体がひどくやわらかかったといって、銃で指し示した。ウゴンナはいまでは金切り声をあげている。泣いても金切り声をあげる子ではなかった。そういう子ではなかった。そのとき銃が火を噴き、ウゴンナの胸からヤシ油がほとばしり出たのだ。

「ほら、オレンジ」列の後ろの男が声をかけて、ビニール袋のなかの六個のオレンジを勧めている。皮が剝《む》いてあった。男がオレンジを買ったことに彼女は気づかなかった。

彼女は首を横にふった。「ありがとう」

「ひとつ食べたらいい。朝からなにも食べてないんでしょ」

そのとき彼女は初めて男をちゃんと見た。これといった特徴のない黒い顔だが、男にしては肌がなめらかすぎる。ピシッとアイロンのかかったシャツに青いネクタイを締めて、間違えないよう用心深く英語を話すところに、どことなく野心がにじんでいる。ひょっとすると新世代の銀行の仕事に就いていて、自分では想像もつかなかったほどの高収入を得ているのかもしれない。

「ありがとう、でもいらないわ」と彼女。正面の女が振り向き、ちらりと彼女を見て、またおしゃべりにもどって「アメリカのヴィザのための奇跡の職務」という特別礼拝のことを話していた。

「食べたほうがいいよ」と後ろの男はいったけれど、もうオレンジの袋は突き出してはいない。

彼女はもう一度首をふった。痛みはまだある、眉間《みけん》のあたりに。バルコニーから飛び降りたために頭のなかでなにかがずれてしまい、それが激痛をともなってガタガタと鳴っているようだ。飛び降りるしか方法がなかったわけではない。バルコニーまで枝の張り出したマンゴーの木に這《は》いのぼることもできたし、階段を駆けおりることだってできたかもしれない。男たちがあまり大きな声で言い争っていたため、現実から遮断されたような気がして、彼女は一瞬、パンと鳴った音はたぶん銃ではなくて、いつのまにか忍び寄っていたハルマッタンの訪れを告げる雷鳴だったんじゃないか、赤いしぶきはたぶん本物のヤシ油で、ウゴンナがどういうわけかその瓶《びん》のところまで行って遊んでいたんじゃないか、そんな遊びなどあの子はやったことがなかったのにと思った。それから男たちのことばが彼女を現実に引きもどした。「あの女がみんなに事故だっていうと思うか？　オガ（ボス）が俺たちに依頼したのはこんなことか？　ちいさな子どもだぜ！　母親のほうも撃ち殺さなきゃ。ダメだ。もっと面倒なことになる。そうだ。いや、ずらかろう、さあ！」

彼女がバルコニーに駆け寄ったのはそのときだ。手すりによじ登って、二階だということも忘れて飛び降り、門のそばのゴミ箱のなかに這い込んだ。轟音《ごうおん》をたててジープが走り去るのを聞いてから、這い込んでいたゴミ箱の腐ったプランテーンの臭いをさせながらフラットにもどったのだ。ウゴンナの身体を抱いて、動かない子どもの胸に頬をあてた。そのとき彼女は思い知った。こんなに恥ずかしい思いをしたことはこれまでなかった。自分はウゴンナを守ってやれなかったのだ。

「ヴィザの面接のことを心配してるんだ、アビ（でしょ）？」後ろの男がたずねた。

彼女は、痛くならないようにそっと両肩をすくめて、無理に、うつろな笑顔をつくった。

「質問に答えるときは面接官の目をまっすぐ見るほうがいいですよ。間違っても訂正はしちゃいけない。嘘《うそ》をついてるって思われるからね。友だちが何人もちっぽけな理由でヴィザを拒否されたのを知ってるんです。わたしは観光ヴィザを申請するつもりでね。テキサスに兄が住んでるんで、休暇のために渡航したいって」

男のことばは、それまで彼女のまわりにいた人たちの声とおなじように聞こえた。夫が逃げるのを助けてくれた人たち、ウゴンナのお葬式を手伝ってくれた人たち、彼女を大使館まで連れてきた人たち。質問に答えるときは口ごもっちゃだめだよ、とその声はいった。ウゴンナのことをすべていいなさいね。どんな子だったかも。でも、いいすぎないように。毎日みんな難民ヴィザをもらうために、いもしない死んだ親戚のことで嘘ついてるんだから。ウゴンナのことを本当らしくいうこと。泣くこと。でも泣きすぎちやだめだよ。

「アメリカ人はもうわたしたちに移民ヴィザは出しませんね、アメリカの標準に照らして金持ちでないかぎり。でもヨーロッパ諸国の出身なら文句なくヴィザが出るって話です。移民ヴィザを申請するんですか？　それとも観光ヴィザ？」男はきいた。

「難民ヴィザ」彼女は男のほうを見なかった。それでも男が驚くのが気配でわかった。

「難民ヴィザですか？　それは証明するのが難しいでしょうねえ」

「ニュー・ナイジェリア」をこの人は読んでいないのだろうか、夫のことを知らないのだろうか。おそらく知っている。民主制を擁護《ようご》する報道機関の支持者たちはみんな夫のことを知っている。とりわけ、夫はクーデタ計画は偽物だとおおっぴらにいって、将軍アバチャの責任を追及する話を書いた最初のジャーナリストだったから。将軍がクーデタをでっちあげて、政敵を殺したり投獄したりできるようにしたと書いたのだ。兵士たちが新聞社にやってきて、印刷されたその号を大量に黒いトラックに積んで運び去った。それでも、どこからかコピーが出てきて、ラゴス中に広まり、ついに橋のそばの壁にまで貼られることになった。教会改革を告げるポスターと封切り映画のポスターの隣りに。兵隊たちは夫を二週間拘禁し、夫の額を切ったので、傷がL字状の痕になって残った。夫の釈放を祝うためにウィスキーのボトルをもってフラットに集まった友人たちが、その傷にそっと触れた。だれかが夫に「ナイジェリアはあんたのおかげでよくなるよ」といったのを彼女はおぼえていた。そのときの夫の、興奮したメサイアのような表情をおぼえていた。兵隊が彼を殴ったあと煙草を一本くれたことを話すときの夫の表情を。訥々《とつとつ》と話しながら意気揚々としていたのだ。数年前は、つっかえながら話すところに好感を抱いたものだが、いまはちがった。

「難民ヴィザは申請する人が多いけれど、なかなか出ませんよ」後ろの男が話していた。大きな声だ。たぶん、ずっと話しつづけていたのだろう。

「『ニュー・ナイジェリア』は読んでいますか？」彼女はきいた。男のほうには顔を向けず、目は列の前のほうを見ていた。カップルがビスケットを買っている。ビスケットは包みを開けるとパリパリと崩れた。

「ええ。読みたいですか？　新聞売りがまだもってるかもしれない」

「いいえ。ちょっときいてみただけです」

「とてもいい新聞ですよ。あのふたりの編集者はナイジェリアが必要とする人物です。命の危険をかえりみずに、わたしたちに真実を伝えてくれています。本当に勇敢な人たちです。ああいう勇気をもった人がもっといるといいんですけどね」

あれは勇気ではなくて、大げさな自分本位にすぎなかった。ひと月前のことだ。夫のいとこの結婚式でふたりして代親になる約束をしていたのに、夫がその結婚式のことをすっかり忘れてインタビューの予定を入れてしまった。カドゥナへの旅はキャンセルできない、そこで逮捕されたジャーナリストにインタビューするのはとても重要なんだ、と彼がいったとき、目の前にいるのは、自分が結婚した相手は、遠くへ行ってしまったんだと彼女は思って「政府を憎んでいるのはあなたひとりじゃないでしょ」といった。彼女がひとりで結婚式にでかけて、彼がカドゥナへ行って帰ってきたとき、ふたりはほとんど口をきかなかった。話すとしても、たいていはウゴンナのことだった。彼が仕事から帰ってくると、この子が今日やったことといったらあなたは信じないわよ、きっと、といってさらに詳しく説明したものだ。ウゴンナったらクエーカーオーツのシリアルには胡椒《こしょう》が入ってるからもう食べないって、とか、ウゴンナがカーテンを閉めるのを手伝ってくれたのよ、とか。

「そうですか、あの編集者たちが勇敢な行為をしたと思っているんですね？」彼女は、後ろにいる男に向きなおった。

「ええ、もちろんです。だれもができることじゃない。この国ではそれが本当に問題ですよ、勇気のある人間が十分いないことが」男は彼女を長いあいだ見ていた。自分は正義の味方だが、もしかしたらこの女は政府を擁護する人なのかな、ナイジェリアは軍事政権でなければうまくいかないといって民主化運動を批判する人なのかな、と疑うような表情だった。状況がちがっていれば、彼女はその男に、自分のジャーナリズム論について話していたかもしれない。ザリアの大学からはじめて、将軍ブハリ政権が学生の奨学金削除を決めたとき自分が中心になって抗議集会を開いたことを話していたかもしれない。ここラゴスの「イブニング・ニュース」に書いた記事のことを、「ガーディアン」の発行人を殺害しようとした未遂事件をどう記事にしたかを、彼女がようやく妊娠して仕事を辞めたときのことを、夫といっしょに四年間も努力したからだと、子宮筋腫だったのだと。

彼女は男から目をそらして、物乞いがヴィザのための列をまわっていくのをじっと見ていた。垢《あか》じみた長いチュニックを着た痩身《そうしん》の男たちが数珠をまさぐりコーランのことばを唱え、黄色い目をした女たちが擦《す》り切《き》れた布で元気のない子どもを背中にくくりつけ、ほつれた襟のまわりに聖母マリアの青いメダルを垂らした盲目の夫婦が娘に手を引かれて歩いていた。新聞売りが歩いていく先々で笛を鳴らした。腕に抱えた新聞のなかに「ニュー・ナイジェリア」は見当たらなかった。たぶん売り切れたのだろう。夫が書いた最新記事、「一九九三年から九七年まで続いたアバチャ政権について」に最初は心配しなかった。なにも新しいことは書いていなかったからだ。これまでの殺害事件と、誓約不履行と、遺失金のことを、まるでナイジェリア人はまだ知らないみたいにまとめただけだった。そんなに厄介《やっかい》なことになるとは思わなかった、そんなに注目されることもないだろうと思っていた。ところが、新聞が発行されたわずか一日後に「BBCアフリカ」がその記事をニュースにして、インタビューされた亡命中のナイジェリア人政治学教授が、彼女の夫は人権賞受賞にあたいすると語ったのだ。「彼は抑圧に対してペンでたたかい、声なき人たちに声をあたえ、世界にそれを知らせた」と。

夫は自分が神経質になっているところを彼女に見せまいとした。それから、匿名の電話がかかってきて――四六時中、匿名の電話がかかってくるようになった。夫はそういうジャーナリスト、行く先々で友だちをつくっていくジャーナリストだった——国の指導者は個人的に怒っている、と電話の主がいってから、夫はもう不安を隠そうとしなかった。震える両手が彼女の目にも見えた。電話の主が、兵士たちが逮捕するためそっちへ向かっているといった。逮捕はこれが最後になる、二度と出てこられない、そういったのだ。その電話の数分後に夫は車のトランクに這い込んだ。門の守衛が兵士たちの尋問を受けても、正直に、いつ夫が出ていったか知らなかったといえるように。彼女はウゴンナを階下のフラットに住む隣人にあずけて、トランクにすばやく水をまいた。夫は、急いで、といったけれど、なぜかトランクが湿っているほうが涼しくて息がしやすいだろうと思ったのだ。車で夫を共同編集者の家に連れていった。翌日、夫がベナン共和国から電話をしてきた。共同編集者には夫がひそかに国境を越えるためのつてがあった。アトランタで研修を受けたとき彼が取得していたアメリカのヴィザはまだ有効で、ニューヨークに着いたら難民申請をするのだろう。彼女は夫に、心配しないで、自分とウゴンナは元気だし、いまの学期が終わればアメリカでいっしょになれるからといった。その夜、ぐずってなかなか寝つかないウゴンナを玩具の車で遊ばせておきながら、彼女は本を読んでいた。台所のドアを蹴り破って三人の男が入ってきたとき、無理にでも早くウゴンナを寝かせておけばよかったと思った。そうしていれば……。

「ああ、この太陽ときたら、ちっともやさしくないもんな。ここのアメリカ大使館の人たちがせめて日陰をつくってくれたらいいのに。ヴィザの手数料を集めてるんだから、その金を使ってさ」後ろの男が彼女にいった。

後ろのだれかが、アメリカ人は自分たちのためだけに金を集めてるんだ、といった。またべつのだれかが、わざとがんがん陽の当たる場所で申請者を待たせておくんだ、といった。するとまたべつのだれかが笑った。彼女は盲目の夫婦のほうへ近づき、バッグのなかを探って、二十ナイラ札をつかんだ。それを鉢に入れると夫婦が詠唱をはじめた。「神の祝福がありますように、あなたは富が得られるでしょう、良き夫をもつでしょう、良い仕事に就くでしょう」とピジン英語、それからイボ語、そしてヨルバ語で唱えた。夫婦が歩み去るのを彼女は見送った。「あなたは元気な子どもをたくさん産むでしょう」とはいわなかったな、彼女の正面にいる女性にはそういったのが聞こえたのに。

大使館の門が勢いよく開いて、茶色い制服の男が叫んだ。「列の先頭から五十人まで、なかに入って書類を書き込むこと。残りはまた出直すように。今日、大使館が対応できるのは五十人まで」

「俺たちは運がよかった、アビ（だよね）」後ろの男が彼女にいった。

彼女は冷たいガラススクリーンの向こうにいるヴィザ面接官をじっと見た。たるんで皺《しわ》のよった首にかすかに触れるやわらかい赤褐色の髪、眼鏡が要らないみたいに銀色のフレームを下げて、彼女の書類にじっと見入る緑色の目。

「もう一度話してくれませんか？　細かなことをまだ聞いていませんから」励ますよう

な笑みを浮かべて、ヴィザ面接官はいった。それがウゴンナのことを話す機会であることは彼女にもわかった。

彼女は一瞬、隣りの窓口に目をやった。ダークスーツを着た男がスクリーンの近くにうやうやしく身を寄せるようすは、なかのヴィザ面接官に祈りを捧げているようだ。彼女はこの面接官に、いや、アメリカ大使館のだれかに、ウゴンナのことを話すくらいなら、黒いフード付きトレーナーの男だろうと、てかてかのスキンヘッドの男だろうと、その手にかかって喜んで死ぬ、いやアメリカ大使館のだれかの手にかかってだってかまわない、と思った。身の安全をはかるヴィザのために、ウゴンナのことをべらべらしゃべって売り渡すくらいなら……。

息子は殺されました、それ以上はいうまい。殺されました。あの子が笑うとき、頭のうえのほうから、甲高くチリンチリンという笑い声が響いてきたことなど絶対にいうまい。お菓子やビスケットのことを「ブレッディ・ブレッディ（まんま・まんま）」といったこと。抱きあげると母親の首をぎゅっとつかんだこと。夫が、この子はアーティストになるな、だってレゴブロックを、組み立てないで、互い違いに、色別にひとつひとつならべているよ、といったこと。この人たちにそんなことを知る資格はない。

「やったのは政府だというんですね？」ヴィザ面接官がたずねた。

「政府」はもっと大きな肩書きで、責任を問われない。政府は背後に身を引き、人びとが策略を用いたり、大目に見たり、また非難したりする機会をあたえたのだ。三人の男。

夫のような、弟のような、ヴィザの列の後ろにならんでいるような三人の男。そんな三人の男だ。

「そうです。彼らは政府の手先です」

「それを証明できますか？　それを示す証拠がありますか？」

「ええ。でも昨日、埋葬しました。わたしの息子の遺体です」

「息子さんのことはお気の毒です」ヴィザ面接官はそういった。「でも、あなたがそれを政府だとする証拠が必要です。この国には民族間抗争があって、私的な暗殺もいくつかありますから。政府が関与しているという証拠が必要ですし、あなたが今後ナイジェリアに留まると身の危険にさらされるという証拠が必要です」

色あせたピンクの唇が動いて、ちいさな歯が見えた。スクリーンにさえぎられた、そばかすだらけの顔のなかの、色あせたピンクの唇。彼女はヴィザ面接官に「ニュー・ナイジェリア」の記事は子どもの生命を犠牲にするだけの価値があるのかときききたい思いに駆られた。でもきかなかった。ヴィザ面接官が民主制を擁護する新聞のことを知っているかどうか疑わしかったから。大使館の門の外の交通遮断区域にできた長蛇の列のことを、木陰ひとつなく、容赦なく照りつける太陽が友情と頭痛と絶望を作りだしていることを、このヴィザ面接官が知っているかどうか疑わしかったから。

「あのね、あなた、合州国は政治的迫害の犠牲者に対して新生活を提供しますが、それには証拠が必要なんです……」

新生活。彼女に新生活をくれたのはウゴンナだった。彼がくれた新しいアイデンティティをたちまち好きになって自分でも驚いたのはウゴンナのおかげだった。彼女を新しい人にしてくれたのだ。「わたしがウゴンナの母です」と保育園の先生に、ほかの子どもの親たちにいったものだ。ウムンナチで埋葬したとき、彼女の友人たちや家族がおなじアンカラ・プリントの服を着ていたので、だれかが「お母さんはどの方？」とたずねた。彼女は顔をあげて、一瞬われに返って「わたしがウゴンナの母です」といったのだ。彼女は、先祖代々の故郷の町へ帰って、イクソラの花を植えたかった。針のように細い花弁の先を子どものころによく吸ったっけ。植えるとしても一本だけ、あの子の墓地はとても狭いから。花が咲くとミツバチがやってくる、その花を摘んで、彼女は泥のなかにしゃがみ込んで吸いたかった。そのあとで、吸った花をひとつひとつならべたかった。ウゴンナがレゴブロックでやったように。それが彼女の望む新生活だった。

隣りの窓口で、アメリカのヴィザ面接官がマイクロホンに向かって大きすぎる声で話していた。「あなたの嘘を認めるつもりはありませんよ、サー！」

ヴィザ申請をしたダークスーツのナイジェリア人が、書類でパンパンになった透明なプラスチックのファイルを振りまわしながら、叫びはじめた。「こんなの、間違ってます！　どうしてこんなふうに人を扱えるんですか？　これをワシントンに持ち込みますよ！」ついに警備員がやってきて彼を連れ去った。

「あの、もしもし？」

彼女の思いすごしだったのだろうか、それとも、ヴィザ面接官の顔から同情が流れ出ていたのだろうか。その女性が赤っぽい金色の髪を、邪魔になったわけでもないのに、すばやく後ろに払うのが見えた。髪は首筋に静かにかかり、白い顔を縁どっていた。その人の顔に彼女の未来はかかっていた。彼女を理解しない人、おそらくヤシ油で料理などしない人、しぼりたてのヤシ油が鮮やかな、鮮やかな赤色をしていて、時間がたつと凝固して、ごつごつしたオレンジのようになる、そんなことさえ知らない人だ。

彼女はゆっくりと向きを変えて、出口に向かった。

「あら？」後ろで面接官の声がした。

彼女は振り向かなかった。アメリカ大使館の外に出ると、琺瑯びきの鉢を突き出してまだ歩きまわっている乞食のそばを通りすぎて、自分の車に乗り込んだ。

震え

ナイジェリアで航空機が墜落したその日にナイジェリアのファーストレディが死に、プリンストンに住むウカマカの部屋のドアをだれかが烈《はげ》しくたたいた。ウカマカはびっくりした。予告なしで人がやってくることなどこれまでなかったからだ——だれかを訪問するときは前もって電話をかける、煎《せん》じ詰《つ》めればそれがアメリカなのだ——フェデックス（宅配便会社）の配送係は例外だけれど、それにしたってあんな大きな音でノックしたりはしない。ノックの音で跳びあがるほど驚いたのは、朝からインターネットでナイジェリアのニュースを読みながら、せわしなくページをあちこちチェックしたり、両親や友人に電話をかけたり、アールグレーの紅茶をたてつづけに淹《い》れては気がつくと冷めているといったことをくり返していたからだ。墜落現場の初期の写真を何枚かデスクトップに取り出した。それを見るたびにノートパソコンの画面を明るくして、ニュース記事が「残骸《ざんがい》」と呼ぶものに見入った。ちぎれた紙みたいな白っぽい斑点《はんてん》が付着する黒ずんだ塊、かつては乗客を大勢乗せた飛行機だった炭化物の無情な塊。シートベルトを締めてお祈りをしたり、新聞を広げたり、客室乗務員がワゴンを押してきて「サンドイッチにしますか、ケーキにしますか？」ときくのを心待ちにしていた乗客たち。そのなかに以前のボーイフレンド、ウデンナがいたかもしれないのだ。

ふたたびノックの音。さっきより大きい。ドアの穴からのぞいてみた。ずんぐりした黒っぽい肌の男だ。どこかで見たような気がするが、どこでだったか思い出せない。ひょっとすると図書館、それともプリンストン大のキャンパスへ通うシャトルバスのなかだろうか。ドアを開けた。男は中途半端な笑みを浮かべ、ウカマカの視線を避けながら話した。「僕、ナイジェリア人なんです。三階に住んでます。われわれの国で起きていることについて、いっしょに祈ることができるかと思ってきました」

ウカマカは男が彼女もナイジェリア人だと知っていることに驚いた。どのフラットに彼女が住んでいるかを知っていることにも、やってきてそのドアをノックしたことにも驚いた。どこで会ったのか、まだ思い出せない。

「入ってもいいですか？」と男がきいた。

彼をなかに入れた。入ってきたのは、ナイジェリアで起きたことについていっしょに祈りにやってきたという、たるみきったプリンストン大のトレーナーを着た見知らぬ人間で、ウカマカの手を取ろうと彼の手が伸びてきたときウカマカは一瞬ためらい、それから手を握った。彼らは祈った。男のお祈りは細部にいたるまでナイジェリアのペンテコステ派の作法にならったもので、ウカマカは落ち着かなかった――キリストの血でものを被い、悪魔を縛りあげて海に投げ捨て、邪悪なスピリットとたたかったからだ。ウカマカは途中でさえぎり、そんなことする必要ないでしょ、血とか縛るとか、信仰心をボクシングの練習みたいにしなくたっていいじゃないの、といってやりたかった。生きるってことは槍を振りかざすサタンとたたかうことじゃなくて自分とたたかうことなんだから、信仰ってのは良心をいつも研ぎ澄ましているかどうかってことなんだから。でも、いわなかった。自分がいうと聖人ぶって聞こえそうで、パトリック神父ならいとも簡単にやってみせる、事実に即したドライな感じを言外に響かせることができそうもなかったから。

「イェホバの神よ、邪悪なもののあらゆるたくらみを不首尾に終わらせたまえ、われらに向けられるあらゆる武器がイエスの名において不成功に終わらんことを！　父なる神よ、われらはイエスの尊い血で空気を被い、すべての飛行機をイエスの尊い血で被います。われらはナイジェリアのすべての闇の使者を打ち破ります……」彼の声はだんだん大きくなり、頭が上下しはじめた。ウカマカはトイレに行きたかった。ふたりが手を握っているのがきまり悪くなってきた。彼の指は温かく、硬く、息も継がずに唱えられる一節が初めて一瞬途切れたとき、ウカマカが「アーメン」といってしまったのはこのきまり悪さのせいだった。終わりだと思ったのに終わりではなかったので、あわててまた目を閉じてお祈りが続いた。彼は祈り、また祈り、「父なる神よ！」とか

「イエスの名において！」というたびに、ウカマカの両手を大きく上下させた。そのときウカマカは自分がぶるぶる震え出すのがわかった。全身がひとりでに震えるのだ。神さまのせい？　前にも一度、何年も前だが、毎朝ロザリオの祈りを細部まできっちり唱えていた十代のころ、自分でも理解できないことばが口からこぼれてきたことがあった。ちくちくする木製のベッドフレームのそばにひざまずいていたときだ。アヴェ・マリアを唱えている最中に口から理解不能のことばがあふれ出てきた。一瞬のことだったが心底恐れおののいた彼女は、ロザリオの祈りが終わるころには、自分を包んでいる白く冷たい感覚は神だと確信した。そのことを告白した相手はこれまでウデンナだけだった。なのに彼は、自分で体験をでっちあげてるんだろ、といった。でも、どうしてわたしにそんなことができるの？　自分で望んでもいないことをどうしてでっちあげることなんかできるの？　とウカマカは反論した。なのに最後は、そうね、と彼の意見に同意した。ほとんどなんでも彼の意見に同意したように。おまけに、本当はぜんぶ自分の想像だったとまでいったのだ。

いま震えは始まったときとおなじようにぱたりと止まり、ナイジェリア人だというその男性がお祈りを締めくくった。「全能にして永遠のイエスの名において！」

「アーメン！」と彼女。

ウカマカは自分の手を彼の手からすっと抜いて「失礼」と小声でいってからバスルームへ急いだ。出てくると彼はまだキッチンのドアのそばに立っていた。その物腰はなにかありそうな感じで、腕組みをして立っているようすが「控えめ」ということばを思わせた。

「僕の名前はチネドゥ」

「わたしはウカマカよ」

握手したが、なんだかおかしかった。お祈りのときはしっかり手を取り合っていたのだから。

「今度の墜落事故はひどい」と彼。「本当にひどい」

「ええ」墜落事故にウデンナが巻き込まれているかもしれないことはいわなかった。もう帰るといいのに、お祈りは終わったんだし、なのに彼はリビングルームのほうへ歩いていってカウチに座り、墜落事故について初めて耳にしたときのことを話し出した。まるで、まだいてちょうだいとウカマカが頼んだみたいに、彼の朝の儀式について彼女は細かく知る必要があるといわんばかりに。さらに、ネットでBBCニュースを聞いていたのはアメリカのニュースにはまったく中身がないからだといった。最初ふたつの事故が個別に起きたことに気づかなかったともいった——ファーストレディは六十歳の誕生パーティにそなえてお腹を引っ込ませる手術を受けた直後にスペインで死に、一方、飛行機はラゴスで、アブジャに向かって離陸した数分後に墜落したのだ。

「そう」といって彼女はノートパソコンの前に腰をおろした。「最初はわたしも彼女が墜落事故で死んだのかと思った」

彼は腕組みをしたまま、かすかに身体を左右に揺すっていた。「偶然の一致というのはよくあることだ。神がなにかをわれわれに語っているんだ。神だけがわれわれの国を救える」

われわれに。われわれの国。そんなことばが共通の喪失感でふたりを結びつけ、一瞬、男が身近に感じられた。ウカマカはインターネットのページを更新した。生存者のニュースはまだなかった。

「ナイジェリアは神が支配しなければならない」と彼は続けた。「民政は軍政よりいいだろうとみんないったけれど、オバサンジョ[*1]がやってることを見ろ。われわれの国をとことん破壊してしまったじゃないか」

彼女はうなずきながら、帰ってもらういちばん失礼のない方法はなんだろうと考えていたが、それを実行する気になれなかったのは、彼がここにいるとどういうわけか、ウデンナが生きている希望がもてるような気がしたからだ。

「犠牲者の家族の写真、見た？　着ている服を引き破ってスリップ姿で走りまわってた女もいた。あの飛行機に娘が乗っていて、母親のために服地を買いにアブジャまで出かけていったんだそうだ。チャイ（ひどい）！」チネドゥは悲しみをあらわす長々しい舌打ちをした。彼は「飛行機に乗っていたかもしれない唯一の友人がメールをくれて、ありがたいことに、だいじょうぶだといってきたよ。家族が乗っているわけもないから、それだけは心配しなくていいな。飛行機代に一万ナイラも浪費するような金はないからね！」といって笑った。突然の、場違いな笑い声。ウカマカはインターネットのページを更新した。新しいニュースはない。

「あのフライトに乗っていた人を知ってるの。乗っていたかもしれない人を」

「なんと！」

「ボーイフレンドのウデンナ。正確にいうと元ボーイフレンド。ペンシルベニア大のウォートン校で経営学修士号を取得中だった。先週いとこの結婚式のためにナイジェリアへ帰ったの」そういってから自分が過去形でものをいっていることにウカマカは気づいた。

「確かな情報はないの？」チネドゥがきいた。

「ないわ。彼、ナイジェリアではケータイを使わないし、彼の妹の電話は通じない。たぶん彼といっしょにいるんだと思うけど。結婚式は明日アブジャで行なわれるはずだったから」

ふたりは黙って座っていた。チネドゥの手が固い拳《こぶし》を作っているのにウカマカは気づいた。もう身体を左右に揺すってはいない。

「彼と最後に話をしたのはいつ？」

「先週。ナイジェリアへ帰る前に電話をくれたから」

「神を信じなさい。神を信じるんだ！」とチネドゥは声を張りあげた。「神を信じて。

＊1　ナイジェリアの軍人政治家。一九七六〜七九年と一九九九〜二〇〇七年に大統領。

聞いてる？」

ややひるんだウカマカが「ええ」といった。

電話が鳴った。ウカマカがじっと見る、ノートパソコンの隣りに置いた黒いコードレスの電話、怖くて取りあげられないのだ。チネドゥが立ちあがって手を伸ばそうとすると、ウカマカが「だめ！」といって取りあげて、窓ぎわへ歩いていった。「もしもし？もしもし？」だれであろうと前置きなどしないで、すぐに本筋に入ってほしいと思った。母親からだった。

「ンネ（おまえ）、ウデンナはだいじょうぶ。チカオディリが電話してきたわ、ふたりは飛行機に乗り遅れたそうよ。彼はだいじょうぶ。あの飛行機に乗ることになっていたけれど、ありがたいことに、乗り遅れたから」

ウカマカは窓台に受話器を置くとしくしく泣き出した。最初チネドゥは肩に手を置き、それから彼女を両腕に抱え込んだ。ウカマカは時間をかけて気持ちを落ち着け、ウデンナが無事だったことを告げて、それからもう一度、彼の抱擁《ほうよう》のなかに身をゆだねた。驚くほど心地よかった。泣き出したのは不安が的中しなかった安堵《あんど》のためだと、ありえたかもしれないことをくよくよ思い悩んでいたためだと、ウデンナからナッソー通りのアイスクリームショップで関係は終わりだと告げられてからずっとしこりのようになっていた怒りのためだと、彼が直感的に理解したと思ったのだ。

「わが神が職務を遂行することはわかっていたよ！　神が彼の安全を守ってくれるよう

心から祈っていたんだ」彼女の背中をさすりながらチネドゥがいった。

その後、ウカマカはお昼ご飯をいっしょに食べていってと彼を誘い、電子レンジでシチューを温めながら「ウデンナの安全を守ることが神の責任であるなら、死んだ人たちにも神の責任はあるはずよね、彼らの身の安全を保つことだって神にはできたはずでしょ。ある人よりもほかの人を神はひいきするってこと？」ときいた。

「神のやり方はわれわれのやり方とはちがう」チネドゥがスニーカーを脱いで本棚のそばに置いた。

「そんなの道理に合わないよ」

「神はいつだって道理にかなっているけれど、かならずしも人間の道理に合うとはかぎらない」と本棚の写真を見ながらチネドゥがいった。彼女がパトリック神父に対して質問しそうな問題だ。パトリック神父なら神はかならずしも道理にかなっているわけではない、といつものように肩をすくめながら認めるだろう。初めて神父に会いにいったときのように。あれはウデンナがもうおしまいだなといった夏の終わりのころだった。ウデンナといっしょにトマス・スウィートのなかで苺《いちご》とバナナのスムージーを飲んでいた。それは日曜日に日用品を買ったあとのお決まりのコースで、ウデンナが自分のスムージーをストローでズズーッと飲んでから、こういったのだ――ずっと前からふたりの関係は終わっている、いっしょにいるのは惰性からだ。ウカマカはまじまじと彼を見つめて笑い声を待った。そんな冗談をいうのは彼らしくないと思いながら、待った。「まじめすぎる」ということばを彼は使った。だれかほかにいるわけじゃない、関係がまじめすぎるんだよ。まじめすぎる、か。三年間も彼の生活に自分の生活を合わせてやってきたのに、まじめすぎるだなんて。上院議員のおじさんに卒業後の仕事をアブジャで見つけてもらおうと話を進めてもらっていたところなのに。それだってウデンナが学業を終えたら帰国して、アナンブラ州知事に出馬するための、彼がいう「政治資金」を構築したいといったからじゃないの。なのに、まじめすぎるなんて。彼が好きだというからシチューは辛い唐辛子を使って料理するようになったのに。これからもつ子どものことを話し合って、当然のように彼女は男の子がひとりに女の子がひとりと考え、女の子なら名前はウラリ、男の子ならウドカ、とにかく最初の音がUで始まる名前にするつもりだったのに、まじめすぎるなんて。彼女はトマス・スウィートからあてもなく歩きはじめてナッソー通りまで行き、それからまたもどって灰色の石造りの教会の前を通りかかり、ふらりと立ち寄り、スバルに乗り込もうとしていた白襟の服の男に、人生なんて道理に合わないものですね、といってしまった。男はパトリック神父だと名乗り、人生は道理に合わないものだが、それでもわれわれはみな信仰をもたなければいけないといった。信仰をもちなさい。その「信仰をもちなさい」はまるで、背を高くして姿形をよくしろ、といっているように聞こえた。ウカマカは背が高くなりたかった、姿形もよくなりたかった、もちろん、そうではなかったから。背は低く、お尻は平たく、ちょっとたるんだ下腹部が頑固に張り出していて、身体をぎゅっと締めつけるスパンクスのボディシェイパーを着けても修正不能だ。そういうとパトリック神父は笑った。

「『信仰をもちなさい』というのは現実に背を高くして姿形をよくしろという意味ではありません。張り出していてもオーケー、スパンクスを着けなければならなくてもオーケーということです」と神父。彼女も声をあげて笑った。ぽっちゃりしたこの銀髪の白人がスパンクスのことを知っているのでびっくりしたのだ。

ウカマカはチネドゥの皿に、すでに温めてあったライスをよそってシチューを盛りつけた。「もしも神が、ある人をほかの人より好むとしたら、容赦されたのがウデンナなのは道理に合わないわ。ウデンナはあのフライトに搭乗予定だった人たちのなかで最高にすてきで、最高に親切な人だったわけではないもの」

「神に対して人間の道理を用いることはできないよ」とチネドゥは皿に添えられたフォークを取りあげた。「スプーンがほしいな」

ウカマカは彼にスプーンを渡した。ウデンナならチネドゥのことを面白がるだろうな、彼がいまやっているようにスプーンでライスを食べるなんてひどく田舎っぽいというだろうな、指をぜんぶ使ってがっちり握るなんて——人をちらりと見て、身のこなしと靴から、どんな子ども時代を送ったかを即座にいいあてる能力をウデンナはもっていた。

「あれがウデンナ、かな?」チネドゥが籐製《とうせい》フレームに入った写真を身振りで指した。ウデンナが彼女の肩に腕をまわし、ふたりしてあっけらかんと笑っている。フィラデルフィアのレストランで見知らぬ人に撮ってもらった写真だ。その人が「なんてすてきなカップルかしら、結婚なさってる?」といったので、ウデンナは見知らぬ女性に見せる、お決まりの、いかにも気のありそうな笑みを浮かべて「まだです」と答えた。

「そう、あれが偉大なるウデンナよ」、とウカマカはしかめっ面を作り、自分の皿を持って、ちいさなダイニングテーブルについた。「あの写真、しまうのずっと忘れてたわ」

嘘《うそ》だ。このひと月ちらちらとその写真を見ていたのだから。気乗りしないときもあったけれど、片づけると本当に終わりになってしまったみたいで、それがずっと怖くて。嘘をチネドゥが見破っているのが勘でわかった。

「ナイジェリアで出会ったの?」

「ちがう、三年前にニューヘヴンで姉の卒業パーティのときに。姉の友人が連れてきたの。彼はウォールストリートで働こうとしていて、わたしはもうここの大学院に入ってたんだけど、フィラデルフィア近辺からやってきた共通の知人がいたのよ。彼、学部はペンシルベニア大学で、わたしはブリン・マー・カレッジだったから。共通するものがずいぶんあったのに、どういうわけかそれまで出会うことがなかった。大学へ通うためにおなじころ合州国に来たのに。あとでわかったんだけど、ラゴスではSAT(大学進学適性試験)をおなじ日におなじセンターで受けていたのよ!」

「背が高そうだな」と本棚のそばに立ったままチネドゥはいった。皿がその手のなかで危うい均衡を保っていた。

「六フィート四インチ」ウカマカは自分の声が誇らしげに響くのがわかった。「それ、彼のいちばんいい写真じゃないわ、もっと、トマス・サンカラみたいなんだから。サンカラに十代のときひと目惚れしたのよ、わたし。ブルキナファソの大統領、知ってるでしょ、すごい人気者、殺されちゃったけど――」

「もちろんトマス・サンカラなら知ってるよ」チネドゥはしばし近づいて写真をのぞき込んだ。サンカラの名高いハンサムぶりを探すみたいに。それから「一度、外の駐車場でふたりを見かけたことがあったな、ナイジェリアから来たのは知ってたよ。自己紹介したいと思ったんだが、そのときはシャトルバスに乗るところで時間がなかったんだ」といった。

それを聞いたウカマカは嬉《うれ》しくなった。ふたりいっしょにいるところを彼が見かけたと聞いて、ふたりの関係が実感できたからだ。この三年間、ウデンナといっしょに寝て、自分の計画をウデンナの計画に合わせて調整し、唐辛子を入れた料理を作ってきたのは、やっぱりただの自分の想像じゃなかったんだ。チネドゥが記憶している内容をもっとはっきり確認したかった――ウデンナの手がわたしの背中の下あたりに置かれてたの、見た？　ウデンナがわたしに顔を近づけてなにか意味ありげなことをいってたの、見た？

――でもウカマカはその質問を呑み込んだ。

「私たちを見かけたのはいつ？」

「二カ月くらい前。きみが車のほうへ歩いていくところだった」

「どうして私たちがナイジェリア人だってわかったの？」

「わかるんだ、僕にはいつだって」彼はウカマカの真向かいに腰をおろした。「でも、メールボックスの名前から、どの部屋がきみのかわかったのは今朝だよ」

「シャトルバスで一度あなたを見かけたのを思い出したわ。アフリカ人だってのはわかったけど、ガーナからきたんじゃないかと思ってた。ナイジェリア人にしては物腰がやわらかすぎるもの」

チネドゥは声をあげて笑った。「僕の物腰がやわらかいだって?」彼はふざけて胸をふくらませ、口をライスでいっぱいにした。ウデンナなら、チネドゥの額を指差してこういったかも——しゃべるのを聞くまでもなく、村の中等学校へ通って、ろうそくの灯《あか》りで辞書を読んで英語を学んだ人間だな、ごつごつと血管が瘢痕《はんこん》化した額を見れば一目瞭然だ。それはウォートンに通うナイジェリア人学生についてウデンナがいったことばで、彼の友情をウデンナはあくまで鼻であしらい、メールがきても返事を出さなかった。田舎の出身だとすぐにわかる額をした学生は、それだけで予選入りできないのだ。予選入り。この表現をウデンナはよく使った。最初はそんなの幼稚だと思ったけれど、ここ一年、彼女自身も使うようになっていた。

「シチュー、辛すぎない?」チネドゥがあまりのろのろ食べているので、ウカマカがきいた。

「だいじょうぶ。唐辛子には慣れてる。ラゴスで育ったから」

「ウデンナに会うまで、わたし、辛い料理は好きじゃなかったのよ。いまも好きなのかどうかよくわからない」

「でも、いまでも唐辛子を入れて料理してるわけだ」

そんな彼のものいいが嫌だったし、彼女をちらりと見てから また皿に視線をもどしながら、感情を外に出そうとしない顔つきも嫌だった。「そうね、いまじゃもう慣れてしまったのかも」

「最新ニュースをチェックしてくれないかな？」

ウカマカはノートパソコンのキーを押して、ウェブページを更新した。「ナイジェリアの飛行機墜落事故によって乗客ら全員死亡」とある。政府が乗客ら百十七名全員の死亡を確認していた。

「生存者なしよ」

「父よ、力をお貸しください」そういってチネドゥが大きなため息をついた。すぐそばに腰をおろしてノートパソコンの画面を読んでいたのだ。すぐ近くに彼の身体があり、その息に唐辛子シチューの臭いが混じっていた。墜落現場の写真がたくさん出てきた。シャツも着ずにゆがんだベッドフレームのような金属片を運んでいる男たち、そのひとりをウカマカは凝視した。金属片が機体のどの部分なのか想像すらできなかった。

「僕たちの国には邪悪なことが多すぎる」チネドゥはそういうなり立ちあがった。「腐敗が多すぎる。祈らなければならないことが多すぎる」

「墜落事故が神からの罰だっていうの？」

「罰であり、目覚めよという呼びかけだ」チネドゥは最後のライスをたいらげようとしていた。歯でスプーンをこそげるのを見て彼女は思わず顔をそむけたくなった。

「十代のころは毎日教会へ行って朝六時のミサに出ていたのよ。自分からそうしたの。わたしの家族は日曜だけ教会に行く家族だった。そのうちある日、わたし、教会に行くのをやめちゃった」

「だれにだって信仰の危機ってのはあるもんだよ。よくあることさ」

「信仰の危機じゃなかった。教会が突然サンタクロースみたいになってしまったの。子どものときは決して疑わなかったのに、大人になるとサンタクロースに扮していた人がじつは近所のおじさんだったたって気づくようなものよ」

チネドゥは肩をすくめた。まるでそんなデカダンスなんか、そんな迷いなんか我慢できないというみたいに。「ライスはもうおしまい？」

「まだあるわ」彼の皿を取りあげて、ライスとシチューを温め、それを手渡しながらいった。「ウデンナがもしも死んでいたら、わたし、どうしていたか想像もつかない。どんなふうに感じたかもわからない」

「神に感謝しなければいけないな」

彼女は窓辺まで歩いていってブラインドを調整した。初秋だった。外を見ると、ローレンスドライブ沿いに繁る樹木の緑色の葉群れに赤銅色が混じっている。

「ウデンナがわたしに、きみを愛してる、と一度もいわなかったのは、そんなの陳腐《クリ》な言い方《シエ》だと考えていたからなの。一度、彼が不愉快に思っていることを、わたしが残念ねといったら、彼、叫び出したことがあってね。あなたがそう思っているのが残念だなんて言い方はよせ、独創性に欠けるって。わたしがいうことはどれもウィットに富んでないし、皮肉が十分きいてないし、気がきいてもいない、彼といるとよくそんな気がした。彼はいつも、たいした問題じゃないときでさえ、必死で自分は人とちがうところを見せようとしていた。自分の人生を生きるのではなくて、自分の人生を演じてるみたいだった」

　チネドゥはなにもいわなかった。口いっぱい食べ物をほおばり、スプーンにライスをのせるために、ときには指まで使った。

「わたしがここを気に入ってるのを知っていながら、プリンストンがいかに退屈な学校かいつもぼやいていた。現実とずれてるって。彼に関係のないことでわたしがすごく喜んでるのを見ると、決まって彼はそれを取りやめにする方法を見つけたものよ。だれかを愛しながらその人にあたえられる幸福の量を左右したがるなんてひどいよね？」

　チネドゥはうなずいた。彼が理解し自分の味方になってくれることがすぐにわかった。それからの日々は、膝《ひざ》までのレザーブーツをはけるほど涼しく、彼女はシャトルバスに乗ってキャンパスまで行き、図書館で論文を書くための調べものをして、指導教官に会い、学部生に作文を教え、締め切り後に受講願いを提出させてほしいという学生に会い、夕方遅くアパートに帰るとチネドゥが訪ねてくるのを待った。彼のほうはライスやピッツァやスパゲッティにありつくことができて、ウカマカはウデンナの話を聞いてもらえた。パトリック神父にいえないこと、いいたくないことでも、チネドゥにならいえた。彼がどちらかというと寡黙《かもく》なところが好きだった。耳を傾けるだけでなく、彼女のいっていることについて考えているように見えるところが。なりゆきで彼とことを始めてしまおうか、古典的なリバウンドのなかに溺れようか、と思ったことも一度あったけれど、彼にはどこか爽快《そうかい》なまでにセックスに無関心なところがあった。彼に対しては、目の下のくまを隠すためにパウダーをはたいたりしなくてもいい、そう思えるなにかが。

ウカマカのアパートにはほかにも外国人がたくさんいた。ウデンナとよく冗談で、外国人たちがたがいに無関心な態度をとるようになったのは、彼らを取り巻く新しい環境への不安が凝固してしまった結果なんだと言い合った。廊下やエレベーターで会ってもろくに挨拶《あいさつ》もしないし、キャンパスまでのシャトルバスに乗るたった五分のあいだささえ、たがいの目を避けた。ケニア、中国、ロシアからやってきた輝かしきインテリたち、これら大学院生と研究生たちが世界をリードし、癒《いや》し、改革しつづけるわけか。だからチネドゥと駐車場へ向かって歩いているとき、彼がだれかに手をふったり、ハーイといったりするのでウカマカは驚いた。チネドゥは、日本人ポストドクター研究員がときどきモールまで車に乗せてくれることや、博士課程のドイツ人院生に二歳になる娘がいて、彼のことをチンドルと呼ぶんだと話してくれた。

「おなじ講義を受けていて知り合ったの？」とウカマカはきいた。「どんな講義？」

化学についてなにかいっていたことがあったので、化学の博士課程に在籍していると思い込んでいたのだ。キャンパスで顔を合わせなかったのはきっとそのためだ、化学研究棟はずいぶん離れたところにあったから。

「いや。彼らとはここにきたときに出会った」

「ここに住みはじめてどれくらいになるの？」

「そんなに長くない。春からかな」

「プリンストンに初めてきたとき、院生や研究生だけの家に住みたいかどうか、自分ではっきりわからなかったんだけど、いまではそのほうがいいと思うのね。ウデンナったら、わたしを訪ねてきたとき最初、この真四角な建物はじつに醜悪で魅力がないっていったんだよ。以前は院生の寮にいたの？」

「いや」といったきりチネドゥは目をそらした。「この建物で友だちを作る努力をしなくちゃいけないと思ったからね。そうしないとグロサリーストアとか教会へ行く手段がないじゃない。ありがたいことにきみは車をもってる」と彼はいった。

「ありがたいことにきみは車をもってる」というところがウカマカは気に入った。ふたりが友だちであり、長期にわたっていっしょに行動し、ウデンナのことを聴いてくれる人が見つかったことを明言していたからだ。

日曜になるとチネドゥを車に乗せてローレンスヴィルにあるペンテコステ派教会まで

送り、それからナッソー通りにあるカトリック教会へ行った。礼拝が終わると彼を迎えにいき、それからマカフリーのショッピングセンターへ日用品の買い出しにいった。彼の買う品物が極端に少ないこと、ウデンナなら絶対に無視した特売品のちらしを彼が徹底的に調べることにウカマカは気づいた。

ウデンナといっしょに買っていたオーガニック野菜を売るワイルドオーツに立ち寄ると、チネドゥは怪訝《けげん》な顔をして首をふった。化学肥料不使用というだけでおなじ野菜に余計な金を払うなんて理解できなかったのだ。大きなプラスチック容器にディスプレイされた穀類を彼が調べているあいだに、彼女はブロッコリを選んでバッグに入れた。

「これは無農薬。あれも無農薬。くだらないものに金を浪費するんだなあ、人は。生きながらえるために飲む薬だってやっぱり化学薬品じゃないのか？」

「おなじじゃないのはわかってるでしょ、チネドゥ」

「全然わからない」

ウカマカは声をあげて笑った。「本当はわたしもどっちだっていいんだけど、ウデンナがいつも無農薬の野菜や果物をほしがったの。自分のような人間はそういうものを買うべきだって、どこかで読んだんだと思う」

チネドゥはまた例の閉ざされた、なにを考えているのか読み取れない表情を彼女に向けた。非難しているのだろうか？　彼女のことでなにか考えていて決断しようとしているのだろうか？

トランクを開けてショッピングバッグを入れながらウカマカがいった。「お腹がすいてもう死にそう。どこかでサンドイッチでも食べない？」

「お腹はすいてない」

「おごるわよ。それとも中華がいい？」

「断食してるんだ」声がちいさかった。

「あら」十代のころ彼女も断食したことがある。まるまる一週間、朝から晩まで水しか飲まなかった。高校の試験の結果がベストでありますようにと神さまにお祈りしたのだ。三番目の成績だった。

「どうりで、昨日ライスをちっとも食べなかったものね。わたしが食べているあいだ、いっしょにいてくれる？」

「もちろん」

「しょっちゅう断食するの？　それとも今回のは特別なお祈り？　そんな個人的なこときいちゃいけない？」

「そんな個人的なことときいちゃいけない」と冗談めかしたまじめさでチネドゥがいう。ワイルドオーツから出るためウカマカは車をバックさせて、窓を開けて停車し、上着なしのふたりの女性が通るのをやりすごした。ぴったりタイトのジーンズをはいた女たちのブロンドの髪が風に吹かれて横になびいていた。晩秋にしては妙に暖かい日だった。

「秋ってときどきハルマッタンを思い出すな」とチネドゥ。

「わかる、わたしハルマッタン大好き。クリスマスのせいだと思うけど。クリスマスのころの乾燥した埃《ほこり》っぽい感じ、大好き。去年のクリスマスはウデンナといっしょに帰国して、彼、ニモにいるわたしの家族といっしょに新年をすごしたのよ。おじさんったら彼にききつづけたわ——若いの、いつになったら家族を連れてこの家を正式に訪問する気だ? 学校じゃなにを勉強している?」ウカマカがどら声をまねるとチネドゥが大笑いした。

「家を出てきてから帰ったことはあるの?」そういってからすぐウカマカはきかなければよかったと思った。もちろん彼には帰郷するための飛行機代を出す余裕などなかっただろう。

「いや」と無表情な声。

「わたしは大学院が終わったら帰国してラゴスのNGOで働くつもりだったんだけど、ウデンナが政界に入りたいっていうんで、アブジャに住む計画を立てはじめたところだった。ここが終わったらあなたも国に帰るの? 化学の博士号を取ってニジェールデルタの石油会社で大金を稼いでるところが目に浮かぶわ」自分がぺらぺらとやけに速くしゃべっているのはわかっていた。本当は、さっきから感じている居心地の悪さをなんとかしようとしていたのだ。

「わからない」とチネドゥは肩をすくめた。「ラジオのチャンネル替えてもいいかな?」

「もちろん」雰囲気を変えようとしているなとウカマカは察した。彼はラジオをNPR

（ナショナル・パブリック・ラジオ）から大音響で音楽をやっているFM局に切り替え、それから窓を凝視した。

「サンドイッチより、あなたの大好物のスシにしようか」からかうような口調でウカマカがいった。以前スシが好きかときくと「冗談じゃない。僕はアフリカ人だ。火を通したものしか食べない」と彼がいったからだ。彼女はさらにたたみかけた。「スシはそのうち試してみるべきよ。プリンストンに住んでサシミを食べないなんてありかしら？」彼はかすかに笑った。車をゆっくりとサンドイッチ店へ走らせながら彼女はラジオから流れる音楽に合わせて大げさにリズムを取り、自分も彼同様、音楽を楽しんでいるふりをした。

「ちょっとサンドイッチを買ってくるね」というと彼は「車のなかで待ってる」という。ウカマカがもどると、アルミ箔《はく》で包んだチキンサンドからニンニクの香りが車内に立ち込めた。

「きみの電話が鳴ってるよ」

携帯電話を取りあげて開くと、レイチェルだった。おなじ学科の友人だ。たぶん、明日イースト・パイン・ホールで開かれるモラリティと小説をめぐるトークに行きたいかどうかきくためにかけてきたのだろう。

「ウデンナが電話してこないなんて信じられない」といって彼女は車を発進させた。彼はナイジェリアから、ご心配ありがとう、というメールを送ってきた。彼女の名前を

「インスタントメッセンジャー」の友だちリストからはずしてしまったので、もう彼がオンラインかどうかわからない。電話もしてこない。

「電話しないのは彼にとってそれがベストだからさ」とチネドゥがいった。「だからきみは前向きにやっていけばいい」

「そんな簡単なことじゃないんだから」ちょっと腹が立った。彼女はウデンナが電話をかけてくればいいと思っていたし、書棚にまだ彼の写真を飾っていたし、チネドゥの言い方がまるで彼女にとってなにがベストか自分だけが知っているような調子だったからだ。ウカマカはフラットの入った建物に到着するのを待って、チネドゥが自分の買い物袋を自分の部屋へ運びあげ、もどってくるなりいった。「いい、あなたが考えているほどことは簡単じゃないの。ろくでもないやつを愛してしまうことがどういうことか、あなたにはわかってないよ」

「わかってるさ」

ウカマカは彼を見つめた。初めてドアをたたいた午後に着ていたのとおなじ服を着ている。ジーンズに古いトレーナー。首まわりがほつれて、胸のところに「プリンストン」とオレンジ色の文字がプリントされていた。

「いままでなにもいわなかったじゃない」

「一度もきかなかったじゃないか」

ウカマカはサンドイッチを皿にのせ、ちいさなダイニングテーブルについた。「きくなんて思いつかなかったわよ。あなたのほうからいうものだと思ってたから」

チネドゥはなにもいわなかった。

「じゃあ、教えてよ。その愛について聞かせてよ。ここでなの？　それとも国で？」

「国で。彼とは二年近くいっしょだった」

一瞬、沈黙があたりを包んだ。ウカマカはナプキンを摘《つま》むと、以前からわかっていたんだと直感的に理解した。たぶん最初から。でも、自分が驚くことを期待されているように思えてこういった。「あら、あなた、ゲイなの」

「以前ある女性にいわれたことがあるんだけど、僕は彼女が会ったなかでいちばんストレートなゲイだって、それで、それはいいやと思ったことで自己嫌悪に陥ったよ」彼は微笑《ほほえ》んでいた。ほっとしたようだ。

「じゃあ、その愛について聞かせて」

名前はアビデミ。チネドゥがアビデミと口にするのは痛む筋肉をそっと押さえるようななにかを思わせた。あえて痛みを生起させることで満足感を得るようななにかを。

彼はゆっくりとしゃべった。彼女にはあまり差異の感じられない細部をなぞるように語りながら――アビデミにプライベートなゲイクラブへ連れていかれて、そこで元国家元首と握手したのは水曜日だったかな、いや木曜日だったかな？――だから彼女は、これは彼がしょっちゅう全体を語ってきた話ではないなと思った。ひょっとしたら一度も話したことがないのかもしれない。彼がしゃべっているあいだに、ウカマカはサンドイッチを食べ終えてカウチのほうへ行き、彼のそばに腰をおろして、アビデミにまつわる細部に奇妙なノスタルジーを感じていた——彼がギネススタウトを飲んだこと、運転手に道ばたの物売りからローストしたプランテーンを買ってこさせたこと、ハウス・オン・ザ・ロック・ペンテコステ派教会へ通っていたこと、ダブル・フォーにあるレバノン料理店のキッビ（小麦や米と挽肉を揚げたもの）が好きなこと、ポロをやること。

　アビデミは銀行の役員で、ビッグマンの息子で、イギリスの大学を出ていた。革のベルトに凝《こ》ったデザイナーのロゴの入ったバックルをつけるタイプ。チネドゥがカスタマーサービスの係として働いていたラゴスの携帯電話会社にやってきたとき、彼はそんなベルトをしていた。ほとんど無礼なまでの口調で、だれか自分と話のできる上級職はいないかときいた。でもチネドゥはふたりが交わした視線を見逃さなかった。中等学校でスポーツ監督生と初めて関係をもったとき以来の、くらくらするようなスリルを感じたのだ。アビデミは彼に名刺を渡し、短く「電話して」とだけいった。それからつきあった二年間、いつもそんな調子だった。チネドゥがどこへ行くのか、なにをするのか知りたがり、彼に相談もせずに車を買いあたえた。それでチネドゥはずっと自分の家族や友人に、どうして急にホンダなんか買ったか説明するとき後ろめたい立場に立たされた。カラバルやカドゥナへ旅行するからいっしょに来てくれ、と前日になってから言い出したり、チネドゥが電話しそびれると意地悪なメッセージを送ってきたり。それでもチネドゥはそんな独占欲の強さが好きだったし、彼らをへとへとにさせる活力あふれる関係が好きだった。だがそれもアビデミが結婚する、と宣言するまでのこと。結婚相手の名前はケミ、彼の両親と彼女の両親は旧知の仲だった。結婚が避けられないことはふたりともずっと了解していた。口には出さなかったが了解していた。ひょっとするとチネドゥがアビデミの両親の結婚記念パーティでケミに会わなければ、事態はまったく変わらなかったかもしれない。彼はパーティに行きたくなかった――でもアビデミが執拗《しつよう》に、チネドゥさえそこにいれば長い夜にも耐えられるといったのだ。チネドゥを「俺の親友中の親友だ」とケミに紹介したときのアビデミの声には、その裏に不安に駆られるほどの嗤《わら》いが貼りついていた、それがひっかかった。

「チネドゥは俺よりもたくさん飲むぞ」アビデミはストラップレスの黄色いドレスに長いへアウィーブをつけたケミにいった。彼女はアビデミの隣りに座って、ときどき手を伸ばして彼のシャツからなにか払い落とし、彼のグラスにお酒をつぎ、彼の膝に手を置き、その間ずっと彼女の身体全体は緊張したまま、彼の一挙手一投足に合わせて動いていた。まるで彼を喜ばせるためなら即座に跳びあがってなんでもするといわんばかり。「俺がビール腹になるっていったよな、アビ（だろ）？」というアビデミの手は彼女の腿《もも》のうえだ。「こいつが俺より先にそうなるぞ、間違いない」

チネドゥは無理に笑顔を作っていたが、ひどい頭痛が始まり、アビデミへの怒りが爆発した。この話をウカマカにするとき、その夜の怒りが「彼の頭を狂乱状態にした」ようすを語るとき、チネドゥがどれほど張りつめていたか、ウカマカには想像できた。

「彼の奥さんに会いたくなかったのね」

「そう。彼には葛藤《かっとう》を経験してほしかった」

「していたかもしれないわ」

「そうじゃなかった。あの日のあいつを見ていて、僕たちふたりといっしょにいるようすを見ていて、ギネスを飲みながら彼女に僕のことを、僕には彼女のことを茶化すのを見ていて、夜はベッドに入るなりぐっすり眠ることがわかった。もし僕たちが関係を続けるなら、あいつは僕のところへやってきて、それから自分の家へ、彼女のもとへ帰って、毎晩ぐっすり眠ることになる。僕はあいつに眠れない日がときどきあってほしかった」

「それで、終わりにしたの？」

「あいつ、怒ったよ。あいつの望むように僕が行動しない理由が理解できなかったんだな」

「どうして人は口では愛してるっていいながら、自分にだけ都合のいいことを人にやらせたがるんだろ？ ウデンナもそんな感じだったわ」

チネドゥは膝のうえのクッションをぎゅっと握った。「ウカマカ、なんでもかんでもウデンナに結びつけるなよ」

「アビデミがちょっとウデンナみたいっていってるだけ。そういう愛のことがわたしにはわかってないんだと思うけど」

「たぶん、愛じゃなかったんだ」チネドゥはそういうなりカウチから立ちあがった。「ウデンナがきみにこうしたとか、ウデンナがきみにああしたとか、でもきみはなぜ彼にそうさせたのさ？　なぜそうさせたの？　こんなの愛じゃないって考えたことはなかったの？」

その口調は野蛮なまでに冷たかった。一瞬ぎくっとなり、それからむかっ腹を立てたウカマカは、出ていって、と彼にいった。

その日が来る前から、ウカマカはチネドゥがどこか変だと思いはじめていた。彼のフラットに来ないかと一度もいったことがなかった。彼が自分のフラットはここだよといったあと、一度メールボックスを調べたけれどそこに彼の名前がなかったので驚いた。建物の管理人は入居者全員にメールボックスに名前を出すよう厳しくいっていたからだ。あれ以来、大学にも行っていないようだし、理由を一度だけきいたとき、わざとぼかすようなことを彼はいった。そのことには触れたくないといわんばかりだったので、放っておいた。なにか研究上の問題を抱えているのかも、ひょっとすると論文のことで行き詰まってるのかも、と思ったからだ。それで、出ていって、といった日から一週間後、彼と口をきかなくなって一週間後、ウカマカは彼の部屋を訪ねてドアをたたいた。彼がドアを開け、おずおずと見たときはこうきいた。「論文を書いているの？」

「忙しいんだ」ぶっきらぼうにいって彼は目の前でドアを閉めた。

ウカマカはその場にしばし立ち尽くし、それから自分の部屋にもどった。二度と話しかけたりするもんか、あんな田舎出の、がさつで、野暮なやつなんか、と思った。でも日曜日が来た。以前は彼をローレンスヴィルの教会まで車で送り、それからナッソー通りの自分の教会へ行ったものだ。彼がドアをノックしないかな、と思ったけれど、それはありえないのはわかっていた。おなじ階のだれかに教会まで乗せていってくれと頼むかもしれない、そう思うと急に不安になった。その不安がだんだんパニックに変わってきたのがわかったので、上階へ行ってドアをたたいた。ちょっと間があり、ドアが開いた。チネドゥは見るからに憔悴《しょうすい》していた。ろくに洗わない顔が粉を吹いたように見えた。

「ごめんなさい」とウカマカがいった。「論文を書いているのって、わたしの質問、ばかな聞き方だったらごめんなさい」

「次からは、ごめんなさいといいたいなら、ただ、ごめんなさいとだけいってほしいな」

「教会まで送ってほしくない？」

「いや」彼はウカマカに、部屋に入って、という身振りをした。室内には家具らしい家具はほとんどなく、カウチとテーブル、それにテレビがあるだけ。本は壁ぎわに積み重ねてある。

「ねえ、ウカマカ、どういうことか説明しなければね。座ってよ」

ウカマカは腰をおろした。テレビでは漫画をやっていた。テーブルにはページを開いた聖書が伏せてあって、その隣りにコーヒーカップらしきものが置いてある。

「僕は身分が不安定、ヴィザが三年前に切れたままなんだ。この部屋は友人のもので、いま彼は一学期間ペルーに行ってる。僕がなんとかやりくりするあいだ、ここに住んだらいいっていってくれたんだ」

「あなた、プリンストンの学生じゃないの？」

「そうだとは一度もいわなかったよ」彼は横を向いて聖書を閉じた。「いずれ移民局へ行って本国送還の通告をもらうつもりさ。国じゃ僕の本当の状況を知る人はいない。建設現場の仕事を失ってから送金もたいしてしてないし。ボスはいい人で内緒で金を払ってくれたけど、面倒は避けたい、労働現場を強制捜査するって話になってきてるからって」

「弁護士を探してみた？」とウカマカ。

「弁護士？　なんのための？　裁判を抱えてるわけじゃないよ」といって下唇を噛《か》む彼を見て、ウカマカはこんなにみっともない彼は見たことがないと思った。顔の皮膚が剝《は》げかかり、目は落ちくぼんでいる。それ以上きくまいと思ったのは、彼がそれ以上話したがらないのが彼女にもわかったからだ。

「ひどい恰好よ。最後に会ったときから、あんまり食べてないんじゃないの」そういいながら、自分がウデンナのことをしゃべりつづけていた数週間、チネドゥは本国送還のことを心配していたのか、と思った。

「断食してるから」

「本当に教会まで送ってほしくない？」

「どっちにしろ遅刻だ」

「じゃあ、わたしの教会へいっしょに行きましょうよ」

「カトリック教会が好きじゃないのは知ってるだろ、不必要にひざまずいたり、立ったり、偶像を崇拝したり」

「今回だけ。来週はあなたの教会にわたしが行くから」

ようやく彼は立ちあがり、顔を洗い、清潔なセーターに着替えた。ふたりは黙って車まで歩いた。初めてのあの日、彼が祈っているとき自分が震えていたことを彼にいうなんて、ウカマカは考えたこともなかったけれど、いまはチネドゥがひとりではないと伝えるための、意味のある身振りが切実にほしかった。将来に不安を抱えることがどんなことか、明日なにが起きるかコントロールできないのがどんな感じか、理解できると彼に伝えたかった——ほかにどういったらいいのか、本当はわからなかったからだが——震えのことを話したのはそのためだった。

「奇妙な感じだったわ。ウデンナのことで自分のなかで抑圧してきた不安にすぎなかったのかもしれないけど」とウカマカ。

「神からのサインだ」チネドゥはきっぱりといった。

「わたしの震えが神からのサインだとして、それにどんな意味があるの？」

「神が人格であるという考えは捨てるべきだよ。神は神なんだ」

「あなたの信仰って、ほとんどけんかみたいね」ウカマカは彼をじっと見た。「なぜ神はあいまいな方法であらわれて諸事をきっぱり解決することができるの？　神が謎であることにどんな意味があるの？」

「それが神の本質だからだよ。創造主としての神の本質が人間のそれとはちがうという基本的な考え方を理解すれば意味がわかるよ」チネドゥはそういってドアを開けて車から降りた。彼みたいな信仰心をもつのはすごい贅沢《ぜいたく》だ、とウカマカは思った。こんなに無批判で、こんなに強力で、こんなにせっかちな。とはいえ、そこにはなにか甚《はなは》だしく脆《もろ》いものがあった。まるで極端なかたちでしか信仰を維持することができないような、妥協点を認めるのはすべてを失ってしまう危険を冒すことだというような。

「いってることはわかるわ」とはいったものの、彼女には全然わかっていなかった。何年か前に教会にはもう行かないと決心させて、以来ナッソー通りのアイスクリームショップでウデンナが「まじめすぎる」といったあの日曜日まで彼女を教会から遠ざけていたもの、それは彼の答えに似たものだったのだけれど。

灰色の石造りの教会の外でパトリック神父が人びとに挨拶していた。遅い朝の光のなかで髪が銀色に光っていた。

「カトリック教会の地下牢《ダンジョン》に新人を連れてきましたよ、P神父」とウカマカ。

「ダンジョンにはいつだって空間がありますよ」とパトリック神父は応じて、チネドゥの手を暖かく握り、歓迎のことばを述べた。

教会はほの暗く、エコーと神秘とキャンドルのかすかな匂いに満ちていた。彼らはまんなかの列にならんで腰をおろした。赤ん坊を抱いた女性の隣りだ。

「彼のこと気に入った？」ウカマカがささやいた。

「司祭？　いい感じだ」

「わたしがいってるのは、ほら」

「あっ、かんべんしろって！　もちろん、ノーだよ」

ついに彼を微笑ませた。「チネドゥ、あなたは本国送還されないよ。なんとか方法を見つけようね。私たちで」ウカマカはチネドゥの手をぎゅっと握った。「私たちで」を強調したのを彼が面白がっているのがわかった。

彼がかがんで身を寄せてきた。「いいかい、僕だってトマス・サンカラにひと目惚れしたんだぜ」

「やだ！」笑いが彼女の胸のなかでわき起こった。

「中等学校の先生が彼の写真をもってきて話してくれるまで、西アフリカにブルキナファソなんて国があることさえ知らなかったよ。新聞に載った写真を見て夢中になるなんてまったくアホだ、絶対に忘れないな」

「アビデミとやらが彼に似てたなんていわないでね」

「いやもう、そっくりだったよ」

最初は笑いを押し殺していたが、面白がって相手に身体を押しつけ合っているうちに笑い声がもれてきた。隣りの赤ん坊を抱いた女性がじろりと見た。

コーラス隊が歌いはじめた。それは司祭がミサの初めに、集まった信徒たちを聖水で祝福するいつもの日曜日だった。パトリック神父が行ったり来たりしながら、大きな塩入れのようなものを振って会衆に水を振りかけていた。ウカマカは神父を見ながら、アメリカではカトリックのミサがなんて控えめなんだろうと思った。ナイジェリアならマンゴーの木から折り取ってきたばかりの鮮やかな緑の枝を、司祭が、大忙しで汗だくのミサ係が抱え持つバケツの聖水に浸すのに。大股で行ったり来たりして、聖水をぐるぐる派手にはねかしながら雨のように降らせるので、みんなずぶ濡れになって、それでも微笑みながら十字を切って、自分たちは祝福されたと感じるのに。

結婚の世話人

わたしの新しい夫はタクシーからスーツケースを取り出して、先に立って褐色砂岩の建物へ入り、陰気な階段をのぼり、擦《す》り減《へ》ったカーペットの敷かれた風通しのわるい廊下を通って、ドアの前で立ち止まった。ドアには「2B」と黄色っぽい金属製の、ふぞろいの文字が貼ってある。「さあ、着いた」夫はそれまで、これから住む場所のことを話すときはかならず「家《ハウス》」ということばを使った。わたしが想像していたのは、なめらかなドライブウェイが濃緑の芝生のあいだを蛇行して、玄関へつづくドアがあって、壁には落ち着いた絵がかかってといった情景だ。土曜の夜にNTAがやるアメリカ映画のなかの、新婚ほやほやの白人たちの家みたいに。

夫がリビングルームの灯《あか》りを点《つ》けると、まんなかにぽつんとひとつ、ななめにベージュのカウチが置かれている。まるで偶然そこに放り出されたみたいに。部屋は暑くて、淀《よど》んだ、黴臭《かびくさ》い空気がじっとりとこもっていた。

「家のなかを案内しよう」と夫はいった。

ちいさい寝室の片隅にカバーのないマットレスがあった。大きい寝室にはベッドと洋服ダンスがあって、カーペットを敷いた床に電話が置いてある。でも、どちらの部屋も人が住んでいる気配がまるでない。壁と壁のあいだを埋めるものが極端に少ないために、なんだか壁が居心地悪そうだった。

「さあ、きみが来たんだから、もっと家具を入れなくちゃ。独りのときはそんなにいらなかったけど」と夫はいった。

「そうね」とわたし。頭がくらくらしてきた。ラゴスからニューヨークまで飛行機で十時間、それから税関で延々と待たされて、アメリカ人の職員がわたしのスーツケースを引っかきまわしているうちに気持ちが悪くなってきた。頭のなかに真綿を詰め込まれたようだった。職員はまるで蜘蛛《くも》のように、わたしの荷物のなかの食材を検査した。手袋をはめた手で、粉末のエグシ（西瓜の一種で、種子は栄養価が高い）や、乾燥させたオヌグブの葉や、ウズィザの種子の入った防水加工の袋をつつきまわし、最後にウズィザの種子を没収したのだ。わたしがアメリカの土でそれを育てるのではないかと心配したのだ。何週間も日干しにされた種子は自転車用ヘルメットみたいに固いことなどおかまいなしに。

「イケ・アグウン（疲れたわ）」といってわたしは、ハンドバッグを寝室の床に置いた。

「そうだね、僕も疲れたよ。ベッドに行ったほうがいいな」

わたしはやわらかなシーツのかかったベッドにもぐりこんで、怒ったときにイケおじさんが作る拳《こぶし》のようにしっかりと身体をまるめて、妻の務めを要求されなければいいなと思った。しばらくすると新しい夫の規則正しいいびきが聞こえてきたのでホッとした。喉《のど》の奥からごろごろと鳴り出したいびきは、だんだん大きくなって、頂点に達してパッと止まる。その音は卑猥《ひわい》な口笛みたいだった。結婚の話がとりまとめられるとき、こんなことは忠告されなかった。不快ないびきのことなどひと言もいわれなかったし、家といっても家具もろくにないフラットだなんて。

夫がわたしのうえに重い身体をのせてきて目が覚めた。彼の胸でわたしの胸はぺしゃんこになった。

「おはよう」といってわたしはまだ眠い目をなんとか開けた。返ってきたのは低い唸り声、それはわたしがいった挨拶《あいさつ》への返事だったのかもしれない、いや、それとも、彼がやっている儀式の一部だったのかもしれない。夫は身体を起こして、わたしの寝巻きを腰まで引っぱりあげた。

「待って……」とわたしがいったのは、寝巻きを脱げるよう、そんなに性急な感じにならないように、と思ったからだ。でも、夫は乱暴に口をわたしの口に押しつけてきた。結婚の世話人たちがいわなかったことがもうひとつ——口は眠りを物語ること、古いチューインガムみたいにじっとりしていること、オグベデ市場のゴミの山みたいな臭いがすることだった。動くたびに夫の呼吸はざらついた耳ざわりな音になっていく。まるで鼻孔が狭すぎて、息が外に出るのに四苦八苦しているみたい。突き込む動作がついに終わったとき、夫はその全体重をわたしにかけた。両脚の重みまで。夫がわたしの身体から這《は》いおりてバスルームに行くまで、わたしはじっとしていた。それから寝巻きを引き下げて腰のうえでぴんと広げた。

「おはよう、ベイビー」といって夫は部屋にもどってきた。夫から受話器を手渡された。「きみのおじさんとおばさんに電話をかけなければ、無事に着いたって報告しなくちゃな。数分だけだ、ナイジェリアに電話すると一分一ドルもかかるから。まず011をまわして、それから234、そして番号」

「エズィ・オクウ（本当）？　それだけ？」

「ああ、最初に国際電話コード、それからナイジェリアの国番号」

「そう」とわたしはいって十四の数字を押した。両脚のあいだがねばねばしてかゆかった。

　電話線はパチパチと音をたてながら大西洋を横切って、向こうへ達した。イケおじさんとアダおばさんはさも親身な調子で話をするのだろう。わたしがなにを食べたか、アメリカの天気はどうか、ときくのだろう。でも、わたしの返事はいっさい心に留めない。あの人たちは訊ねるために訊ねるだけ。イケおじさんはたぶん電話しながらほくそ笑む。これ以上考えられないほどわたしにぴったりの夫を見つけてやったぞ、といって相好を崩したときの笑顔で。それより数カ月前に、スーパーイーグルズがアトランタオリンピックでサッカーの金メダルを勝ち取ったときに見せたのとおなじ、あの笑顔で。

「アメリカの医者だ」満面に笑みを浮かべながらおじさんはいった。「これ以上いい話があるか？　オフォディレの母親が息子のために嫁を探していた、アメリカ人と結婚するんじゃないかとひどく気をもんでいた。こっちにはもう十一年も帰ってきてなかったからな。それで、おまえの写真を渡しておいた。しばらくなにもいってこなかったんで、だれかほかに見つけたのかと思ってたんだが……」ここでイケおじさんは口ごもると、その笑顔がいっそう晴れやかになった。

「ええ、おじさん」

「オフォディレは六月の初めに帰ってくるから」とアダおばさんはいっていた。「結婚式までに、おたがい知り合う時間はたっぷりあるじゃないか」

「ええ、おばさん」「時間はたっぷり」とは二週間だった。

「おまえのためにわたしたちがやらなかったことがあるかい？　自分の子どもとして育てて、エズイグボ・ディ（こんないい相手）まで見つけてあげたんだ！　アメリカにいる医者だよ！　宝くじを引き当ててやったようなものだよ！」とアダおばさんはいった。あごに数本毛が生えてきたおばさんは、話しながらその一本をぐいっと引っ張った。

おじさんにもおばさんにも、なにもかも感謝していた――夫を見つけてくれたことも、家に引き取ってくれたことも、二年ごとに新しい靴を買ってくれたことも。恩知らずと呼ばれないためにはそうするしかなかった。もう一度ＪＡＭＢ（大学入学許可委員会）の試験を受けて大学に進みたかったとはいわなかったし、中等学校に通いながらわたしがアダおばさんのパン屋でエヌグ中のどのパン屋よりもたくさんパンを売ったことも、家のなかの家具や床がぴかぴかだったのはわたしが磨いたからだということも、いわなかった。

「通じた？」新しい夫がきいた。

「ふさがっているわ」といって、わたしはホッとした顔を見られないように顔をそむけた。

「お話し中《ビズィー》。アメリカ人は、ビズィーっていう。エンゲージド《エンゲージド》とはいわない。あとでもう一度かけなおそう。朝飯にしようか」

朝食のために、夫はどぎつい黄色の袋から冷凍パンケーキを出して解凍した。彼が白い電子レンジのどのボタンを押すか見ながら、注意深く記憶した。

「お茶を淹《い》れるお湯をわかしてくれ」

「粉ミルクはある？」やかんをシンクに持っていきながらわたしはたずねた。シンクの両側には赤錆《あかさび》が付着して、剝《は》げかかった茶色のペンキみたいだった。

「アメリカ人がお茶を飲むときはミルクや砂糖は入れない」

「エズィ・オクウ（本当）？　あなたもミルクとお砂糖なしで飲むの？」

「ああ、ここのやり方にはとっくに慣れた。きみも慣れるよ、ベイビー」

わたしはぐんにゃりしたパンケーキを前に座った──すごく薄い、故郷で自分がつくっていたのはもっと嚙《か》みごたえがあった──それに味のないこのお茶、喉を通るかな。いまドアのベルが鳴って彼が立ちあがった。両手を後ろに大きくふって歩いていった。

まで全然気がつかなかった。気がつく時間などなかったんだ。

「昨夜、帰ってくる音がしてたわね」ドアのところから聞こえてきたのはアメリカ人の声だ。淀みなく、すばやく行き交うことば。イフィおばさんがいっていた、ペラペラ。おまえが里帰りするときは、アメリカ人みたいにペラペラしゃべるようになってるんだろねえ、とおばさんはいっていた。

「やあ、シャーリー。郵便物を保管してくれてありがとう」

「どういたしまして。結婚式はどうだったの？　奥さんはいる？」

「ええ、入って会ってやってください」

暗灰色の髪をした女性がリビングルームに入ってきた。全身をゆったりしたピンクの長衣で包み、腰のところを紐《ひも》で結んでいる。顔に刻まれた深い皺《しわ》からすると、六十歳から八十歳のあいだのどこかだろうか。年齢を正しく判断できるほどたくさん白人に会ったことはなかった。

「3Aのシャーリーよ。お目にかかれてうれしいわ」といってわたしの手を握った。風邪をひいたような鼻にかかった声だ。

「ユア・ウェルカム」

シャーリーはちょっと黙った。驚いたみたいに。「朝ごはんの最中にお邪魔しちゃったわね。もう行きますけど、あなたがたが落ち着いたらまた遊びにきますよ」

シャーリーはのろのろと出ていった。わたしの新しい夫がドアを閉めた。ダイニングテーブルの脚が一本、他より短いせいで、シーソーみたいにがくがくと揺れた。夫がそのテーブルに寄りかかって「きみは、ハーイ、というべきだな、ここの人には、ユア・ウェルカム、じゃなくて」といった。

「あの人はわたしより年上でしょ」

「ここじゃ、そういうことは関係ないんだ。だれもが、ハーイっていう」

「オ・ディ・ムマ（わかったわ）」

「それから、ここじゃ僕はオフォディレじゃない。デイヴで通ってるから」シャーリーから手渡された封筒の束を見下ろしながら夫はいった。封筒は走り書きしてあるものが多い。住所の真上に、まるで封をしてから思い出したように書き加えたみたいに。

「デイヴって？」彼には英語の名前がないことは知っていた。わたしたちの結婚式の招待状には、オフォディレ・エメカ・ウデンワとチナザ・アガサ・オカフォル、と書かれていた。

「ここではラストネームも違うのを使ってる。ウデンワはアメリカ人にはいいづらいみたいなんで変えたんだ」

「なにそれ？」わたしはまだウデンワに慣れようと努力しているところなのに。ほんの数週間前に知ったばかりの、その名前に。

「ここではベルだ」

「ベル！」ワトゥルオチャをアメリカでワトゥルに変えた話、チケルゴをアメリカ人が馴染《なじ》みやすいチケルにした話、そういう話なら聞いたことがあったけれど、ウデンワをベルに変える?「ウデンワとは似ても似つかないけど」とわたしはいった。

彼は立ちあがった。「きみはこの国のことが全然わかってない。どこかへ到達したいと思ったら、できるだけメインストリームにいなければいけない。そうしなければ、道ばたに置き去りにされるんだ。ここではきみも英語の名前を使うことになるからね」

「そんな、英語の名前なんて出生証明書に書かれてるだけで、一度も使ったことがないわ、わたしはこれまでずっとチナザ・オカフォルだったんだから」

「きみも慣れるさ、ベイビー」手を伸ばしてわたしの首筋を撫《な》でながら夫はいった。

「そのうちわかるよ」

その次の日、わたしの社会保険番号を取得するための申請書に、夫は太い文字で「AGATHA BELL――アガサ・ベル」と書き込んだ。

わたしたちが住んでいる地区はフラットブッシュと呼ばれている、と新しい夫は教えてくれた。暑さで汗をかきながら騒がしい通りを歩いていると、長時間おいてから冷凍した魚みたいな臭いがした。彼は食料品店で買い物をするやり方や、バスの乗り方をわたしに教えようとした。

「あたりをよく見て。そんなふうにうつむかないで。まわりを見る。そうすれば早く慣れるから」と夫はいった。

わたしは左右に頭をめぐらして、忠告に従っていることが夫にわかるようにした。レストランの暗いウィンドーにふぞろいな文字で「ベスト・カリビアン＆アメリカン・フード」と書かれていたり、通りの向こうで黒板に「洗車＝三・五〇ドル」と書かれた広告がコークの空き缶と紙くずのあいまに見え隠れしていたり。歩道は縁の部分がまるでネズミに齧《かじ》られたみたいに欠けていたり。

エアコンのきいたバスのなかでコインをどこに投入するか、自分が降りたいときに壁のスイッチをどうやって押すか、彼は教えてくれた。

「大声で車掌に叫ぶナイジェリアとは違う」鼻先でせせら笑うように夫はいった。自分がアメリカ式のそのやり方を発明した人間のひとりだとでもいうように。

スーパーのキーフードの店内で、通路から通路へゆっくりと歩いていった。夫がカートに牛肉のパックを入れたときは警戒心がむくむくと大きくなった。肉に触れて赤みを調べられたらいいのに、オグベテ市場でよくやったように、あそこじゃ肉屋が、切り分けたばかりの肉の塊を、唸るハエのなかで持ちあげて見せてくれたのに。

「このビスケット、買ってもいい？」わたしはきいた。見慣れた青いバートンのリッチ・ティーのパッケージだ。ビスケットが食べたかったわけではなかった。なにか見慣れたものをカートに入れたかったのだ。

「クッキー。アメリカ人はクッキーっていう」と夫。

わたしはそのビスケット（クッキー）に手を伸ばした。

「ストアブランドを買おう。そのほうが安い、中身はおなじだ」といって夫は白い箱を指差した。

「わかった」ビスケットはもうほしくなかったけれど、店のブランドの包みをカートに入れて、棚にならんだ青い包みに目をやり、その通路から離れるまで、見慣れたバートンのエンボスされたロゴに目を凝らしつづけた。

「アテンディング(専門医)になったら、ストアブランドを買うのはやめよう。でもいまはそうしなくちゃ。たいして高いものじゃないと思うかもしれないが、ちりも積もればってことさ」と夫。

「コンサルタント(専門医)になったらってこと?」

「ああ、でもここじゃ専門医のことはアテンディングっていう」

結婚の世話人たちは、アメリカでは医者はお金をたくさん稼ぐとしかいわなかった。医者になってお金を稼ぎはじめる前にインターンをやり、レジデントをやり、といった制度のことなんか教えてくれなかった。わたしの新しい夫はまだその課程を終えていなかったのだ。飛行機がラゴスから飛び立った直後に交わした短い会話のなかで、新しい夫がそのことを教えてはくれたけれど、それをいうなりぐっすり寝入ってしまったのだ。

「インターンは年収二万八千ドル、週に約八十時間も働く。それって時給三ドルみたいなもんだ」と夫はいっていたのだ。「信じられるかい?　時給三ドルなんて!」

時給三ドルがとても良いのか、とても悪いのか、わたしにはわからなかった——とても良い、なんだろうなとわたしが思いかけたとき――パートタイムの高校生だってもっと稼ぎはいい、と彼が言い足した。

「それに、専門医になったらこんなところには住まないぞ」と新しい夫はいった。彼は立ち止まり、子どもをショッピングカートに詰め込んだ女性が通りすぎるのを待った。「この店はショッピングカートを勝手に外に出せないようバーをつけてるだろ？　暮らしぶりの良い場所に住めばこんなバーはないんだ。車までずっとショッピングカートを押していける」

「あら」とわたし。カートを外まで押していけるか、いけないか、それがどうだっていうの？　問題はカートが「ある」かどうかなのに。

「ここで買い物している人たちをよく見て、彼らは移民したのにまだ自分の国にいるみたいにやってる」彼が軽蔑《けいべつ》を込めて身振りで示したのは、スペイン語で話している女性とふたりの子どもたちだった。「アメリカに適応しなければ前には進めない。だから、ああいうのはいつまでたっても、こういうスーパーマーケットにたむろすることになるんだ」

ちゃんと聞いていることを伝えるために、わたしはなにかつぶやいた。でも、考えていたのはエヌグの青空市場のことだ。トタン屋根の出店から客の気を引くために調子のいい声をかける商人たちは、いつだって値引きに備えて売値に一コボ（百分の一ナイラ）上乗せしていた。ビニール袋があればそれに買ったものを入れてくれるけれど、ないときは笑って、古新聞ならあるよ、といったっけ。

新しい夫はわたしをショッピングモールに連れていった。月曜日に仕事にもどる前にできるだけたくさん、わたしに見せておきたかったのだ。夫の車は走るとガタガタと音がした。まるであちこち緩んでしまったような音をたてた——釘の入った缶を振ったときの音に似ていた。信号待ちのあいだにエンストを起こして、キーを何度かまわさないとエンジンがかからなかった。

「レジデントの実習が終わったら新車を買うぞ」と夫はいった。

ショッピングモールに入ると、床はぴかぴか、氷の表面のようにつるつるで、空かと見まごう高い天井には、きらきらと、ちいさな星のようなライトがいくつも灯っていた。まるで異世界に、別の惑星に来たようだ。押し合いながら行き交う人たちの顔には、肌の色の黒い人たちさえ、顔にはおよそ見たことのない不可解な表情が浮かんでいた。

「まずピッツァを買おう。アメリカに来たらまずこれが好きにならなきゃ」と夫はいった。

ピッツァスタンドに近づいた。鼻ピアスをして白い帽子をかぶった男の人がいる。

「ペパロニとソーセージのをふたつ。ここのコンボは美味《おい》しい？」と新しい夫はきいた。アメリカ人にはまるで違った話し方をするように聞こえた。「r」の音がやけに強調され「t」がほとんど聞こえない。そして笑顔。必死で相手に好かれようとする人の笑顔だ。

「フードコート」と彼が呼ぶ場所にある小型の丸テーブルについて、わたしたちはピッツァを食べた。大勢の人たちがそれぞれ丸いテーブルを囲んで、脂っこい食べ物をのせた紙皿のうえに、かがみ込むようにして食べていた。イケおじさんなら、ここで食べると想像しただけで恐慌をきたしそうだ。格式をひどく重んじるおじさんは、結婚式のときでさえ個室で給仕されなければ食べなかった。ここにはどこか屈辱的なほど、おおっぴらな感じ、どこか品位に欠ける感じがあった。やたらたくさんテーブルがあって、やたらたくさん食べ物がある、このオープンスペースには。

「ピッツァは気に入った？」新しい夫がきいた。彼の紙皿はからっぽだ。

「トマトが生煮え」

「故郷では火を通しすぎるから栄養分がなくなるんだ。アメリカ人の料理法は正しい。みんなすごく健康そうだろ？」

わたしはうなずきながら、あたりを見まわした。隣りのテーブルに座っている黒人女性の体型は、横にした枕みたいに幅があって、やわらかそう。その女性がわたしに笑いかけた。わたしもにっこり笑ってピッツァをもう一口かじり、吐きもどさないよう胃のあたりに力を込めた。

それからメイシーズへ行った。新しい夫は滑るように動く階段へ向かった。ゴムみたいにスムーズに動いている。わたしは足をのせるときに絶対ふらつく、と思った。

「ビコ（お願い）、リフトはないの？」わたしはきいた。それなら一度だけ、キーキーと軋《きし》むやつに、郡の役所の建物で乗ったことがある。ドアがガタガタいいながら完全に開くまでに一分もかかるしろものだったけれど。

「英語で話せよ。後ろに人がいるだろ」そうささやきながら夫はわたしを引っ張って、きらきらと宝石類のならぶガラスのカウンターのほうへ向かった。「エレベーターだ、リフトじゃない。アメリカ人はエレベーターと呼ぶんだ」

「わかったわ」

夫はわたしをリフト（エレベーター）まで連れていき、上階のずっしりと重たそうなコート類が何列もならぶ売り場へ行った。夫がわたしにコートを買ってくれた。陰鬱《いんうつ》な曇《くも》り空《ぞら》のような色をした、裏布がふかふかにふくらんだコート。ふたり分の身体がすっぽりおさまりそうだった。

「もうすぐ冬がくる。冷凍庫に入ったみたいなんだから、きみにも暖かいコートがいる」

「ありがとう」

「セールのときに買うのがいちばんなんだ。おなじ品物が半額以下の値段で買えることだってあるんだよ。アメリカの不思議のひとつだな」

「エズィ・オクウ？」といってから、あわてて英語で「リアリー？」といい足した。

「ショッピングモールのなかをちょっと歩いてみよう。ほかにもアメリカの不思議があるからさ、ここには」

服を売る店、道具、皿類、本、電話、わたしたちは足の裏が痛くなるまで歩きまわった。

帰る前に夫はマクドナルドへ寄った。レストランはショッピングモールの裏手にこぢんまりとおさまり、入り口に黄色と赤の、車ほどもある大きな「M」の字が立っていた。わたしの新しい夫は頭上にかかったメニューボードも見ずに、二番のラージふたり分、と注文した。

「家に帰れば料理するのに」とわたし。「旦那様にあまり外食させちゃだめだよ」とアダおばさんはいっていた。「さもないと料理する女にとられてしまうから。旦那様はいつもホロホロチョウの卵を扱うように大事にしなければ」

「ときどきこれが食べたくなるんだ」と夫はいった。両手でハンバーガーをつかみ、眉《まゆ》根《ね》を寄せて、あごに力を込めて一心不乱に食べるようすを見ていると、違和感がさらにつのった。

月曜日にココナッツライスをつくった。外食した分を埋め合わせるためだ。ペペスープも、アダおばさんがいう、殿方の心を溶かすようなのを作りたかった。でも、それには税関の係員に没収されたウズィザがなければ――ウズィザを入れないペペスープなんてペペスープとは呼べない。通りのジャマイカ人の店からココナッツを買ってきたけれど、おろし金がなかったので一時間かけて細かく刻んで、それから汁を出すために熱湯でゆがいた。料理がちょうど終わったところに夫が帰ってきた。制服のようなものを着ていた。女の子みたいな青い上着を、腰を紐でとめた青いズボンにたくし込んでいた。

「ンノ(おかえりなさい)」とわたしはいった。「お仕事、どうでした？」

「家でも英語で話せよ。そのほうが早く慣れるから」夫がその唇をわたしの頬にさっと触れたとき、ドアのベルが鳴った。シャーリーだった。前とおなじピンクのドレスで、腰のベルトをいじりまわしている。

「この匂い」痰の絡まった声で彼女はいった。「ビル中に広まってるんだけど、いったいなにを料理してるの？」

「ココナッツライスです」とわたし。

「お国の料理なの？」

「ええ」

「とってもいい匂いねえ。問題は、ここの住人であるわたしたちに文化がないってことね、文化ってものがまったくないのよ」彼女はわたしの新しい夫のほうを向いた。まるで同意をもとめるように。でも彼はかすかに笑っただけだった。「うちのエアコンの調子をみてくれない、デイヴ？　また調子がわるくなっちゃって、今日はこんなに暑いのに」

「もちろんです」とわたしの新しい夫はいった。

ふたりが出ていくまえに、シャーリーがわたしに手をふって「匂いはね、とてもいいのよ」といったので、いっしょにココナッツライスを食べませんかと彼女にいいたかった。半時間ほどで新しい夫は帰ってきて、わたしが目の前にならべたいい匂いの食事をせわしなくたいらげた。イケおじさんが、アダおばさんのつくった料理がすごく美味しいことを態度でしめすときするように、唇をピチャッと鳴らしながら。ところが次の日、夫は聖書みたいに分厚い料理本を持って帰ってきた。『すばらしきアメリカ式家事と料理のすべて』

「アパート中に得体の知れない食い物の匂いを充満させるやつらだと思われたくないからさ」と彼はいった。

　その料理本を持ちあげてカバーを撫でた。そこに写っているのは花のように見えるけれど、たぶん食べ物なのだろう。

「きみならアメリカ式料理法をすぐに覚えられるよ」夫はわたしをやさしく引き寄せながらいった。その夜、彼がわたしのうえにずっしりと身体をのせて、唸ったり呻いたりしているあいだ、わたしが考えていたのは重たい料理本のことだった。結婚の世話人が教えてくれなかったことがまたひとつ――苦労して、油を引いてから茶色い牛肉を焼いたり皮なし鶏肉に粉をまぶしたりすること。これまで牛肉はいつも肉から出る脂で料理してきたし、鶏肉はいつも皮つきのまま茹《ゆ》でてきたのだ。それからの数日は、ありがたいことに夫は六時に仕事に出かけて夜は八時にならないと帰らなかった。おかげで生煮えの、ねばつく鶏肉の切り身を捨てて、最初からやりなおす時間があった。

２Ｄに住んでいるニアに初めて会ったとき、アダおばさんならダメというたぐいの女性だな、と思った。アシャウォ（商売女）とアダおばさんは呼んだかもしれない。彼女の着ているシースルーのトップの下に、不釣り合いな色のブラがときおりちらっと透けて見えたから。あるいはニアの、きらきらするオレンジ色の口紅と、アイシャドウの――口紅と似たような色をまぶたにこってり塗った――メイクのせいで、アダおばさんは売春婦だと決めつけただろう。

「ハーイ」声をかけられたのは、わたしが階下に郵便物を取りにいったときだ。「あなた、デイヴの新しい奥さんでしょ。挨拶に行こうと思ってたのよ。わたしはニア」

「どうも。わたしはチナザ……いえ、アガサです」

ニアはわたしをじっと見ていた。「いま最初にいったのはなに？」「わたしの、ナイジェリアの名前です」

「イーブーの名前だよね、ちがう？」ニアはイボをそう発音した。

「ええ」

「どういう意味？」

「神は祈りに答える」

「すごくきれい。ニアってのはスワヒリ語の名前なんだよ。十八歳のとき、変えたの。タンザニアに三年いたことがあって、わたし。もうめっちゃよかったわよ、あそこは」

「あら」とわたしはいって首をふった。アメリカ黒人がアフリカ人の名前を選んだんだ。夫はわたしの名前を英語に無理やり変えさせたのに。

「アパートのなかにいるのって死ぬほど退屈じゃないかと思って。デイヴの帰りはすごく遅いし」と彼女。「わたしんとこへ来てコークでもいっしょに飲もうよ」

わたしがためらっているのに、ニアはもう階段へ向かっていた。わたしはそのあとを追った。彼女のリビングルームには簡素な優雅さがあった。赤いソファ、すらりとした鉢植え植物、壁にかかった大きな木製の仮面。ニアはわたしのために、氷を入れたトールグラスにダイエット・コークを注いでくれて、アメリカの生活には慣れたか、ブルックリンを案内してあげようか、といってくれた。

「月曜じゃないとダメだけど。月曜が、わたしの休み」

「なにをしてるの？」

「ヘアサロンのオーナーよ」

「あなたの髪、きれいね」とわたしがいうと、彼女は自分の髪に触れながら「あら、これね」と、そんなこと考えもしなかったといわんばかりにいった。きれいだと思ったのは、頭上高くナチュラルなふわっとしたアフロにしている髪だけではなかった。美しいと思ったのは、ローストしたピーナッツみたいな色の肌と、濃いアイシャドウを塗った謎めいた目と、曲線を描くヒップラインだ。彼女がかける音楽がちょっと大きすぎたため、話をするときはふたりして声を張りあげなければいけなかった。

「あのね、わたしの妹が、メイシーズでマネージャーしてるんだけど」と彼女はいった。「そこの売り場じゃ、初心者レベルの販売員でも雇ってるから、もしもその気があれば、あなたのためにちょっと口きいてあげてもいいよ。そうすれば結構すぐに雇ってもらえるかも。彼女、わたしに借りがあるんだ」

心のなかでなにかが思わずピクリと動いた。突然の、新しい思いつき、わたしのものになる収入。わたしの収入。

「まだ労働許可証を取ってないんです」

「でもデイヴはもう申請したんでしょ？」

「ええ」

「そんなに時間はかからないって。遅くても冬までには取れるわよ。ハイチから来た友人がいてね、仕事に就いたばかりよ。だから、働けるようになったらそういって」

「ありがとう」わたしはニアをハグしたかった。「ありがとう」

その夜、わたしは新しい夫にニアのことを話した。彼の目が疲労で落ちくぼんでいた。何時間も働いたあとだった。「ニア？」まるで知らない人のことを耳にしたみたいだ。それから「彼女はオーケー、でも気をつけて、悪影響を受けかねないから」といった。

ニアが仕事帰りにようすを見に立ち寄るようになった。買い込んできたダイエット・ソーダの缶から直飲みしながら、わたしが料理するのを見ていた。わたしはエアコンのスイッチを切って窓を開け、彼女が煙草を吸えるように、暑い空気を部屋に入れた。彼女はヘアサロンの女たちのことや、つきあった男たちのことを話した。毎日の会話のはしばしに「クリトリス」という名詞や「ファック」という動詞をちりばめて。そんな話を聞くのがわたしは好きだった。彼女が歯を見せて笑うのが好きだった。歯の端がきれいに欠けて完璧《かんぺき》な三角形をつくっていた。ニアはいつもわたしの新しい夫が帰宅する前に帰っていった。

冬が忍び寄ってきた。ある朝、アパートの建物の外へ出て、わたしは思わず息を飲んだ。まるで神さまが白い綿をちいさくちぎってまき散らしているみたいだった。初めて見る雪、ふわふわと舞いおちる雪、じっと見ながら、わたしは立ちつくした。ずいぶん長い時間がたってから、ようやく、その光景に背を向けてアパートのなかにもどった。もう一度、キッチンの床をごしごし磨いて、配達されたキーフードのカタログから、さらにたくさんクーポン券をもぎとって、それから窓辺に腰をおろして、ちぎってはまき散らす神さまの行為がどんどん烈《はげ》しくなっていくようすを見ていた。冬がやってきたけれど、わたしはまだ職に就いていなかった。夜になって夫が帰ってきたとき、フレンチフライとフライドチキンをその前にならべて、「わたしの労働許可証、そろそろ出てもいいころよね」ときいてみた。

油っぽいフライドポテトを少し食べてから夫が答えた。いまではふたりとも英語しか話さなくなっていた。わたしが料理をしながらイボ語で独り言をいっていることを夫は知らなかった。ニアに「お腹《なか》がすいた」とか「またあしたね」をイボ語でどういうか、教えたことも知らなかった。

「グリーンカードを手に入れるために結婚したアメリカ女が面倒を起こしてるんだ」といって夫はゆっくりとチキンをふたつに裂いた。目の下に隈《くま》ができていた。「離婚の話し合いはほとんど終わってたんだが、ナイジェリアできみと結婚する前にすっかり終わってはいなかった。たいしたことじゃないのに、彼女がそれを聞きつけて、移民局に通告するって脅してくるんだ。もっと金をよこせって」

「前に結婚してたって？」わたしは両手の指を一本いっぽん組み合わせてきつく握った。ぶるぶると震え出していたから。

「それ、とってくれないか？」といって彼は、わたしがつくっておいたレモネードを指差した。

「水差し《ジャグ》？」

「ピッチャーだ。アメリカ人はピッチャーっていう。ジャグじゃない」

わたしはジャグ（ピッチャー）をテーブルの向こうへ押した。頭のなかでドクンドクンと大きな音がしていて、耳のなかに熱い液体が流れ込んでいる。「前に結婚してたって？」

「書類上のものさ。ここじゃみんなやってることだよ。ビジネスだな。女に金を払う、ふたりして書類手続きをする、ところが、ときどき事がうまく運ばなくなって、その女が離婚を拒んだり、脅迫しようとしたりってことがある」

わたしは目の前のクーポン券を引き寄せて破りはじめた。一枚、また一枚。「オフォディレ、あなたはこのことをわたしに前もっていってくれるべきだったわ」

彼は肩をすくめた。「いおうとしたんだよ」

「わたしには知る資格があるでしょ、わたしたちが結婚する前に」わたしは夫の真向かいの椅子《いす》に沈み込んだ。ゆっくりと、そうしないとまるで椅子が壊れてしまいそうな気がした。

「どっちにしてもたいした違いはないだろ。きみのおじさんとおばさんが決めたんだから。親が死んだあと面倒みてくれた人たちに、いやだというつもりだったのかい？」

わたしは夫をじっとにらんだ。ひと言もいわずに。クーポン券をちぎり、さらにちいさく、ちいさくちぎっていった。洗剤、肉のパック、ペーパータオルの写真が、断片となって床に落ちた。

「それに、なにもかもひどい混乱状態の故郷で、きみになにができた？ 修士号をとった人間が通りにあふれてるじゃないか。職もなく、だろ？」夫の口調はにべもなかった。

「なぜ、わたしと結婚したの？」

「ナイジェリア人の妻がほしかったし、母がきみのことをいい娘で口数も少ないっていってたからさ。ヴァージンかもしれないともいってたな」夫はにやっと笑った。笑うともっと疲れて見えた。「たぶん、母に勘がはずれたと教えてやったほうがいいかもな」

わたしはさらにたくさんクーポン券を床に落として、両手を握り合わせ、爪を皮膚に食い込ませた。

「きみの写真を見て気に入ったんだよ」といって夫は唇をピチャッと鳴らした。「きみは肌の色が薄い。自分の子どもたちの外見を考えなければならなかった。アメリカじゃ、肌の色の薄い黒人のほうが良い暮らしができる」

わたしは夫がだまって、残りの、皮の代わりに衣をつけた鶏肉を食べるのを見ていたが、夫が噛み終えないうちに水をすすったことを見逃さなかった。

その夜、夫がシャワーをあびているあいだに、ナイジェリアから持ってきたビニールのスーツケースに、夫に買ってもらったものではない衣類を詰めた。刺繍《ししゅう》をしたブーブーが二枚とカフタンが一枚、どれもアダおばさんのお下がりだ。それを持ってニアの部屋へ行った。

ニアはわたしのためにミルクと砂糖入りのお茶を淹れて、高いストゥールを三つならべた丸いダイニングテーブルの前に、いっしょに座ってくれた。

「実家の家族に電話したかったら、ここから電話すればいい。好きなだけいていいよ。ベル・アトランティック社にローン組んであげるから」

「実家には話ができる人はいない」といいながら、木の棚のうえに置かれた彫刻の、洋梨の形をした顔をじっと見た。そのうつろな目差しがわたしを見返してきた。

「おばさんはどうなの？」ニアはきいた。

わたしは首をふった。旦那さんのところを出たって？　とアダおばさんは金切り声をあげるだろう。気でも違ったのかい？　ホロホロチョウの卵を放り出す気？　どれほど大勢の女たちが、アメリカにいる医者のためなら両眼捧げてもいいと思ってるのを知ってるだろ？　どんな夫だっていいからって、だろ？　そしてイケおじさんは大声で、恩知らず、馬鹿者といってわたしをなじり、拳を握りしめて顔を強ばらせ、ガシャリと受話器を置くだろう。

「彼は事前に結婚のことを話すべきだったよね、でもそれ、本物の結婚じゃないからさ、チナザ」とニアはいった。「ある本にあったな、恋は落ちるものではない、恋はそこまで昇っていくものだって。時間をかければ、あるいは――」

「そういうんじゃないのよ」

「わかってる」とニアはいってため息をついた。「やるっきゃないんだよ、ここじゃ、めっちゃポジティヴにさ。故郷にだれかいたの？」

「むかしね、でも彼は若すぎて、お金がなかった」

「まったく、どうしようもない話だわねえ」

わたしはお茶をかきまぜた。かきまぜる必要なんかなかったのに。「なぜ、あの人、ナイジェリアで妻を見つけなければならなかったんだろ」

「一度も名前でいわないね、あなた、デイヴって絶対いわない。それって、文化の違い？」

「ううん」わたしは防水加工の布でできたテーブルマットに目を落とした。それはたぶん、わたしが彼の名前を知らないから、彼のことを知らないから、そういいたかった。

「あの人が結婚した女って会ったことある？　ガールフレンドのこととか、なにか知らない？」とわたしはきいた。

ニアは目をそらした。その大げさな頭のふり方が、もの言いた気なその動作が、なにかを雄弁に物語っていた。わたしたちのあいだに沈黙が広がった。

「ニア？」口を開いたのはわたしだ。

「彼とファックしたことあるわよ。もう二年も前だけど。彼が引っ越してきたばかりのころ。ファックして一週間したら、それで終わり。デートは一度もしなかった。彼がだれかとデートしてるのを見かけたこともないわ」

「そう」といってわたしはミルクと砂糖入りのお茶をすすった。

「あなたには正直にならなきゃと思うから、なんでもきいて」

「ええ」といってわたしは立ちあがり、窓の外を見た。外の世界は白い経帷子《きょうかたびら》に包まれたミイラのようだった。歩道には六歳の子どもの背丈ほどの雪の山がいくつも積みあげられていた。

「自分の書類が手に入るまで待って、それから出ていくこともできるよ」とニアがいった。「なんやかや片がつくまでは給付金を申請すればいいし。それから仕事とか住む場所とかみつけて、新規まきなおしで、自力でやってく。ここはなんてったって、ほら、ファッキン・アメリカ合州国なんだからさ」

　ニアがわたしのそばへやってきて、窓のところに立った。彼女のいうことは正しかった。まだ出ていけないのだ。次の日の夜、わたしは廊下を通ってもどっていった。ドアベルを鳴らすと夫がドアを開け、横に身をずらして、わたしをなかに入れた。

明日は遠すぎて

あれはナイジェリアですごした最後の夏のことだった。両親が離婚する前、きみの母親が、もう二度とおまえの父親の家族に会いに、とりわけおばあちゃんに会いに、ナイジェリアに足を踏み入れることはないといった夏だった。きみはあのときの暑さを、十八年たったいまでもはっきりと思い出せる——おばあちゃんの庭が蒸し暑かったこと、木々が密生していて、電話線に葉っぱや枝が絡まり、枝と枝がもつれあってマンゴーの枝がカシューの木から出ていたり、グアヴァの枝がマンゴーの木から生えているように見えたりしたっけ。地面に落ちて朽ちた葉っぱが裸足《はだし》のきみの足裏でぐちゃりとなったり。午後はいつも黄色い腹のミツバチが、きみやきみの兄さんのノンソや、いとこのドズィエの頭のまわりをぶんぶん飛びまわり、夕方になると、おばあちゃんがノンソだけ木に登らせて実のたっぷりついた枝を揺すらせたんだ。木登りはきみのほうが兄さんよりうまかったのに。アヴォカドも、カシューも、グアヴァも、実が雨のように落ちてきて、きみといとこのドズィエはそれをひろって古いバケツに入れたんだ。

それはおばあちゃんがココナッツの実の採り方をノンソに教えた夏のことだった。ココナッツのなる木は登るのが難しかった。幹に枝はないし、とても高い。そこでおばあちゃんはノンソに長い棒切れを手渡して、熟した実をつつく方法を教えた。きみが教えてもらえなかったのは、おばあちゃんの話では、女の子はココナッツを採ったりしないものだからだそうだ。おばあちゃんはココナッツの実を石にたたきつけて注意深く割り、果汁が下半分のぎざぎざになった殻からこぼれないようにした。風に吹かれてひんやりした果汁を、みんなで、遊びにきていた道の向こうの子どもたちまでひと口ずつすすったけれど、おばあちゃんの采配で、その儀式をまっさきにやるのはいつもかならずノンソだった。

それはきみがおばあちゃんに、どうしてノンソが先なの、ドズィエは十三歳だからノンソよりひとつ年上なのに、ときいた夏のことだった。おばあちゃんは、ノンソはンナブイシの名前を継ぐわたしの息子のたったひとりの息子だけれど、ドズィエはンワディアナ（娘の息子）にすぎないからだといった。草のうえで蛇の脱け殻を見つけたのはその夏だった。シースルーのストッキングみたいに傷ひとつなく透き通っていた。おばあちゃんが、蛇ってのは「エチ・エテカ（明日は遠すぎて）」っていわれてるんだ、ひと咬みで十分後にはお陀仏だからね、といったのはその夏のことだった。

きみがいとこのドズィエを大好きになったのはその夏のことではなく、それより数年前のことで、彼が十歳できみが七歳、いっしょにくすくす笑いながらおばあちゃんのガレージ裏の狭い場所に入り込み、ふたりして彼の「バナナ」と呼んだものを、ふたりしてきみの「トマト」と呼んだものにはめようとしたときのことで、そのときはふたりともどちらが正しい穴なのかよくわからなかった。でも、あれはきみにシラミがたかり、きみといとこのドズィエがもつれた濃い髪の毛を代わるがわる分け合って、ちっちゃな黒い虫を探し出し、きみが爪でそれを潰して、血をいっぱい吸った腹部がブチッと炸裂《さくれつ》する音に大笑いした夏だった。兄のノンソに対するきみの憎悪が大きくなりすぎて、それがきみの鼻孔を押しつぶしそうな気がして、いとこのドズィエに対するきみの愛が風船みたいにふくらんで、きみの皮膚をすっぽり包んでしまった夏。あれは空に稲光が走ってマンゴーの木に雷が落ちて、幹がまっぷたつに裂けるのを、きみがじっと見ていた夏だった。

ノンソが死んだのはその夏のことだ。

おばあちゃんは夏とは呼ばなかった。ナイジェリアではだれも夏なんて呼ばなかった。あれは八月の、雨季からハルマッタンの季節へ移るほんの束の間。一日中どしゃぶりの日もあって、そんなときは銀色の雨がしぶきをあげるテラスで、きみと、ノンソと、ドズィエは、ぴしゃりぴしゃりと蚊を追い払いながら焼きトウモロコシを食べた。かんかん照りの日は、おばあちゃんが水タンクを半分に切った急ごしらえのプールでぷかぷかやったりした。ノンソが死んだのは穏やかな日だった。朝のうちは小雨が降り、午後には陽の光が生暖かくなって、夕方にノンソが死んだ。おばあちゃんは金切り声をあげてノンソに――だらりとなったノンソの身体《からだ》に――「イ・ラプタゴ・ム（騙《だま》してるんだろ）」といいながら、だれがシナブイシの名前を受け継ぐの、だれが一家の血筋を守るの、といいつづけた。

近所の人たちがおばあちゃんの叫び声を聞きつけて集まってきた。道の向こうの家に住む女の人が――その家の犬が毎朝おばあちゃんのゴミ箱をあさった――感覚の麻痺したきみの唇からなんとかアメリカの電話番号を聞き出して、きみの母親に電話をかけた。ぎっちり握っていたきみの手とドズィエの手を引き離し、きみを座らせて水を渡してくれたのはその女の人だった。その人はまた、おばあちゃんが電話できみの母親に話しているのがきみの耳に入らないよう、きみをしっかり抱き寄せていてくれたけれど、きみはその女の人の手をするりと抜けて、電話のそばへ近づいた。おばあちゃんときみの母親はノンソが死んだことではなく、彼の遺体のことばかり話していた。きみの母親はノンソの遺体を飛行機に乗せてアメリカにすぐに送り返してくれと強硬に主張し、おばあちゃんはきみの母親のことばをくり返しながら首をふっていた。その目の奥に狂気が潜んでいた。

おばあちゃんがきみの母親を好きになったことは一度もない、きみにはわかっていた（おばあちゃんが幾夏か前に友人にこう語っているのを聞いたことがあったのだ――あの黒いアメリカ女はわたしの息子を縛って自分のポケットに入れてしまったんだ）。でも電話をかけているおばあちゃんを見ていると、おばあちゃんときみの母親は一心同体なのがきみにはわかった。間違いなく、きみの母親もおなじような赤い狂気を、その日に宿していると思った。

　きみが母親と話をすることになったとき、電話の向こうから聞こえてきた声には、なんだか、きみとノンソがおばあちゃんのところで夏をすごすようになってから何年もずっと耳にしたことのなかった響きがあった。おまえはだいじょうぶ？　と母親はくり返しききつづけた。おまえはだいじょうぶ？　母親は不安でたまらない、本当にきみがだいじょうぶなのかと疑っているみたいに聞こえた。死んだのはノンソなのに。きみは電話線をいじるばかりで、ほとんどしゃべらなかった。母親は、きみの父親に連絡する、どこかの森で開かれてる「ブラック・アート」フェスティヴァルに参加していて、電話もラジオもない場所だけど、なんとか伝える、といった。最後のほうで母親は烈《はげ》しく泣き出した。犬が吠えるように、泣いた。それから、なにもかもだいじょうぶ、ノンソの遺体を飛行機で送り返してもらう手続きをするから、といった。それを聞いてきみは母親のホッ・ホッ・ホッという笑い声を思い出した。腹の奥底からわきあがってきて絶対に和《やわ》らいだりしないその声は、柳のような母親の身体にはまったくそぐわなかった。母親はノンソの部屋に入っていっておやすみをいうと、決まってそんなふうに笑いながら出てきた。そんなときはたいてい、きみは手のひらを耳にあてて音を締め出し、きみの部屋に母親がおやすみ、ダーリン、よく眠るのよ、といいに入ってきてもずっと手を耳に押しつけたままでいた。母親がきみの部屋から出ていくとき、あんなふうに笑うことは決してなかった。

電話が終わるとおばあちゃんは床のうえに仰向《あおむ》けになり、まばたきもせずに左右に身を揺らしていた。なんだかばかばかしいゲームでもやっているみたいだった。ノンソの遺体を飛行機に乗せてアメリカに送り返すなんて間違ってる、とおばあちゃんはいった。あの子のスピリットがこの辺をずっとうろつくことになるじゃないか。あの子はこの固い土地に、あの子が落ちた衝撃を吸収しそこねたこの土地に属しているんだ。あの子はここに生えている木々に、その一本があの子を落としてしまった木に属しているんだ。きみは座っておばあちゃんをじっと見ながら、最初はおばあちゃんが起きあがってきみを腕のなかに抱いてくれるといいのにと思い、それから、やっぱりそんなことしてほしくないと思った。

あれから十八年がすぎたけれど、おばあちゃんの庭の木々は少しも変わっていないようだ。木々はいまも枝を伸ばしてたがいに抱き合い、いまも庭に影を落としている。でも、ほかのものはすべてがちいさくなったみたいだ――家も、裏の畑も、錆《さび》が浮いて赤銅色になった水タンクも。裏庭のおばあちゃんの墓までがちっぽけに見えて、きみは、おばあちゃんの遺体がそのちいさな棺《ひつぎ》に合わせて縮こまっているのを想像する。墓のうえにはセメントで薄っぺらなコーティングがかけられている。まわりの土は掘り返されたばかり。きみはすぐそばに立って、十年後のことを思い浮かべる。ほったらかされて、もつれた雑草がセメントを被い、墓を窒息させているところを。

ドズィエがきみをじっと見ている。空港で彼は、きみを用心深くハグしながら、よく来たね、帰ってくるなんてびっくりしたよ、といった。ひっきりなしに人が行き交うラウンジできみがその顔を長いあいだ凝視したので、ついに彼のほうが目をそらした。彼の目はきみの友人の飼っているプードルみたいに茶色で悲しげだった。でもきみはその目を見なくても、彼があの秘密を守ってくれたのはわかっていた。ノンソがどんなふうに死んだかという秘密、それをドズィエはずっと守ってくれたのだ。おばあちゃんの家まで車を走らせながらドズィエがきみの母親のことをたずねたので、きみは、いまはカリフォルニアに住んでいると告げた。頭を剃りあげ、胸にピアスをした人たちが作るコミューンに住んでいることまではいわなかったし、電話をかけてくる母親がまだ話をしているのにきみがいつも切ってしまうこともいわなかった。

きみはアヴォカドの木に近づいていく。ドズィエがまだきみを見ている。だからきみも見つめ返して、きみが十歳だったあの夏、あれほどきみのなかにぎっしり詰まっていた彼への愛を思い出そうとする。その愛ゆえに、ノンソが死んだあと、午後いっぱいドズィエの手をしっかり握っていたこと、マベチベリジェおばさんがやってきて息子のドズィエを連れ帰ったときのことを思い出そうとする。彼の額に走る皺《しわ》にはやわらかな悲哀が浮かび、腕を両脇に垂らして立つ姿にはメランコリーが漂っている。きみはふと思う、彼もきみのように焦《じ》れていたのだろうか？　彼の静かな微笑《ほほえ》みの背後になにがあったのか、きみにはわからなかった。彼がよく腕にミバエがとまるほどじっと座っていたときその背後に、彼がきみにくれた何枚かの絵とボール紙のケージで飼って撫《な》でているうちに死んでしまった鳥たちの背後に、いったいなにがあったのかきみにはわからなかった。きみは思う、直系ではない孫であることに彼がなにか感じていたとしたら、それはなんだったのだろう、ンナブイシの名前を継がない孫であることをどう思っていたのだろう。

　手を伸ばしてきみはアヴォカドの幹に触れる、するとドズィエがなにかいいかけたので、きみはどきっとする。ノンソが死んだときのことをもち出すのかと思ったからだ。でもドズィエは、きみがおばあちゃんにさよならをいいにもどってくるなんて思わなかったよ、だって、きみはおばあちゃんをひどく憎んでいただろ、という。「憎む」ということばが責苦のようにふたりのあいだに浮遊する。きみはいいたい、彼がニューヨークにいるきみに電話をかけてきたとき、十八年ぶりに聞くその声が、おばあちゃんが死んだと告げたとき——知りたいだろうと思って、と彼はいったのだ——きみが仕事場の机にもたれかかり、両脚が溶けていく、死ぬまで口をつぐむ決意が崩れ落ちていく、と感じながら考えていたのは、おばあちゃんのことではなくてノンソのことで、そしてドズィエ、あなたのことで、アヴォカドの木と、幼年時代という善悪を知らない王国にいたあの蒸し暑い夏のことで、そして、ずっと考えまいとして、平らに押しつぶしてしまい込んできたあらゆることだったのよ、と。

　でもきみは、なにもいわずに両方の手のひらをごつごつした木の幹に強く押しつける。痛みがきみをなだめてくれる。きみはアヴォカドを食べたことを思い出す。きみは塩をかけて食べるのが好きだったけれど、ノンソは塩をかけるのが好きではなくて、きみが塩をかけないアヴォカドなんて吐き気がするというと、おばあちゃんはいつも舌打ちをして、おまえにはものの良し悪しがわからないのだといった。

　墓石がやたら突き出たヴァージニアの寒い墓地でノンソの葬儀が行なわれたとき、きみの母親は全身を色あせた黒い衣装に包んで、ヴェールまでつけていたため、シナモン色の肌がぼうっと光って見えた。きみの父親はいつものダシキ（胸元にV字の切れ込みのある腰丈の衣装）を着て、首のまわりに乳白色のタカラ貝を巻きつけ、きみたちから離れて立っていた。まるで家族ではなく弔問客みたいだった。弔問客は声をあげてすすり泣き、それから声をひそめてきみの母親に、ノンソは本当のところどんなふうに死んだのか、よちよち歩きの子どものときから登っていた木からどうして落ちたのかときいた。

　きみの母親はなにもいわず、質問してくる人たち全員に無言で通した。きみに対してもノンソのことはひと言もいわず、彼の部屋を片づけ、彼の持ち物を詰めているときも無言だった。取っておきたいものはないかときかれることもなかったので、きみはほっとした。彼の本など欲しくなかった、タイプで打った文字よりきれいと母親がいったノンソの手書き文字が残っている本なんか。公園でノンソが撮った鳩《はと》の写真も欲しくなかった、子どもにしては将来が楽しみだと父親がいった写真なんか。彼の描いた絵もいらなかった、父親の絵をコピーして彩色だけ変えたものなんか。彼の服も。切手のコレクションも。

葬儀から三カ月後、きみの母親は離婚についてロにしたとき、ついにノンソのことを持ち出した。離婚はノンソとは関係ない、父親とはずっと前から気持ちが離れていた、と母親はいった（そのとき、きみの父親はザンジバルにいた。ノンソの葬儀が終わるとすぐに発っていったのだ）。それから母親はきみに訊ねた――どんなふうにノンソは死んだの？

きみの口からあんなことばがどうして転がり出たのか、いまでも不思議だ。きみはそのときの自分を、目の澄んだ子どもの自分を、いまでも受け入れられずにいる。たぶん、離婚はノンソとは関係ないといった母親の口調のせいだったのかもしれない――まるでノンソが理由になりうる唯一の人間であるかのような、まるできみなど眼中にないといった口調だったのだ。あるいはたんに、きみがいまだにときどき襲われる、焦れるような欲求を感じたからかもしれない。縮んだものを伸ばさなければ、あまりに凹凸が烈しいものを平らにしなければという欲求を感じたからかもしれない。きみはなんとなく気乗りしない調子で母親に、おばあちゃんがノンソにアヴォカドの木のいちばん高い枝に登ってちょうだいっていったの、どれだけ男らしいか見せてちょうだいって。それからノンソを脅かしたの――ふざけて、ときみは母親に断言した――ノンソのそばの枝に、蛇がいる、「エチ・エテカ」って。動いちゃだめだっておばあちゃんはいったの。もちろんノンソは動いて枝から滑り落ちて、地面に落ちたときは、いっぺんにたくさん実が落ちたような音がして。鈍くてすごい、ドシンって音。おばあちゃんはそこに立ってノンソをじっと見ていたけど、それからノンソに向かって叫び出した、たったひとりの息子なんだ、死んだら家系が途絶えてしまうでしょうに、ご先祖さまが気を悪くするでしょうにって。ノンソはまだ息をしてたよ、ときみは母親にいった。落ちたときまだ息をしてたのに、おばあちゃんはそこに立って、怪我《けが》をした身体に向かって叫んでいるだけで、そのうちノンソは死んだの。

　きみの母親が叫び出した。きみは、人間は真実を受け入れることを拒んだときこんな狂ったような叫び声をあげるのだろうかと思った。母親はノンソが石に頭をぶつけて即座に死んだことはよく知っていたのだ――彼の遺体を、打ち砕かれた頭部を見たのだから。でもノンソが落ちてからも生きていたと考えることを彼女は選んだ。母親は泣いた、吠えるように泣いた、そして父親の初めての作品展で彼に目を留めた日のことを呪った。それから父親に電話をかけて、電話越しに叫んでいるのがきみにも聞こえてきた――責任はあなたの母親にあるの！　あなたの母親があの子をパニックにして、落ちるようにしたのよ！　落ちてからなにか手を打つこともできたのに、愚かしい蒙昧《もうまい》なアフリカ女みたいに、事実そうだけど、ただその場に突っ立って、むざむざあの子を死なせたのよ！

きみの父親は、あとからきみに話をしたとき、きみが辛い思いをしたのはわかるが、人をさらに傷つけるようなことにならないよう、自分のいうことには注意しなさいといった。だからきみは父親のいったことを考えた——自分のいうことには注意しなさい——そして、父親にはきみが嘘《うそ》をついているのがわかっただろうか、と思った。

十八年前のあの夏はきみが初めて自分を意識した夏だった。あの夏、きみは自分が生き延びるためには、ノンソになにか起きなければならないことを知った。わずか十歳できみは、ただ存在するだけで十分すぎる空間を占めてしまう人間がいることを、ほかの人を窒息させることができる人間がいることを知った。「エチ・エテカ」といってノンソを脅かすアイディアはきみがひとりで考えたものだ。でもきみはそれをドズィエに話した。きみたちふたりのためにノンソをやっつけなければ——怪我をさせるとか、脚をひねるとか、そんなことを考えていた。ノンソの完璧《かんぺき》なまでにしなやかな身体を傷物にしてやりたかったのだ。そうすればあんなにちやほやされなくなるし、これまでみたいになんでもできるわけじゃなくなる。きみのスペースを横取りすることもあまりできなくなる。ドズィエはなにもいわずにきみを絵に描いて、その目を星形にした。おばあちゃんは家のなかで料理をしていて、ドズィエは黙ってきみのそばに立って、きみたちの肩が触れ合っていたそのとき、きみはノンソにアヴォカドの木のてっぺんに登ってみたらといったのだ。そのかすのはたやすかった。木登りはきみのほうがうまいことを彼に思い出させればよかったから。それに木登りは事実きみのほうが上手で、きみはどんな木にでも、たちどころに、するすると登ることができた——教えてもらう必要のないことなら、おばあちゃんがノンソに教えられないことなら、うまくやれたのだ。きみはノンソに、先に登って、といっておいて、アヴォカドの木のいちばん高い枝の近くまで彼が登るのを見ながら、そのあとについて登った。枝は細く、ノンソはきみより体重があった。おばあちゃんが彼に食べさせたもののせいで重かったのだ。もう少し食べなさい、とおばあちゃんはしょっちゅういった。だれのために料理したと思ってるの？　まるできみなんかそこにいないみたいに。ときどききみの背中をぽんぽんとたたいて、イボ語でこういった——おまえも身につけるといいんだよ、ンネ（おまえ）、そのうち結婚したらこうやって旦那さまの世話をすることになるんだから。

ノンソは木に登った。高く、さらに高く。きみは彼が木のてっぺん近くに達するのを、彼の脚がもうこれ以上は無理かとためらうのを待った。ひとつの動作を終えて次の動作に移る、わずかな瞬間を待った。空白の一瞬、きみにはあらゆるものが、生そのものが青く見えた——きみの父親が絵に使う澄みきった碧空《へきくう》、開運の、朝の驟雨《しゅうう》に洗われた空の色だ。すかさず、きみは叫んだ。「蛇だ！　エチ・エテカ！　蛇！」蛇がノンソのそばの枝にいるといったらいいか、枝をするする登っていくといったらいいか、きみは考えあぐねた。でも、そんなことはどっちでもよかった、というのは、その数秒のあいだに、ノンソはきみを見下ろし、手を離し、足を滑らせ、その両腕が宙に浮いていたからだ。それとも木がただノンソを揺り落としたのだろうか。

きみがそのままノンソを見ていて、それからおばあちゃんを呼びに家に入っていくまで、どれくらい時間がたったのか、いまとなっては思い出せないけれど、ドズィエはそのあいだずっと黙ってきみのそばについていた。

「憎む」――ドズィエのそのことばがいまきみの頭のなかで浮遊していた。憎む。憎む。そのことばのせいで息が苦しかった。ノンソが死んだあとの数カ月、きみが待っていたときとおなじように苦しかった。母親がきみの水のように澄んだ声と輪ゴムのようにしなやかな脚に気づくのを待っていたとき、母親がきみの部屋におやすみをいいにきて最後にあのホッ・ホッ・ホッと低い声で笑って出ていくのを待っていたとき。でも母親は笑わず、いつもささやくようにおやすみをいいながら、きみを慎重すぎるほど慎重に抱きしめたので、きみはわざと咳《せき》やくしゃみをして母親のキスを避けるようになった。毎年のように州から州へきみを連れて引っ越し、自分の寝室に赤いキャンドルを灯して、ナイジェリアやおばあちゃんの話をするのをきみに禁じ、きみを父親に会わせることを拒むあいだ、母親は二度とあんなふうに笑うことはなかった。

ドズィエが話している、数年前からノンソの夢を見るようになった、夢のなかのノンソは自分よりも年上で背も高い、ときみにいっている。それから近くの木から実が落ちる音が聞こえて、きみは振り向かずに彼にきく――なにが欲しかった？　あの夏、あなたはなにが欲しかった？

知らないうちにドズィエが移動してきみのすぐ後ろに立っている、すごく近くなので彼から柑橘類《かんきつるい》の匂いが立ちのぼってくるのがわかる、ひょっとするとオレンジを剝《む》いた手を洗わなかったのかもしれない。彼はきみを振り向かせて、きみをじっと見つめる、きみも彼をじっと見つめる、その額には細かな皺が走り、目には見慣れぬ厳しさがある。彼がきみにいう、大事なのはきみが欲しいものだったから、自分が欲しいものなんて考えもしなかった。長い沈黙があって、そのあいだきみは黒い蟻《あり》が列をなして幹を登っていくのをじっと見ている。どの蟻もちいさな白いかけらを運んでいるので、黒と白の模様ができている。彼が、きみも彼のように夢を見たかときくので、きみはその目を避けながら、見なかったと答える、すると彼はきみから目をそらす。きみはいいたい、きみの胸のなかの痛みのことを、耳のなかの空虚のことを、彼が電話をかけてきてから騒ぎつづける気持ちのことを、ばたんと開いてしまったドアのことを、平らに押しつぶしてきたものが飛び出てしまったことを、でも彼は歩み去っていく。そしてきみは泣いている、アヴォカドの木の下にひとり立ち尽くして。

がんこな歴史家

夫が死んで何年にもなるのにンワムバはいまもときおり目を閉じて、夫が夜な夜な小屋を訪ねてくるのを思い起こし、その翌朝はハミングしながら小川まで歩いて、スモーキーな彼の匂いや、引き締まった身体《からだ》の重みや、彼女だけのひそかな秘密のことを思いながら、まるで光に包まれているような気分になった。オビエリカのほかの思い出もまだはっきり残っていた――夕べになると吹く笛のまわりに折り曲げられた太くて短い指、食べ物の器を出すと嬉《うれ》しそうに輝やく顔、彼女の陶器作りのために採れたての粘土の入った籠《かご》を背負って家に帰ってきたときの背中の汗。レスリングの試合で彼を見初め、ふたりしてひたすらじっと見つめ合ったあの瞬間から、ふたりともまだ若すぎて、彼女はまだ腰のくびれに生理用の布さえ巻いていなかったあのときから、彼女はひそかに、自分のチ（守り神）と彼のチは結婚する運命だとかたく信じて疑わなかった。だから数年後に彼が親戚に付き添われて父親のところへヤシ酒を持ってきたとき、彼女は母親に、この男《ひと》こそ自分が結婚する相手なのだといった。母親は肝をつぶした。オビエリカがひとりっ子だということを知らないのかい？　死んだ父親もひとりっ子で、妻たちが死産をくり返して何度も赤ん坊を埋葬したのを知らないのかい？　ひょっとすると家族のなかにタブーを犯して女を奴隷に売った者がいたのかもしれない、だから大地の神アニが災厄をもたらしつづけるのかもしれないよ。ンワムバは母親のいうことを無視した。父親のオビ（家）へ入っていき、オビエリカと結婚させてくれなければ、もしもほかの男に嫁がせたら、婚家からかならず逃げ出すからといった。父親はこの口の減らない強情な娘には手が焼けると思った。なにしろ一度など、弟を地面にねじ伏せたことさえあったのだ（そのことがあってから父親は家族全員に口封じを命じ、娘が男の子を投げ飛ばしたことが屋敷の外に漏れないようにした）。オビエリカの一族に子どもができにくいことを父親もまた案じてはいたが、家柄は悪くなかった。亡父は「オゾ」*1の称号を獲得していたし、オビエリカはすでに種芋となるヤムイモを小作人たちに分配していた。ンワムバの結婚相手としては悪くはなかろう。それにあの娘には自分で選んだ相手と結婚させるほうがいい、むしろそのほうが、義理の親たちと対立して実家に何度も帰ってくる厄介《やっかい》がなさそうだ。というわけで、父親はこの結婚を承諾し、ンワムバはにっこり笑って父をたたえる名で呼んだ。

婚資を払うために、オビエリカは兄弟同然にしている母方のいとこ、オカフォとオコイェといっしょにやってきた。ンワムバは彼らをひと目見たときから虫酸《むしず》が走った。父親のオビで彼らがヤシ酒を飲んでいた午後、ふたりの目のなかに見て取れた貪欲な羨望《せんぼう》は、それからの数年、オビエリカが称号を獲得して、敷地を広げ、ヤムイモを遠方から来た者たちにまで売るようになった数年のあいだに、どす黒く深まるのが彼女にはわかった。でもンワムバは我慢した。なぜなら彼らはオビエリカにとって大切な人であり、ろくに働きもせずにヤムイモと鶏をもらいにくることに彼が気づかないふりをして、自分にも兄弟がいると思いたがっていたからだ。ンワムバが三度目の流産をしたあと、早く別の妻をもらえと彼に勧めたのはそのふたりだった。オビエリカは、考えてみる、とはいったものの、夜ンワムバの小屋でふたりきりになると、そのうち家中が子どもであふれるようになるさ、ふたりが年をとるまで、世話してもらう者が必要になるまで、別の妻はもらわないといった。この人は変な人だわ、こんなに裕福なのに妻はひとりでいいなんて、とンワムバは思い、子どもがいないことを夫よりずっと気にかけ、みんなが意地悪なことばに節をつけて歌うことを気に病んだ。「あの女は子宮を売った。ペニスを食った。男は笛を吹いて、財産を女に譲り渡した」

一度など、月夜の集会で広場に女たちが大勢集まり、物語を語って新しいダンスを覚えていたとき、娘たちの一群がンワムバを目にするや、挑発するように胸を突き出しながら歌い出したことがあった。彼女は立ち止まり、もう少し大きな声で、ことばがはっきり聞き取れるように歌ってくれる？　といって、二匹の亀のうちどちらが偉いかを誇

＊1　多くの条件を満たした者に付与される高い称号。この称号をもつ者は共同体の指導的役割をはたす。

示した[*1]。歌がやんだ。娘たちが怖がって逃げ腰になるようすを楽しみながらも、オビエリカに妻を見つけてやろうと彼女が思ったのはそのときだった。

ンワムバはオイの小川に行くのが好きだった。腰に巻いたラッパーをほどいて斜面を降りると、岩から銀色のしぶきをあげて水があふれ出ていた。オイの水流はオガランヤの小川よりも澄んでいて気持ちがよかった。あるいは隅にひっそりオイの女神をまつった社があったので、気持ちが慰められただけだったのかもしれない。子どものころ、オイは女たちの守護神だと、オイのおかげで女たちは奴隷に売られなかったのだと教えられた。いちばんの親友アヤジュがもう小川に来ていた。アヤジュが壺《つぼ》を頭にのせるのを助けながら、オビエリカに二番目の妻をもらうとしたらだれがいいだろうとンワムバはきいた。

ンワムバとアヤジュは幼なじみで、ふたりともおなじ氏族の男と結婚した。でも、アヤジュは奴隷の子孫だった。父親が戦争の後に奴隷として連行されてきたのだ。アヤジュは夫のオケンワが好きではなく、ネズミみたいな臭いがするし、ネズミそっくりなのだといった。でも彼女の結婚相手はとても限られていた。自由民の家族出身の男はだれひとり彼女をもらいに来そうもなかったからだ。手足が長くて、きびきびと動くアヤジュの身体が数々の交易の旅を物語っていた。オニッチャの向こうまで出かけたこともあった。最初にイガラ人やエド人の商人の風変わりな風習の話を持ち帰ったのはアヤジュだったし、肌の白い人間がオニッチャに鏡と織物と、その土地の人たちがそれまで見たことのない大きな銃を持ってやってきたことを話してくれたのも彼女だった。このコスモポリタニズムがアヤジュに敬意をもたらし、奴隷の出自でありながら女たちの集まりで大声で話をする唯一の人間となっていた。なんにでも答えられるのはアヤジュしかいなかったのだ。

というわけでアヤジュは即座に、オビエリカの第二の妻として、オコンクウォ一族の若い女の名をあげた。その娘は美しい大きな腰をしていて、礼儀正しく、いまどきの若い女たちとちがってわけのわからないことで頭をいっぱいにしていなかった。小川から家までの道すがら、アヤジュはンワムバに、彼女のような状況に陥ったらほかの女たちがすること――愛人を作って妊娠し、オビエリカの家系を絶やさないこと――を勧めてみた。ンワムバはぴしゃりと言い返した。暗にオビエリカの不能を示唆《しさ》するようなアヤジュの口調が気に入らなかったのだ。そんな彼女の考えに呼応するかのように、腰に刺すような激痛が走り、自分がまた妊娠しているのがわかったが、なにもいわなかった。赤ん坊がまた流れてしまうことはわかっていたからだ。

数週間後に彼女は流産し、血の塊が両脚を伝って流れ落ちた。オビエリカは彼女を慰め、具合がよくなって半日の旅に耐えられるようになったらすぐに、名高い予言者のキサのところへ行ってみようといった。ディビア（呪術師）からお告げを知らされたあと、

＊1　イボ文化では亀は狡智にたけたものとして比喩的に用いられる。

牛を一頭、生け贄《にえ》に捧げるのだと思うとンワムバは気が萎《な》えた。オビエリカの先祖はきっと欲が深いんだ。でも彼らは浄罪の儀式をやり、生け贄を捧げた。それからンワムバはオビエリカにオコンクウォ一族のところへ娘をもらいにいったらどうかといい、彼がそれを延ばし延ばしにしているうちに、彼女の腰にまた鋭い痛みが走った。そして数カ月後、ンワムバが自分の小屋の後ろに敷いた洗いたてのバナナの葉のうえに横たわり、力いっぱいいきんだら赤ん坊がするりと外へ出てきた。

赤ん坊にはアニクウェンワという名をつけた。大地の神アニがついに子どもを授けてくれた、という意味だ。色の黒い、がっしりした体格の子で、オビエリカの楽天的な好奇心を受け継いでいた。オビエリカは子どもを薬草摘みや、ンワムバの陶器用粘土の採集や、農園へヤムイモの蔓《つる》ひねりに連れていった。いとこのオカフォとオコイェが頻繁《ひんぱん》にやってきた。アニクウェンワがとても上手に笛を吹いたり、父親が教える詩をあっというまに覚えたり、レスリングの動きを習得するようすに、彼らはひどく感心した。でもンワムバには、その笑みのなかに隠しきれない悪意が燃えているのがわかった。彼女は夫とちいさな子どものことを心配していたため、オビエリカが死んだとき——急にくずおれる直前まで、上機嫌に食べ、大声で笑い、ヤシ酒を飲んでいたのだ——彼らが呪物を使ってオビエリカを殺したのがわかった。ンワムバは亡骸《なきがら》にすがりついて離れず、とうとう近所の人から平手打ちを食らって引き離された。何日も冷たい灰のなかに横たわり、髪がまだらに抜け落ちるまで引きむしった。オビエリカの死は彼女を終わりのない絶望へ追いやった。十人の子どもを次々となくした女のことが、たびたび脳裏に浮かんできた。裏庭に出てコーラの木で首を吊ったのだ。でもンワムバはそんなことをするつもりはなかった。アニクウェンワがいたからだ。

あとになって彼女は、いとこたちに対して、予言者の前でオビエリカの「ムミリ・オズ」を飲むよう主張すればよかったと思った。以前、ある裕福な男が死んだとき、家族がその宿敵に彼の「ムミリ・オズ」を飲むよう主張したのを目撃したことがあったのだ。ンワムバが見たのはこうだ。未婚の女性が一枚の葉をカップ状にして水を満たし、厳かにことばを述べながら、死者の身体にそれを接触させ、被疑者の男にその水をあたえた。男は飲んだ。飲み込んだことをだれもが確認した。あたりはしんと静まり返った。男に罪があれば死ぬとわかっていたからだ。数日後に男は死に、その家族は恥ずかしさに頭《こうべ》を垂れた。奇妙なことにンワムバはその一部始終に心を揺さぶられたのだ。それをオビエリカのいとこにやるよう主張すべきだったのに、そのときは悲嘆のあまりなにも見えなくなって、オビエリカは埋葬されてしまい、手遅れになっていた。

いとこたちが葬儀のあいだにオビエリカの象牙《ぞうげ》を、称号の象徴は息子ではなく兄弟へ行くものだと主張して持ち去った。納屋にあったヤムイモをすっかり運び去り、柵内の山羊《やぎ》も連れ去ろうとしたとき、ンワムバは彼らに立ち向かって、大声をあげて止めようとした。彼らがそれを払いのけたとき、ンワムバは夜になるのを待ってから、彼らの不正について、彼らが未亡人を欺いて土地のうえに山積みにしている醜態について、歌いながら氏族の家々をまわったために、ついに長老たちがンワムバのことには手を出すなと彼らに申し渡した。ンワムバが女たちの集まりで不服を訴えると、二十人の女たちが夜オカフォとオコイェの家へ出かけていって、すりこぎを振りかざし、彼女のことに手を出すなと警告した。オビエリカの同年齢組[*1]の仲間もまた、ンワムバのことに手を出すなと伝えた。でも彼女は、あの貪欲ないとこたちはやめないだろうと思った。彼らを殺すことを夢想した。もちろんできた——働きもせずにオビエリカのまわりをうろついていたようなへなちょこたちだ——でもそうなると当然、自分は追放されて息子の面倒をみる者がいなくなる。そこでアニクウェンワを遠くまで連れ出して、あのヤシの木からあのプランテーンの木までの土地は自分たちのものであり、おまえの祖父がおまえの父親に相続させたものだと教えた。おなじことをくり返し、くり返し、息子がうんざりして困り果てた顔になってもいってきかせ、自分が見張っていないかぎり、決して息子を外に出して月明かりの下で遊ばせなかった。[*2]

アヤジュが交易の旅から別の話をもち帰った。オニッチャの女たちが白人のことでぼやいていたという話である。かつては白人の交易所を歓迎したものの、いまでは白人たちが商売の仕方をああしろこうしろと指図したがり、オニッチャの一氏族であるアグエケの長老たちが白人たちの紙に拇印《ぼいん》を捺《お》すのを拒否すると、白人たちが夜中にやってきて、ふつうの男たちの手を借りて村を壊滅させた。なにも残らなかった。ンワムバには理解できなかった。その白人たちはいったいどんな銃をもっていたんだろう？　アヤジュは笑って、彼らの銃は自分の亭主がもっている錆《さ》びた古い銃とはわけがちがうといった。いろんな氏族を訪ねて親に子どもを学校へよこすよういう白人もいて、彼女は息子のアズカをやることにしたという。畑に出ても、ただのらくらして仕事をしない息子だった。アヤジュはすでに尊敬を集めて小金も貯まってはいたが、奴隷の子孫だったために息子には称号を得る資格がなかった。彼女はアズカにあの異人たちのやり方を学ばせたがった。というのも人が人を支配するのはよりすぐれているからではなく、より上等な銃をもっているからで、結局、自分の氏族がンワムバの氏族とおなじようにちゃんと軍備を整えていたなら、父親は奴隷として連行されることなどなかったのだ、といった。ンワムバは友だちの話を聞きながら、白人の銃でオビエリカのいとこを殺すことを夢想した。

白人たちが彼女の氏族のところへやってきた日、ンワムバは竈《かまど》に入れる寸前の壺をその場に残して、アニクウェンワと弟子の娘たちを引き連れて広場へ急いだ。ふたりの白人がごくありきたりな外見をしているので、最初はがっかりした。とても危害を加える

＊1　共同体の正式な一員になるため、男女別に受ける成人儀礼の仲間で、生涯強いつながりをもつ。
＊2　月の出る夜は子どもたちが外へ出て大勢で遊ぶ習慣があった。
＊3　ンワムバの目から見たふつうの男、つまり黒い肌の男のこと。

とは思えない、白子《アルビノ》のような肌をして手足もきゃしゃで細い。同伴者はふつうの男たちだったが、どこか見慣れぬ感じもあって、ひとりだけ奇妙ななまりのイボ語を話した。彼がいうには、自分はエレレの出身で、ほかのふつうの男たちはシエラレオネの出身で、白人たちは遠い海の向こうのフランスから来たという。全員が聖霊教会の信徒だった。一八八五年にオニッチャに到着し、学校と教会を建てているところだった。ンワムバが最初に質問した――もしかして銃をもってきたのだろうか、アグエケの民を滅ぼしたときに使われた銃だけれど、それを見せてもらえるだろうか？　男は浮かない顔で、村々を滅ぼしたのは英国政府と王立ニジェール会社の商人たちが雇った兵隊で、自分たちは逆に、良いニュースをもってきたのだといった。彼は自分たちの神について語り、その神がこの世に死ぬためにやってきたこと、息子はいるが妻はいないこと、その神は三つの存在でありながら唯一の存在であることを語った。ンワムバのまわりにいた者の多くが声をあげて笑った。その場から立ち去る者もちらほらいたのは、白人は知恵者だと想像していたからだ。残った者たちが器に冷たい水を入れて差し出した。

数週間後にアヤジュがまた別の話をもってきた。白人たちがオニッチャに裁判所を設けて争いごとを裁くという。彼らは本当にやってきて滞在していた。初めてンワムバは友だちのいうことに疑問を抱いた。たしかオニッチャの人たちには自前の裁判所があるはず。たとえばンワムバの隣りの氏族も、自前の裁判所を開いているじゃないか、でもそれは新ヤムイモの祭りのあいだだけだから、人びとが正義を待ち望んでいるあいだに恨みつらみがどんどん大きくなった。馬鹿げた制度だとンワムバは思ったけれど、とにかく、だれもがひとつは裁判所をもっているのは間違いないのだ。アヤジュがまた大笑いして、ンワムバに、上等の銃をもっている者が支配するんだよ、自分の息子はすでにこの異人方式を学んでいるところで、アニクウェンワもそうしたほうがいいといった。ンワムバは拒んだ。たったひとりしかいない、大事な息子を白人に譲り渡したほうがいいなんて、どれほど彼らの銃がすぐれていたとしても考えられないことだった。

それから数年のあいだに三つの出来事が起きて、ンワムバの心が変わった。まず最初に、オビエリカのいとこたちが広い土地を分捕り、長老たちには彼女のために自分たちが耕しているのだ、あの女は彼らの死んだ兄弟を去勢して、求婚者がやってくるのに、自分の胸がまだまるいのに、いまだに再婚するのを拒んでいるといったのだ。長老たちは彼らに味方した。ふたつ目はアヤジュが、土地をめぐる訴えを白人の裁判所に持ち込んだふたりの男たちの話をしてくれたことだ。ひとり目の男は嘘《うそ》つきのくせに白人のことばが話せたが、ふたり目の男は土地の本当の持ち主だったのに白人のことばが話せなかったので裁判に負けて殴られ、捕われ、自分の土地を諦《あきら》めるよう命じられたという。三つ目は、イロエブナムという少年の話である。何年も前に忽然《こつぜん》と姿を消したこの少年が、あるとき大人になって突然あらわれ、残されていた母親は息子の話を聞いてショックのあまり口がきけなかったという。少年の父親の同年齢組の集まりで、その父親からよく怒鳴られていた隣人が、母親が市場に出ているすきに少年を誘拐してアロの奴隷商人のところに連れていった。商人は少年を見るなり、脚の傷のせいで売値が下がると文句をつけた。それから少年はほかの者たちといっしょに手首を縛られ、人間の長い鎖のようにつながれて、もっと速く歩けといわれて棒で殴られた。女はひとりしかいなかった。女は声をからして誘拐者たちに叫んだ。人でなし、あたしの霊がおまえらとおまえらの子どもたちをさんざん苦しめてやる、あたしは白人に売られるんだろ、白人の奴隷制度はこんなんじゃないよ、みんな山羊みたいに扱われて、大きな船に乗せられて遠くまで連れていかれて、しまいには食われてしまうんだ、それがわからないのかい？　イロエブナムは歩いて、歩いて、歩いて、足から血が流れ、身体は感覚がなくなっても、ときどき口にわずかな水を垂らしてもらうだけだった。そのときのことであとから思い出せたのは埃《ほこり》の臭いだけ。そしてついに海岸の氏族のところへ着いた。そこではひとりの男がほとんど理解不能のイボ語をしゃべったが、イロエブナムにはもうひとりの男のいうことはちゃんと理解できた。その男は誘拐された者たちを船上の白人に売る役をやらされていて、船に乗り込み、白人たちと値段の交渉をしていたが、彼自身もまた誘拐された人間だった。大声で言い争い、小競り合いがつづいた。誘拐された者のうちのだれかがロープをぐいっと引っ張ったのでイロエブナムは気を失った。意識を取りもどすと、白人が彼の足に油を擦《す》り込《こ》んでいる。最初はぞっとした、てっきり白人に料理されて食われると思ったのだ。でもそれはちがう種類の白人、奴隷を自由の身にしてやるために買いつける伝道者で、イロエブナムを自分の家に連れていって住まわせ、キリスト教の伝道者に仕立てあげたのだ。

イロエブナムの話がンワムバの頭から離れなかった。というのは、これこそ間違いなく、オビエリカのいとこたちが息子を追い払うために使いそうな手だと思ったからだ。殺すのは危険すぎる、予言者から下される災厄が大きすぎる、しかし、彼らに自分を保護する強力な呪物がありさえすれば、息子を売り飛ばすことは可能だ。イロエブナムがしゃべっているうちに、ときどき白人のことばになることにも衝撃を受けた。鼻にかかった音の混じる、むかつくことば。ンワムバ自身はそんなものは金輪際しゃべりたくなかったけれど、彼女は突然、意を決した。アニクウェンワがそれをうまくしゃべるようになって、白人の裁判所へオビエリカのいとこたちと出向いて彼らを打ち負かし、自分のものを統括できるようにしようと思ったのだ。そこで、イロエブナムが帰ってきてほどなく、ンワムバはアヤジュに、息子を学校に連れていきたいといった。

まず英国国教会の伝道所へ出かけていった。教室では男子より女子のほうが多かった。ものめずらしそうに二、三人の男子がパチンコ片手にやってきて、またなんとなく出ていってしまった。生徒たちは膝《ひざ》に石板をのせて、その正面に教師が太い鞭《むち》を手にして立ち、器のなかの水をワインに変えた男の話をしていた。ンワムバは教師の眼鏡に強い印象を受けて、その話に出てくる男は水をワインに変えるための、かなり強力な呪物をもっていたにちがいないと思った。しかし女子たちだけ分けられて女教師が裁縫を教えにやってきたとき、これはばかばかしいと思った。ンワムバの氏族内では女子は陶器を作ることを教わり、裁縫をするのは男子だったからだ。しかし、その学校のことでこれはダメだと彼女を断念させたのは、授業がイボ語で行なわれていたことだ。ンワムバは最初の教師にその理由をたずねた。彼がいうには、もちろん生徒は英語を教わるが——と英語の入門書をかかげて——子どもたちは自分の言語で学ぶのがいちばんで、白人の土地でも子どもたちは自分の言語で教えられているのだといった。ンワムバは背を向けて帰ろうとした。すると教師は彼女の前に立ちはだかり、カトリックの伝道所は厳しいし、先住民の利益をまっさきに考えているわけではないといった。ンワムバはそんな異人たちが面白かった。よそ者の前では身内同士で連帯しているふりをしなければいけないとは全然考えていないようなのだ。でも、ほしいのは英語だったから、その教師の脇をすり抜けて、カトリックの伝道所へ行った。

シャナハン神父は、アニクウェンワは英語名をもたなければいけないといった。異教徒の名で洗礼を受けることはできないという。あっけなく彼女は承諾した。彼女にとって息子の名前はどこまでもアニクウェンワだったから、彼らのことばを教える前に息子に彼女の発音できないものをなにかつけたがっても全然かまわなかった。重要なのは息子が父親のいとこたちと争うためにそのことばを十分身につけることだった。シャナハン神父はアニクウェンワを見た。黒い肌をした筋肉質のこの子は十二歳くらいかな、と思ったものの、ここの人間の年齢を推定するのは難しかった。まだ少年なのに一人前の男に見えることがあったり、東部アフリカとはまるでちがうのだ。以前働いていた東部アフリカの先住民は細身で、紛らわしいほど筋肉隆々ではなかった。神父は少年の頭に水をふりかけながら「マイケル、父と子と聖霊の名においておまえに洗礼を施す」といった。

神父は少年に、本当の神を信ずる者たちは裸で歩きまわらないものだ、とランニングシャツと半ズボンをあたえ、母親のほうにも説教しようとしたが、彼女は神父をものを知らない子どもでも見るように見つめた。彼女にはどこか厄介なほど強引なところがあって、それはここの多くの女たちに彼が感じてきたものでもあった。彼女たちの野性を手なずけられるなら、大いなる制御が可能なのだが。このンワムバは女たちのなかで、すばらしい伝道師になるかもしれない。神父は立ち去る彼女をじっと見ていた。ピンとした背筋には優雅さがあり、ほかの連中とちがって、話の仕方もまわりくどくない。なかなか話の要点へ入らず、堂々めぐりする諺《ことわざ》をだらだら話す女たちにはまったく頭にきたが、ここは絶対うまくやろうと彼は決意した。それこそが聖霊教会の信徒団に自分が加わった理由であり、その特命は黒人の異教徒たちを救済することだったからである。

伝道者たちはなんと見境なく——遅れる、怠ける、のろい、なにもしないといって、生徒たちを鞭打つことか、とンワムバは驚きあきれた。アニクウェンワの話では、一度などルッツ神父が少女の手首に金属の手錠をかけて、ずっとイボ語でしゃべりながら、嘘をつくことについて教訓を垂れたという――ルッツ神父はめちゃめちゃなイボ語で――先住民の親たちは子どもをあまやかしすぎる、福音を教えることはきちんとした規律を教えることでもあるといったのだ。アニクウェンワが初めて家に帰ってきた週末、彼の背中にひどいみみず腫《ば》れができていた。ンワムバは腰のラッパーを巻き直して、学校へ出かけていった。彼女は教師に向かって、息子にまたこんなことをしたら、伝道所の人間の目玉をひとり残らずえぐり出してやると息巻いた。アニクウェンワが学校へ行きたくないのは彼女にもわかっていたので、ほんの一、二年のことだから、英語を覚えるまでのことだからと諭した。彼女は伝道所の人たちから、こんなに頻繁に学校へ来ることはないといわれても、がんこに週末になると学校へ出向いて、アニクウェンワを連れ帰った。アニクウェンワはいつも、伝道所の敷地を出ないうちから制服を脱ぎ捨てた。半ズボンとシャツは汗をかくので好きではなかったし、布が脇の下でむずむずしたのだ。老人みたいにおなじ教室にいるのも、レスリングの試合を見逃すのも嫌だった。

アニクウェンワの学校への態度が徐々に変わったのは、たぶん、氏族のなかに持ち込まれた服が感嘆の目差しを集めることに気づきはじめたせいかもしれない。ンワムバが初めてそれに気づいたのは、村の広場をいっしょに掃除していたほかの少年たちが、アニクウェンワに、学校へ行っているからもう掃除をしないのかと文句をいったときで、彼が英語でなにか切れのいいことばをピシッというと彼らは黙ってしまい、ンワムバはにんまりしたくなるような誇りを感じた。しかしその誇りは、息子の目から好奇心が消えたことに気づいたとき、漠然とした不安に変わった。彼のなかに見慣れぬ重苦しさが生じていた。あたかも、この世の背負いきれない重さに自分は耐えているのだと突然悟ったかのようだった。長いあいだものを凝視した。母親の料理を食べなくなった。偶像に供えられたものだから、だそうだ。母親に向かって、ラッパーを腰ではなく、胸のまわりに巻くようにというようになった。裸は罪深いからだという。彼女は息子を見つめ、その真剣さがおかしかったが、それでも心配になって、なんでいまごろ、母親が裸だと気づくようになったのかとたずねた。

イマ・シムオ（成人儀礼）を受けるときがやってくると、自分は参加しない、あれは異教的儀式で、男子がスピリットの世界に新たに参入するためのものだからと言い出した。そんな風習はもうやめなければいけないとシャナハン神父がいっていたという。ンワムバは息子の耳をぐいっと引っ張り、いつ風習をやめるかを異人のアルビノが決めることはできないんだから、氏族が成人儀礼はもうやらないと自分たちで決めないかぎり、おまえはちゃんと参加するんだ、それとも、わたしの息子をやめて、白人の息子になったのかい、どうなのさ、といった。アニクウェンワはしぶしぶ承諾したが、少年たちのグループといっしょに連れていかれるとき、彼らのように興奮していないことに気づいた。息子の悲しそうなようすに彼女は悲しくなった。息子が彼女のもとから逃げていくような気がしたが、それでも息子はこんなにたくさん学んでいるんだから、裁判の通訳か、代書屋にはなれるだろうと誇らしかった。ルッツ神父の助けで、彼はすでに自分たちの土地が彼と母親のものであることを示す書類を持ち帰っていたのだ。いちばん誇らしかった瞬間は、息子が父親のいとこ、オカフォとオコイェのところへ行って父親の象牙を返してくれといったときだ。彼らは象牙を返してよこした。

ンワムバは息子がいまでは彼女の知らない精神世界に住んでいることを知っていた。ラゴスに行って教師になる勉強をするというので、どうしてわたしを置き去りにできるんだい？　わたしが死んだらだれが埋葬するのさ？　と大声で叫んだが、彼が行ってしまうことはわかっていた。何年も息子に会わなかった。そのうち父親のいとこのオカフォが死んだ。彼女は何度も予言者のところへ行って、アニクウェンワが生きているかどうか助言をもとめた。ディビアは彼女をたしなめて追い返した。もちろん生きていたからだ。ようやくアニクウェンワが帰ってきたのは、一匹の犬がンマンガラ同年齢組のひとりを殺したために氏族がすべての犬を追い払うことにした年で、この同年齢組は、アニクウェンワがそんなことは悪魔的だなどといわなければ、彼もまた属していたはずの同年齢組だった。

新しい伝道所の伝道師に任命されたと息子から告げられたとき、ンワムバはなにもいわなかった。手のひらでアグバ（剃刀）を研いで、小さな女の子の髪のなかに模様を剃り込んでやるところだったから、そのままシュッ、シュッ、シュッと作業を続けた。アニクウェンワのほうは氏族内で勝利をおさめつつある魂について語っていた。息子のために出したブレッドフルーツの種の皿は手つかずで――彼はもう母親の料理をいっさい食べなかった――ンワムバは息子を、このズボンをはいて首にロザリオを巻いた男を見て、彼の運命に対して自分は余計な手出しをしてしまったのだろうかと考えた。これが息子のチが息子のために定めたものなのだろうか？　奇怪なパントマイムを勤勉に演じる人物みたいに見えるこんな人生が？

息子が結婚するという女のことを打ち明けた日、ンワムバは驚かなかった。彼はしきたり通りにはやらず、花嫁の家族についてだれかに相談することもなく、ただ伝道所のだれそれがイフィテ＝ウクポ出身の若い女がぴったりだというので、そのぴったりの若い女がオニッチャの聖ロザリオ会修道女たちのところへ連れられていき、良きキリスト教徒の妻になるにはどうすればいいかを学ぶことになるといっただけだった。マラリアに罹《かか》ってその日寝込んでいたンワムバは、泥でできた寝台に横たわり、痛む関節をもみながら、アニクウェンワにその若い女の名をたずねた。アグネス、と彼は答えた。ンワムバは若い女の本当の名をきいた。息子は咳払《せきばら》いして、キリスト教徒になる前はムベケと呼ばれていた、というのでンワムバは、よしんばおまえが氏族の婚儀を執り行なわないとしても、ムベケはせめて告白の儀式は済んでいるのだろうねときいた。彼は激しく首をふり、女が結婚前に親戚の女たちに囲まれて、夫となる男が関与を認めてからはだれとも寝ていないと誓う告白は罪深い、なぜならキリスト教徒の妻は結婚前にいっさいだれとも寝てはいけないからだといった。

教会で行なわれた結婚式は吹き出しそうなほど珍妙だったが、ンワムバは黙って耐えた。もうすぐ自分は死んでオビエリカのそばに行き、どんどんわけのわからなくなるこの世から解放されるのだから、と自分に言い聞かせた。彼女は息子の妻を絶対に好きにならないと決心したが、ムベケを嫌うのは難しかった。腰の細い、物腰のやわらかな女で、結婚した男を喜ばせよう、みんなを喜ばせようと心を砕き、あっけなく泣いて、自分の力のおよばないことにもごめんなさいと謝るのだ。というわけでンワムバは、逆に、彼女がかわいそうになった。ムベケは目に涙を溜めてよくンワムバのところへやってきた。アニクウェンワが腹を立てて食事しない、とか、英国国教会は真実を説教しないからその信徒である友だちの結婚式に出てはいけない、といわれたといってムベケがおいおい泣くあいだ、ンワムバは、涙を流すほどでもないことで泣く女をどうしたものかと戸惑いながら、黙って陶器の表面に模様を刻みつづけた。

ムベケは「奥さま《ミサズ》」と呼ばれていた。キリスト教徒ではない人からもそう呼ばれた。伝道師の妻は尊敬されていたからだ。ところがある日オイの小川に出かけたとき、彼女がキリスト教徒であることを理由に服を脱ぐのを拒んだために、氏族の女たちが、よくもまあ女神に対して無礼なことをと激怒して、ムベケを殴り、林のなかに置き去りにした。そのニュースはまたたくまに広まった。「奥さま」が嫌がらせを受けたのだ。アニクウェンワは、もし妻がふたたびこのような扱いを受けたら、長老たち全員を閉じ込めることも辞さないと威嚇《いかく》したが、オドネル神父は次にオニッチャの本部から巡回してきたとき、長老たちを訪ねてムベケの代わりに謝罪し、ひょっとしてキリスト教徒の女たちは服を着たまま水を汲《く》むことを許してもらえないだろうかと願い出た。長老たちは、もしもオイの水がほしいのなら、オイの決まりに従わねばならないといってそれを拒んだ。とはいえ彼らはオドネル神父に対しては慇懃《いんぎん》で、神父も長老たちのことばに耳をかたむけ、彼らの子息アニクウェンワのように振る舞うことはなかった。

ンワムバは息子のことを恥じて、その妻に苛立《いらだ》ちをつのらせ、非キリスト教徒を天然痘患者のように扱う彼らの空虚な生活に腹を立てたが、それでも孫が生まれることに希望をつないだ。ムベケに男の子が生まれますようにと祈り、捧げ物をした。そうすればオビエリカが再来し、うわべだけでもこの世に意味がもどってきそうだったから。ムベケの一度目の流産のことも二度目の流産のことも彼女は知らなかった。ムベケがすすり泣き、鼻をかみながら彼女に打ち明けたのは、三度目の流産のあとだった。みんなで予言者のところへ相談に行かなければ、これは家族の不幸なんだから、とンワムバがいうと、ムベケの目が恐怖に見開かれた。予言者に相談に行くなんて、マイケルが耳にしたらそれだけでかんかんに怒るだろう。マイケルがアニクウェンワだといまだにピンとこないンワムバは、ひとりで予言者のところへ相談に行き、帰ってきてから、神さまたちまで変わってしまい、いまじゃヤシ酒よりもジンがお好みだなんて、ばかばかしいったらありゃしないと思った。神さまも改宗したのかねえ？

数カ月後、ムベケがにこにこ笑いながら、およそンワムバの口に合わない例の調合物を持って訪ねてきた。ンワムバには自分のチがまだしっかり目覚めていることも、義理の娘が妊娠していることもはっきりとわかった。アニクウェンワはムベケにはオニッチャの伝道所で赤ん坊を産ませるといったが、神々の計画はいささか異なり、ある雨の午後にムベケは早産した。使いの者が篠突《しのつ》く雨のなかを走ってンワムバの小屋まで知らせにきた。男の子だった。オドネル神父が洗礼を施してピーターと名づけたが、ンワムバはその子をナムディと呼んだ。オビエリカの再来だと思ったからだ。赤ん坊に歌を歌ってやり、泣いたときは干上がった自分の乳首を口に含ませたが、努力のかいもなく、夫オビエリカの格調高いスピリットは感じられなかった。ムベケはさらに三度流産し、ンワムバは何度も予言者のところへ相談に行って、ようやく妊娠が安定してふたり目の赤ん坊が生まれた。今度はオニッチャの伝道所でのことだった。女の子だった。腕に抱いた瞬間から赤ん坊が目をきらきらさせてじっとンワムバを見つめたので、オビエリカのスピリットがもどってきたことがわかった。おかしなもんだ、女の子のなかにもどってくるとは、と思ったけれど、先祖のなさることをだれが予見できる？　オドネル神父が彼女に洗礼を施してグレイスと名づけたけれど、ンワムバはアファメフナと呼んだ。「わたしの名前が失われることはないだろう」という意味だ。その子が彼女の陶器や物語にとても真剣に興味をもつことにわくわくしながら、十代の娘の真剣な目差しのもとで、ンワムバは震えはじめた手で陶器作りに奮闘した。でも、アファメフナが遠くの中等学校へ行くと聞いても心躍らなかった（ピーターはすでにオニッチャの神父たちのもとで暮らしていた）。なぜなら、寄宿学校での新生活が孫娘の不屈のスピリットを消滅させて、代わりに、アニクウェンワのような硬直した無関心に、あるいは、ムベケのような弱々しい無力感に置き換えてしまうのではないかと心配だったからだ。

アファメフナがオニッチャの中等学校へ行ってしまった年、ンワムバは、月のない夜はランプの灯が吹き消されてしまったような気分だった。その年は、まだ午後も早い時刻だというのに突然、大地に闇が降りるような奇妙な年で、ンワムバは関節にしつこい痛みを感じ、自分の最期が近いことを知った。苦しさにあえぎながらベッドに横たわっていると、アニクウェンワが、キリスト教の葬式が執り行なえるよう洗礼を受けて聖油を塗らせてほしい、異教徒の儀式に自分は出席できないのだから、と彼女に懇願した。ンワムバは、だれであれ、そんな汚らしい油を彼女に塗ったりしたら、最後の力を振り絞ってひっぱたいてやる、と息子にいった。先祖のところへ行く前に、アファメフナにひと目会いたい、それが彼女のたっての願いだったが、アニクウェンワは、あの子は学校で試験を受けているから家には帰れない、とにべもなく答えた。だが彼女はやってきた。ンワムバには小屋の扉がギーッと開くのがわかった。アファメフナがそこにいた。自力でオニッチャから帰ってきた孫娘がそこにいたのだ。何日も眠れなくて、自分のスピリットが家に帰るようずっと催促したのだという。グレイスは学校鞄を下に置いた。

なかには七年間、彼らのもとで暮らすウスターシャー出身の行政官が書いた一章「南部ナイジェリアの未開部族の平定」を含む教科書が入っていた。奇妙で無意味な風習によって性的に興奮するこの野蛮人のことを自分とは無関係だと思って読んでいたグレイスは、やがて、教師のシスター・モリーンに、祖母から詩だと教えられたコール・アンド・リスポンスは詩とはいえない、なぜなら未開の部族は詩をもっていないからだと教えられることになった。そこでグレイスはげらげら笑い、シスター・モリーンが彼女を閉じ込めて父親を呼び出したため、父親は自分の子どもをきちんとしつけるところを示すために教師の前でグレイスをひっぱたくことになった。グレイスは父親に何年も深い軽蔑感《けいべつかん》を抱きつづけ、休日は、聖人ぶって揺るぎなき自信を示す両親や兄を避けてオニッチャでメイドとして働くようになった。やがて中等学校を卒業したグレイスはアグエケの小学校で教えはじめ、そこの住人たちから白人の銃で何年も前に村が滅ぼされた話を聞かされたけれど、それを信じていいかどうか判断しかねたのは、ニジェール川からパリパリの札束を持った人魚があらわれた話も聞かされたからだ。やがてグレイスは一九五〇年にイバダン大学のカレッジに通う希有な女子学生のひとりとなって、友人の家でお茶を飲みながらミスター・グボイェガの話を聞いたあと、専攻を化学から歴史へと変更することになった。卓越したミスター・グボイェガはチョコレート色の肌をしたナイジェリア人で、ロンドンで教育を受けた英帝国史の著名な専門家だったが、西アフリカ試験協議会がカリキュラムにアフリカ史を加えることを議論しはじめると、それを嫌って退官した、というのも、アフリカの歴史が議題になると考えただけで虫酸が走ったからだ。やがてグレイスは長いあいだこの話をとても悲しい気持ちであれこれ考えることになり、それが、教育と尊厳の関係や、書物に印刷されたハードで明白なものと人の魂に宿るソフトで繊細なものとの関係を明らかにすることへと彼女を向かわせることになった。グレイスはそれから自分が受けた学校教育について考え直すようになったのだ――どうして全英祝日[*1]には元気いっぱい「神よ、われらが慈悲深い王を祝福したまえ。彼に勝利と、幸福と、栄光をもたらしたまえ。われらを末長く治められんことを」と歌ってきたのだろう？　どうして教科書の「壁紙」とか「タンポポ」といった語から具体的に思い描けるものがなくて困ったのだろう？　どうして混合物に関する算数の問題が解けずに苦労したのだろう？　だって、コーヒーってなに？　チコリってなに？　どうしてそれを混合しなければならないの？　グレイスはやがて父親の学校教育についても再考するようになって、そこで急いで父親に会うため家に帰ると、彼の目が老齢のためにうるんでいて、彼女は手紙をすべて無視して受け取らなかったと告げて、父親が祈りを唱えるとアーメンといって彼の額にキスすることになった。グレイスはやがて車でアグエケを通って帰る途中、滅ぼされた村のイメージに取《と》り憑《つ》かれるようになって、ロンドンへ、パリへ、オニッチャへ出かけていってアーカイブの黴《かび》臭《くさ》いファイルをくって、祖母の世界の生活や匂いを想像し直し、『銃弾による制圧、取

＊1　ヴィクトリア女王の誕生日が発端となったイギリス帝国の祝日で、現在のコモンウェルスの日。

りもどされた南部ナイジェリアの歴史』という本を書くことになった。グレイスはやがてその本の初期原稿をめぐり、フィアンセであるジョージ・チカディビアと話をするうちに――そのフィアンセはラゴスのキングズ・カレッジの恰好いい卒業生で、エンジニアになるはずの、三つ揃いのスーツを着た、ボールルームのダンスの花形で、ラテン語のないグラマースクールは砂糖を入れないお茶みたいなものだというのが口癖の人物で――彼が、きみは米ソ間の緊張におけるアフリカ同盟といった価値あるトピックではなくプリミティヴな文化のことを書くなんて見当違いをしているといったとき、この結婚は長続きしないなと察することになった。彼らは一九七二年に離婚することになったが、それはグレイスが四度も流産に苦しんだからではなく、ある夜、寝汗をかいて目覚めて、これ以上ケンブリッジの日々をうっとりと語りつづける夫の独り言を聞かされると彼を絞め殺しかねないと悟ったからだった。グレイスはやがて学部の賞を受賞し、南部ナイジェリアに住むイジョー人とイビオ人とイボ人とエフィク人に関する会議で、いかめしい顔をした人たちに向かって語り、また、国際的組織のために良識あることがらについて報告書を書き、といってもそれで十分なお金を払ってもらったわけではないけれど、自分の祖母がそれを見て心底、嬉しそうにくすくす笑っているところを想像することになった。グレイスはやがて、晩年、数々の賞を受賞して友人や比類なきバラ園に囲まれながら、自分の人生が根無し草だという奇妙な感覚に襲われてラゴスの裁判所へ出向き、名前をグレイスからアファメフナへと正式に変更することになった。

しかしその日のグレイスは、暮れなずむ光のなかで、祖母のベッドの傍らに座りながら、まだ自分の未来を予期することはなかった。長年にわたる陶器作りで手のひらが肥厚した祖母の手を、ひたすら握っていたのだった。

訳者あとがき

切なさと繊細《せんさい》さをにじませながら、登場人物の心のひだを絶妙なタッチで描いて、読者を物語の内部へぐいぐい引き込んでいく、それがチママンダ・ンゴズィ・アディーチェの作品のきわだった魅力だ。矢継《やつ》ぎ早《ばや》に発表された短篇でO・ヘンリー賞など名のある賞を次々と受賞し、二〇〇三年に初長篇『パープル・ハイビスカス』を発表した。「わたしが書くことを選んだのではなく、書くことがわたしを選んだといいたい気持ちです」と語ったのはその直後で、この才能は天性のものとしかいいようがない。

チママンダというファーストネームはイボ語で「わたしの守り神《チ》は倒れない」という意味だという。その名の通り〇七年には、ビアフラ内戦を舞台にした長篇『半分のぼった黄色い太陽』でオレンジ賞を最年少で受賞するめざましい活躍ぶりだ。〇九年に本書『なにかが首のまわりに』を刊行して、一三年には長篇『アメリカーナ』でアフリカ人作家として初の全米批評家協会賞を受賞するという快挙をなしとげた。作品はすでに三十以上の言語に翻訳されている。

プロフィール

チママンダ・ンゴズィ・アディーチェは一九七七年九月十五日、ナイジェリア南部の町エヌグで、イボ人であるジェームズ・ンオイェ・アディーチェとグレース・イフェオマ・アディーチェの六人の子どもの五人目として生まれる。父親はナイジェリア初の統計学教授でナイジェリア大学副学長代理をつとめた人、母親も女性として初めて大学の学務部長になった経歴の持ち主だ。

スッカで初等中等教育を受けて、ナイジェリア大学で医学と薬学を学んだが、理系の学問は自分には向いていないと進路を変更。十九歳で奨学金を得て米国に渡り、フィラデルフィアのドレクセル大学、イースタンコネティカット州立大学でコミュニケーション学と政治学を学ぶ。近くで診療所を開いていた姉イジェオマの家に住み、子どもたちの世話や料理など家事を手伝いながら、夜になると作品を書いていたという。そのときの体験が短篇「先週の月曜日に」や長篇『アメリカーナ』に出てくる。〇一年に最優秀で学部を卒業したのち、ジョンズ・ホプキンズ大学クリエイティヴ・ライティング・コースへ進み、修士号を取得。さらにイェール大学大学院で、植民地化される前のイボ人女性についてその歴史や文化を学んで、ふたつ目の修士号を取得する。このころ天才奨学金といわれるマッカーサー基金フェローシップを授与され、ハーヴァード大学ラドクリフ研究所のフェローにも選ばれて『アメリカーナ』を書き終える。

話の上手さには定評があり、「わたしはストーリーテラーです」と始まる〇九年のTEDトーク「シングルストーリーの危険性」で、たったひとつの物語はステレオタイプを形成する危険に満ちている、と自分の体験もまじえてユーモラスに語って喝采をあびた。三年後のTEDトーク「男も女もみんなフェミニストでなきゃ」では、男であれ女であれ、ジェンダーのことにはいまも問題があるから改善しなければ、と思う人すべてがフェミニストだと述べて、「フェミニスト」という語のイメージを塗り替えた。このトークの一部をビヨンセが自由に挿入したり、クリスチャン・ディオール初の女性クリエーターがTシャツに使ったりして、アディーチェは一躍世界のメディアから脚光をあびるようになっていった。

面白いエピソードをご紹介しよう。大学町スッカで一家が住んだ家は「アフリカ文学の父」といわれる高名な作家チヌア・アチェベが住んでいた家で、階段の大きな手すりを弟とすべり台にして遊んだという。また、小学生のころ家族と初めてアメリカを訪ねたとき、マイケル・ジャクソンが着ていたジャンパーとおなじものを買ってもらってナイジェリアへ持ち帰った。ジャンパーは学校でも大人気で、だれもが「着てみていいか」ときいた。もちろんアディーチェ自身はそのジャンパーをぼろぼろになるまで着たそうだ。

いまはナイジェリアのラゴスと米国ボルティモアを行ったり来たりしながら暮らして

いて、三十一歳のときに発表した本書には十二の短篇がおさめられている。グローバル化する世界で人が移動し、出会い、価値観がすれ違い、苦悩し、自分をとりまく世界を再発見、リセットする人びとの姿が細やかに描かれている。親子、夫婦、兄妹など、さまざまな人間関係を描くどの物語からも、登場人物がリアルな表情をもって立ち上がってきて、読者にとって未知の世界を一気に身近なものに感じさせる、そこがこの作家の最大の魅力だろう。

この短篇集の成り立ち

本書の原著である短篇集『なにかが首のまわりに』と、日本語版の二冊の短篇集との関係を見ておきたい。原著短篇集が出たのは〇九年だが、日本ではその前後に『アメリカにいる、きみ』（〇七年）と『明日は遠すぎて』（一二年）が出ている。日本の読者にはまず短篇作品で、心にしみる心象風景をしたたかに描き出すこの作家の筆の運びを楽しんでもらおうと、独自に短篇集を編んだのだ。みずみずしい十篇をおさめた『アメリカにいる、きみ』への反響は予想以上で、一〇年に長篇『半分のぼった黄色い太陽』の訳書が出て作家が来日、メディアでも大きく取り上げられてアディーチェの名が広く知られるようになった。それを追いかけるように出た第二短篇集『明日は遠すぎて』には、本書『なにかが首のまわりに』からの六篇と新作四篇が加わった。

アディーチェが英語圏で新進気鋭の作家として注目されるようになったのは、短篇を矢継ぎ早に発表しはじめたころだ。〇二年に短篇「アメリカにいる、きみ」（のちの「なにかが首のまわりに」）がアフリカン・ブッカーの異名をもつケイン賞の最終候補に選ばれ、複数のアンソロジーに再録された。インタビュー記事もあちこちに載って新星アディーチェは日の出の勢いだった。それが初の長篇小説『パープル・ハイビスカス』の出版へつながった。この作家が着実な物語展開のなかに繊細かつ絶妙な心理描写を織り込む短篇の名手であることは「アメリカ大使館」などからも伝わってくるが、英語圏文学では一般に長篇によって評価が定まることが多く、アディーチェもまた二冊の長篇『パープル・ハイビスカス』（コモンウェルス初小説賞）と『半分のぼった黄色い太陽』（オレンジ賞）で高い評価をえたのちに短篇集を出した。

というわけで、本書は〇九年に出た短篇集の翻訳であると同時に、それと前後して日本で出た二冊の独自版からのベストセレクションということになる。

では、本書におさめられた十二の短篇を見ていこう。

「セル・ワン」——初出は〇七年の「ニューヨーカー」。ナイジェリアのスッカを舞台に、母親に溺愛されて育った兄がカルトメンバーと誤認されて逮捕される姿を、妹がクールな目で語る物語。恵まれた環境で育った子どもと親の関係を批判を込めて描いているせいか、家族から不満が出て、仕上げるのに二年半もかかったと作家は語っている。

「イミテーション」——〇三年発表の作品で、米国とナイジェリアで事業を展開する裕福な男性と結婚した女性の話。結末部分が最初のバージョンとかなり異なる。妻や子どもを米国に住まわせておいてナイジェリアでは別の女とつきあっている夫に妻がまっすぐ向き合おうとする姿勢が書き込まれているのだ。そこにアディーチェの成長と自信がかいま見える。

「ひそかな経験」——〇二年にまず「スカーフ」として発表され、二年後に「ひそかな経験」として書き直された。多民族国家ナイジェリアが直面する問題があぶりだされる作品には、フラッシュフォワードの手法が多用されている。ハウサ民族とイボ民族、イスラム教徒とキリスト教徒といった二項対立を避けて、あくまで個人的な体験を通して絡み合う現実を描こうとする意欲作だ。

「ゴースト」——〇四年発表。ビアフラ戦争の後日譚を思わせる短篇で、統計学教授だった作家の父親がモデルのようだ。ナイジェリアの大学事情や偽薬の問題がさらりと描かれている。「戦争と忘却」について述べる最終部分は身につまされる。

「先週の月曜日に」——〇七年に「グランタ」98号に発表された作品。十九歳で渡米して大学に通いながらベビーシッターをしたアディーチェの体験が顔を出す。キッチンでつま先をぶつけたカマラの足に少年ジョシュがキスするシーンは実体験にもとづいている、と作家自身が来日時に語っていた。ナイジェリアからの移民カップルの暮らしぶりと対照的なアメリカ中産階級の子育てをちょっぴり皮肉った作品で、最近テレビドラマにもなった。

「ジャンピング・モンキー・ヒル」――〇六年の「グランタ」95号が初出。南アフリカのリゾートで開かれた文学ワークショップを描くエッジのきいた作品で、「アフリカ」に対するヨーロッパ白人のステレオタイプな視線と性差別的なパターナリズムを痛烈に、ユーモアをまじえて描き出す。アフリカ諸国から参加する作家たちの個性ゆたかで微妙な立ち位置も生き生きと描かれている。この短篇集のなかで作家の実体験にもっとも近い作品だそうだ。

「なにかが首のまわりに」――まず「アメリカにいる、きみ」として〇一年に発表され、何度も書き直されて進化してきた作品で、本書のタイトルになっている。最初の「アメリカにいる、きみ」が日本での第一短篇集のタイトルになった。ラゴスからコネティカットへ移民した若い主人公がエクストラ・ヴァージン・オイル色の目をした白人の男の子と親しくなる。異なる環境で育ってきた二人のあいだの大きなギャップが、しなやかなタッチで描き出される。一〇年九月に国際ペン東京大会のゲストとして来日したとき、早稲田大学大隈講堂で俳優、松たか子によって朗読された。

「アメリカ大使館」――〇二年に発表、〇三年のO・ヘンリー賞を受賞した作品。難民ヴィザを申請するためにラゴスのアメリカ大使館の前にならぶ女性の境遇が、ナイジェリア社会と人びとの日常を通してひたひたと迫ってくる。しぼりたてのヤシ油が鮮やかな赤色をしているなんて、ヤシ油を原料にした石けんを毎日使っていても私たちはあまり知らない。訳者もこの作品を訳すまでは知らなかった。初期バージョンでは主人公の職業が学校教師だったが、夫とおなじジャーナリストに書き直されている。

「震え」――〇九年発表の短篇集のために書き下ろされた作品。アメリカで不法滞在をつづけるゲイのナイジェリア人男性と、失恋したばかりのプリンストン大学院生の女性が登場。信仰、階級、ジェンダーなどを正面から取りあげながら、どこかコミカルな響きをもつ出色の短篇だ。

「結婚の世話人」――初出は〇三年。第一短篇集『アメリカにいる、きみ』に「イミテーション」を選んだとき、これも入れてほしいとアディーチェから送られてきた作品で、そのときは「新しい夫」というタイトルだった。アメリカ社会に過剰に適応しようとする夫と、あわただしく「結婚」が取りまとめられて渡米した女性の失意の物語だ。上階に住むアフリカ系アメリカ人女性とのやりとりが心温まる。米社会での移民の現実がリアルに描かれている。

「明日は遠すぎて」――〇六年の「プロスペクト」118号が初出。日本では第二短篇集のタイトルになった作品。アフリカ系アメリカ人の母親とナイジェリア人アーティストの父親をもつ少女が、父の故郷で幼いころ経験した出来事の記憶をたどる物語。ナイジェリアの村で過ごした夏休み、祖母が兄ばかり重んじる息苦しさに耐えきれなくなって、妹はある計画を実行するが……。

「がんこな歴史家」――〇八年の「ニューヨーカー」が初出。ヨーロッパから白人がやってきて銃とキリスト教をもたらすプロセスを、ンワムバという女性の視点から描いて、当時の村社会のようすを活写する。訳していて「白人」と「ふつうの人」という対立表現にぶつかったときはちょっと戸惑った。そうか、「ふつうの人」とは、彼女／彼らのような肌の黒い人のことなのだ、と気づくのに少し時間がかかったことを告白しなければならない。作家はあくまでアフリカ人の視点から歴史を描いていると「説明ぬきで」示したかったのだろう。

奪われた土地を取りもどすために息子アニクウェンワに英語だけを学ばせたいと思う母親の意に反して、息子がどんどん西欧化、キリスト教化されていく。逆に、自民族の誇りをとりもどすことに目覚めた孫娘グレイスが、祖母の「がんこさ」を受け継ぎ、学者になって民族名アファメフナに正式に改名するまでの物語が、パンチのきいた口調で語られる。アチェベの『崩れゆく絆』を女性の目から書き直したともいえる作品で、一〇年のO・ヘンリー賞を受賞した。

三つの長篇小説

アディーチェはこれまで三つの長篇小説を発表し、さまざまな賞を受賞している。初長篇『パープル・ハイビスカス』を書きはじめたのはイースタンコネティカット州立大学の最終学年に在籍していた二十四歳のときだ。作品の舞台は現代のナイジェリア、十五歳の少女カンビリが主人公だ。父親は狂信的なカトリック信者の実業家で、政権を批判する新聞を発行しながら家では異教徒的なものを徹底的に排除しようと妻や子どもに暴力をふるい、厳罰を課す。そんな価値観から少女がみずからを解放するプロセスを描いたこの作品は、〇三年十月に刊行されるや世界中で高い評価を受け、南アフリカ出身のノーベル賞作家J・M・クッツェーから「宗教的不寛容とナイジェリアという国家の酷薄な面に、年若くしてさらされた子どもの繊細で心にしみる物語」と高評された。ブッカー賞候補やオレンジ賞最終候補にもなり、コモンウェルス初小説賞を受賞した。

〇七年のオレンジ賞受賞作品『半分のぼった黄色い太陽』は、ビアフラ戦争を舞台にした二組の男女のラブストーリーで、ハウスボーイが記録する形式だ。だれもが触れたがらなかったナイジェリア内戦について書いた動機をきかれて、アディーチェは「私たちの歴史のなかでビアフラはとても重要な部分です。あの戦争をめぐる多くの問題がいまも未解決のままですから。でもいちばん心配なのは、そんな問題はなかったことにすれば消えてしまう、と私たちが考えているらしいということです」（ウェブマガジン「新進作家フォーラム」〇四年四月六日）と述べた。これは地域や時代を超えて、戦争や深刻な災禍をめぐる、人間の変わらぬ真実を伝えてはいないだろうか。作品は世界中から絶賛されて、映画にもなった。

アディーチェが敬愛する作家チヌア・アチェベは、二十八歳の作家が発表したこの長篇を「ふつう初心者に知恵があるとは思えないものだが、ここには、古くから伝わる天賦の資質をそなえた新しい作家がいる。チママンダ・ンゴズィ・アディーチェは……（中略）……恐れを知らない、というより、人を怖じ気づかせるようなナイジェリア内

のけた」と評した。戦の恐怖をまともに相手にしないと決めたのかもしれないが、それをほぼ完璧にやって

一三年に全米批評家協会賞を受賞した『アメリカーナ』はナイジェリアからアメリカへ留学したイフェメルを主人公にした、これまた文句なしのラブストーリーだ。困窮しながら着実に米国で足場を築いていくイフェメルを追って、ナイジェリア時代のボーイフレンド、オビンゼは渡米を計画するが「九・一一」が起きてヴィザが出ない。英国へ短期ヴィザで渡ったものの不法滞在者となり、ついに本国へ強制送還されてしまう。しかし人生はオセロゲーム、ラゴスでビッグマンに認められた彼は出世街道をひた走り、美女と結婚、いまや一児の父だ。さて、そこへイフェメルが帰国して……。

移民体験を書くアメリカ文学は多いけれど、この『アメリカーナ』はそこにとどまらない。アメリカへ渡って「人種」を発見し、ブロガーとなってアメリカン・ドリームを体現した主人公が、ナイジェリアへ帰国して元カレのオビンゼとの関係を再燃させる。その後半部がめちゃめちゃ面白いのだ。イギリスの不法労働の内実も詳述されている。タイトルの意味は「アメリカかぶれ」という意味で、アメリカから帰ってきた者を揶揄する呼び方だ。作中には自伝的な要素がたっぷりと盛り込まれているという。アメリカやイギリスの人種と移民をめぐる現実をアフリカ人の鋭いセンスで詳細に分析しながら、既存のナイジェリア社会の根深い問題にも真っ正面から切り込んでいく。その大胆さと、勇気と、誠実さには掛け値なしの希望が見える。この作品の成功によってアディーチェ

は押しも押されもせぬ世界的な作家になった。

世界のチママンダ・ンゴズィ・アディーチェ

アディーチェが渡米した九〇年代半ば、ナイジェリア国内の出版産業は壊滅状態に近かったという。民政へ移行してから息を吹き返して、いまではアディーチェのどの作品も、作家自身が立ち上げた出版社ファラフィナから出ている。アディーチェはまた〇七年からほぼ毎年、ラゴスで作家を育てるワークショップを開いてきた。全国から募集して参加者を絞り込み、約十日の期間中は泊まり込みで徹底討論を行ない、ゲスト作家の話を聞き、作品を書き、講評しあうというプログラムだ。参加経費はすべて銀行やビール会社などスポンサーが提供する。このワークショップから育った若手がすでにジャーナリズムなどで活躍しているという。

抜群のユーモアと軽やかで知的な話術を駆使できるアディーチェは、ガーディアンやニューヨークタイムズに文章を書くだけでなく、CNN、BBC、フランス24といったテレビに出演し、メジャーな雑誌の表紙になり、アメリカの大学や高校から卒業講演を依頼され、フランス外務省の関連団体から招かれ、コロンビアの文学祭へ招待され、と文字通り世界中から引っ張りだこだ。ネットを検索すると驚くほどの記事、写真、動画が出てきて、世界のオピニオン・リーダーとして熱い期待が寄せられているようすが伝わってくる。

民族紛争や政治腐敗といったイメージで語られるアフリカではなく、外部から見た報道からこぼれ落ちるふつうの人びとの日々の物語を書きたい、「真のアフリカ」といった表現で語られがちなステレオタイプを強化する文学イメージを突き崩したい、とアディーチェは語ってきた。ステレオタイプの色眼鏡から解放されなければ、人はいつまでも対等に出会うことができないと。

また、少女時代からファッションに強い興味をもっていて、ディオールのクリエーターが「We Should All Be Feminists」をTシャツに使ったころから、ナイジェリアの若手デザイナーの大胆な創作衣装を身につけて人びとの前にあらわれ、ナイジェリア文化の多様性を世界にアピールしている。

デビュー数年後にアフリカの状況を「アフリカ、黒人、女性、という三つの要素は、いまこの地球上に生きている人間を決定づける要因としては十分にマージナルな位置を意味します、だから知識は［女性が］力をつけるための鍵なのに、女性はその知識にアクセスできない状況があって、それをなんとかしたい……（中略）……ジェンダーをめぐる不公平に遠慮なくものをいう女性はよく非アフリカ的といわれるけれど、アフリカの伝統の名のもとに女性が沈黙を強いられることで利を得るのは誰かを考えるべきでしょう」と語っていたが、その志は揺るぎなく、いまでは結婚して一児の母となり、一七年には『イジェアウェレへ――フェミニスト宣言、15の提案』を発表している。

こんなふうに、書斎で作品を書く「作家」にとどまらず、幅広い活動へと彼女を突き動かしてきたものはいったいなにか。それは何百年にわたる植民地支配、間接的経済支配によって固定化され、増殖されてきた「アフリカ」への視線を相対化して、無意識に内面化されている視線そのものを書き換えたいという強い願望だ。ヨーロッパの移民問題は何世紀にもわたる植民地支配の結果なのだとアディーチェは明言する。それでいて、人種差別、性差別へのストレートな物言いには、シンパシーを共有しすぎることで排他的にならないための知恵もまた込められている。そんな活動を「ソーシャル・エンジニアリング」と呼んだ人がいるけれど、いいえて妙な表現である。

『闇の奥』的なイメージのアフリカは、アフリカを半人間としての「他者」と見なすことが可能な場です。つまり西側諸国の人びとがその人間らしさを試す場ということです。これはアフリカについて書かれた多くの書物のなかに、いまもはっきりとあらわれています。最近になって少しちがってきたのは、アフリカ人に奇妙なねじれが与えられたことです……（中略）……アフリカ人は「野蛮人」とはいわれなくなりましたが、書かれたテキストの背後の意味はいつも、アフリカ人は野蛮だとほのめかしています……（中略）……リシャルト・カプシチンスキのような人が、多くのアフリカ人がそうは思わないのに、アフリカのあらゆることをめぐる決定的な声だとされるのは本当に困ります。（「新進作家フォーラム」〇四年）

「シングルストーリーの危険性」を具体的に示すこの発言は、「エキゾチックなアフリカ」を語る欧米の視線を追いかけてきた東アジアの住人の耳にもびんびん響いてくるだろう。来日時にも、アフリカは外部の目から描かれることが多かったけれど、いまはアフリカ人が自分たちの物語として書く時代だ、と切れのいい口調で語っていた。日本が八十個すっぽり入ってしまう大きな大陸、それをたったひとつの「アフリカ」という名でくくり、エキゾチックなベールをかける時代は終わったのだ。それぞれの歴史をもった、さまざまな人が住んでいる大陸には、複数の言語と多様な文化の絡まる奥深い世界が広がっている。ナイジェリアには約二億の人が住み、民族数は二五〇を超える。勢いづく経済活動が大陸中からラゴスに人を集めている。そんなナイジェリアと米国の両方に軸足を置きながらアディーチェは作品を書き、人の心の奥に眠るポジティブな部分に揺さぶりをかけることばを発する。そこがすごいし、ちょっと怖い。たまらない魅力でもある。十年かかるかもしれないけれどといっていた次の長篇が本当に楽しみだ。

長い歴史スパンから時代を見据える目、状況への鋭い分析、希望へ向かおうとする頑固さ、労を惜しまない仕事ぶり、その結実である作品が、世界がここまで「小さく」なった時代に多くの人の心の琴線に触れる。チママンダ・ンゴズィ・アディーチェはいま世界がもっとも必要としている作家の一人といえるだろう。

二〇一九年五月　くぼたのぞみ

本書は、二〇〇九年に刊行された原著『なにかが首のまわりに』の構成に基づき、ともに小社より刊行された短篇集『アメリカにいる、きみ』(二〇〇七年九月)、『明日は遠すぎて』(二〇一二年三月)より、以下の各六篇を加筆修正のうえ収録し、文庫化したものです。

『アメリカにいる、きみ』より
「アメリカにいる、きみ」(改題「なにかが首のまわりに」)
「アメリカ大使館」
「スカーフ」(改題「ひそかな経験」)
「ゴースト」
「新しい夫」(改題「結婚の世話人」)
「イミテーション」

『明日は遠すぎて』より
「明日は遠すぎて」
「震え」
「先週の月曜日に」
「ジャンピング・モンキー・ヒル」
「セル・ワン」
「がんこな歴史家」

Chimamanda Ngozi ADICHIE:
THE THING AROUND YOUR NECK
Copyright © 2009, Chimamanda Ngozi Adichie
All rights reserved
Japanese translation rights arranged with Chimamanda Ngozi Adichie
c/o The Wylie Agency (UK) LTD.

なにか首《くび》のまわりに

二〇一九年七月一〇日　初版印刷
二〇一九年七月二〇日　初版発行

著　者　チママンダ・ンゴズィ・アディーチェ
訳　者　くぼたのぞみ
発行者　小野寺優
発行所　株式会社河出書房新社
〒一五一−〇〇五一
東京都渋谷区千駄ヶ谷二−三二−二
電話〇三−三四〇四−八六一一（編集）
〇三−三四〇四−一二〇一（営業）
http://www.kawade.co.jp/

ロゴ・表紙デザイン　粟津潔
本文フォーマット　佐々木暁
本文組版　KAWADE DTP WORKS
印刷・製本　凸版印刷株式会社

落丁本・乱丁本はおとりかえいたします。

本書のコピー、スキャン、デジタル化等の無断複製は著作権法上での例外を除き禁じられています。本書を代行業者等の第三者に依頼してスキャンやデジタル化することは、いかなる場合も著作権法違反となります。

Printed in Japan　ISBN978-4-309-46498-5

プレシャス

サファイア　東江一紀〔訳〕　46332-2

父親のレイプで二度も妊娠し、母親の虐待に打ちのめされてハーレムで生きる、十六歳の少女プレシャス。そんな彼女が読み書きを教えるレイン先生に出会い、魂の詩人となっていく。山田詠美推薦。映画化。

血みどろ臓物ハイスクール

キャシー・アッカー　渡辺佐智江〔訳〕　46484-8

少女ジェイニーの性をめぐる彷徨譚。詩、日記、戯曲、イラストなど多様な文体を駆使して紡ぎだされる重層的物語は、やがて神話的世界へ広がっていく。最終３章の配列を正した決定版！

モデラート・カンタービレ

マルグリット・デュラス　田中倫郎〔訳〕　46013-0

自分の所属している社会からの脱出を漠然と願う人妻アンヌ。偶然目撃した情痴殺人事件の現場。酒場で知り合った男性ショーヴァンとの会話は事件をなぞって展開する……。現代フランスの珠玉の名作。映画化原作。

愛人　ラマン

マルグリット・デュラス　清水徹〔訳〕　46092-5

十八歳でわたしは年老いた！　仏領インドシナを舞台に、十五歳のときの、金持ちの中国人青年との最初の性愛経験を語った自伝的作品として、センセーションを捲き起こした、世界的ベストセラー。映画化原作。

キャロル

パトリシア・ハイスミス　柿沼瑛子〔訳〕　46416-9

クリスマス、デパートのおもちゃ売り場の店員テレーズは、人妻キャロルと出会い、運命が変わる……サスペンスの女王ハイスミスがおくる、二人の女性の恋の物語。映画化原作ベストセラー。

ボヴァリー夫人

ギュスターヴ・フローベール　山田𣝣〔訳〕　46321-6

田舎町の医師と結婚した美しき女性エンマ。平凡な生活に失望し、美しい恋を夢見て愛人をつくった彼女が、やがて破産して死を選ぶまでを描く。世界文学に燦然と輝く不滅の名作。

倦怠

アルヴェルト・モラヴィア　河盛好蔵／脇功〔訳〕 46201-1

ルイ・デリュック賞受賞のフランス映画「倦怠」（C・カーン監督）の原作。空虚な生活を送る画学生が美しき肉体の少女に惹かれ、次第に不条理な裏切りに翻弄されるイタリアの巨匠モラヴィアの代表作。

O嬢の物語

ポーリーヌ・レアージュ　澁澤龍彦〔訳〕 46105-2

女主人公の魂の告白を通して、自己の肉体の遍歴を回想したこの物語は、人間性の奥底にひそむ非合理な衝動をえぐりだした真に恐れるべき恋愛小説の傑作として多くの批評家に激賞された。ドゥー・マゴ賞受賞！

チューリップ・フィーバー

デボラ・モガー　立石光子〔訳〕 46482-4

未曾有のチューリップ・バブルに湧く十七世紀オランダ。豪商の若妻と貧乏な画家は道ならぬ恋に落ち、神をも怖れぬ謀略を思いつく。過熱するチューリップ熱と不倫の炎の行き着く先は——。

マリア・テレジア

江村洋 41246-7

生きた、愛した、戦った——。プロイセンをはじめ、周辺国の手からハプスブルク帝国を守り抜き、16人もの子をなした、まさに国母。波乱と情熱に満ちた生涯を描く。

ミツコと七人の子供たち

シュミット村木眞寿美 40952-8

黒い瞳の伯爵夫人、パン・ヨーロッパの母と称されるクーデンホーフ光子。東京の町娘がいかにして伯爵家に嫁いだか、両大戦の激動の歴史に翻弄されながらどのように七人の子を育てたか、波乱の生涯を追う。

クーデンホーフ光子の手記

シュミット村木眞寿美〔編訳〕 41032-6

明治二十五年、東京の町娘・光子はオーストリアの伯爵ハインリッヒ・クーデンホーフに見初められて結婚、激動の欧州に渡る。夫の死後七人の子供を育て上げ、黒い瞳の伯爵夫人と称された光子の知られざる手記。

黄金の少年、エメラルドの少女

イーユン・リー　篠森ゆりこ〔訳〕　46418-3

現代中国を舞台に、代理母問題を扱った衝撃の話題作「獄」、心を閉ざした四〇代の独身女性の追憶「優しさ」、愛と孤独を深く静かに描く表題作など、珠玉の九篇。O・ヘンリー賞受賞作二篇収録。

さすらう者たち

イーユン・リー　篠森ゆりこ〔訳〕　46432-9

文化大革命後の中国。一人の若い女性が政治犯として処刑された。物語はこの事件に否応なく巻き込まれた市井の人々の迷いや苦しみを丹念に紡ぎ、庶民の心を歪めてしまった中国の歴史の闇を描き出す。

リンバロストの乙女　上

ジーン・ポーター　村岡花子〔訳〕　46399-5

美しいリンバロストの森の端に住む、少女エレノア。冷徹な母親に阻まれながらも進学を決めたエレノアは、蛾を採取して学費を稼ぐ。翻訳者・村岡花子が「アン」シリーズの次に最も愛していた永遠の名著。

リンバロストの乙女　下

ジーン・ポーター　村岡花子〔訳〕　46400-8

優秀な成績で高等学校を卒業し、美しく成長したエルノラは、ある日、リンバロストの森で出会った青年と恋に落ちる。だが、彼にはすでに許嫁がいた……。村岡花子の名訳復刊。解説＝梨木香歩。

スウ姉さん

エレナ・ポーター　村岡花子〔訳〕　46395-7

音楽の才がありながら、亡き母に変わって家族の世話を強いられるスウ姉さんが、困難にも負けず、持ち前のユーモアとを共に生きていく。村岡花子訳で読む、世界中の「隠れた尊い女性たち」に捧げる物語。

精霊たちの家　上

イサベル・アジェンデ　木村榮一〔訳〕　46447-3

予知能力を持つクラーラは、毒殺された姉ローサの死体解剖を目にしてから誰とも口をきかなくなる――精霊たちが飛び交う神話的世界を描きマルケス『百年の孤独』と並び称されるラテンアメリカ文学の傑作。

精霊たちの家 下

イサベル・アジェンデ　木村榮一〔訳〕　46448-0

精霊たちが見守る館で始まった女たちの神話的物語は、チリの血塗られた歴史へと至る。軍事クーデターで暗殺されたアジェンデ大統領の姪が、軍政下の迫害のもと描き上げた衝撃の傑作が、ついに文庫化。

輝く断片

シオドア・スタージョン　大森望〔編〕　46344-5

雨降る夜に瀕死の女をひろった男。友達もいない孤独な男は決意する——切ない感動に満ちた名作八篇を収録した、異色ミステリ傑作選。第三十六回星雲賞海外短編部門受賞「ニュースの時間です」収録。

猫のパジャマ

レイ・ブラッドベリ　中村融〔訳〕　46393-3

猫を拾った男女をめぐる極上のラブストーリー「猫のパジャマ」、初期の名作「さなぎ」他、珠玉のスケッチ、ＳＦ、奇譚など、ブラッドベリのすべてが詰まった短篇集。絶筆となったエッセイを特別収録。

たんぽぽ娘

ロバート・F・ヤング　伊藤典夫〔編〕　46405-3

未来から来たという女のたんぽぽ色の髪が風に舞う。「おとといは兎を見たわ、きのうは鹿、今日はあなた」……甘く美しい永遠の名作「たんぽぽ娘」を伊藤典夫の名訳で収録するヤング傑作選。全十三篇収録。

ハローサマー、グッドバイ

マイクル・コーニイ　山岸真〔訳〕　46308-7

戦争の影が次第に深まるなか、港町の少女ブラウンアイズと再会を果たす。ぼくはこの少女を一生忘れない。惑星をゆるがす時が来ようとも……少年のひと夏を描いた、ＳＦ恋愛小説の最高峰。待望の完全新訳版。

パラークシの記憶

マイクル・コーニイ　山岸真〔訳〕　46390-2

冬の再訪も近い不穏な時代、ハーディとチャームのふたりは出会う。そして、あり得ない殺人事件が発生する……。名作『ハローサマー、グッドバイ』の待望の続編。いますべての真相が語られる。

花咲く乙女たちのキンピラゴボウ　前篇

橋本治　41391-4

読み返すたびに泣いてしまう。読者の思いと考えを、これほど的確に言葉にしてくれた少女漫画評論は、ほかに知らない。——三浦しをん。少女マンガが初めて論じられた伝説の名著！　書き下ろし自作解説。

花咲く乙女たちのキンピラゴボウ　後篇

橋本治　41392-1

大島弓子、萩尾望都、山岸涼子、陸奥Ａ子……「少女マンガ」がはじめて公で論じられた、伝説の名評論集が待望の復刊！　三浦しをん氏絶賛！

人のセックスを笑うな

山崎ナオコーラ　40814-9

十九歳のオレと三十九歳のユリ。恋とも愛ともつかぬいとしさが、オレを駆り立てた——「思わず嫉妬したくなる程の才能」と選考委員に絶賛された、せつなさ百パーセントの恋愛小説。第四十一回文藝賞受賞作。映画化。

カツラ美容室別室

山崎ナオコーラ　41044-9

こんな感じは、恋の始まりに似ている。しかし、きっと、実際は違う——カツラをかぶった店長・桂孝蔵の美容院で出会った、淳之介とエリの恋と友情、そして様々な人々の交流を描く、各紙誌絶賛の話題作。

ふる

西加奈子　41412-6

池井戸花しす、二八歳。職業はＡＶのモザイクがけ。誰にも嫌われない「癒し」の存在であることに、こっそり全力をそそぐ毎日。だがそんな彼女に訪れる変化とは。日常の奇跡を祝福する「いのち」の物語。

すいか　1

木皿泉　41237-5

東京・三軒茶屋の下宿、ハピネス三茶で一緒に暮らす血の繋がりのない女性４人の日常と、３億円を横領し逃走中の主人公の同僚の非日常。等身大の言葉が胸をうつ向田邦子賞受賞、伝説のドラマ、遂に文庫化！

河出文庫

すいか　2

木皿泉　41238-2

独身、実家暮らしＯＬ・基子、双子の姉を亡くしたエロ漫画家の絆、恐れられ慕われる教授の夏子、幼い頃母が出て行ったゆか。４人で暮らしたかけがえのないひと夏。10年後を描いたオマケ付。解説松田青子

ザーッと降って、からりと晴れて

秦建日子　41540-6

「人生は、間違えられるからこそ、素晴らしい」リストラ間近の中年男、駆け出し脚本家、離婚目前の主婦、本命になれないＯＬ――ちょっと不器用な人たちが起こす小さな奇跡が連鎖する！　感動の連作小説。

マイ・フーリッシュ・ハート

秦建日子　41630-4

パワハラと激務で倒れた優子は、治療の一環と言われひとり野球場を訪ねる。そこで日本人初のメジャー・リーガー、マッシー村上を巡る摩訶不思議な物語と出会った優子は……爽快な感動小説！

キスできる餃子

秦建日子／松本明美　41613-7

人生をイケメンに振り回されてきた陽子は、夫の浮気が原因で宇都宮で餃子店を営む実家に出戻る。店と子育てに奮闘中、新たなイケメンが現れて……監督＆脚本・秦建日子の同名映画、小説版！

でもいいの

佐野洋子　41622-9

どんなときも口紅を欠かさなかった母、デパートの宣伝部時代に出会った篠山紀信など、著者ならではの鋭い観察眼で人々との思い出を綴った、初期傑作エッセイ集。『ラブ・イズ・ザ・ベスト』を改題。

お茶をどうぞ　向田邦子対談集

向田邦子　41658-8

素顔に出会う、きらめく言葉の数々――。対談の名手であった向田邦子が黒柳徹子、森繁久彌、阿久悠、池田理代子など豪華ゲストと語り合った傑作対談集。テレビと小説、おしゃれと食いしん坊、男の品定め。

バタをひとさじ、玉子を3コ

石井好子 41295-5

よく食べよう、よく生きよう——元祖料理エッセイ『巴里の空の下オムレツのにおいは流れる』著者の単行本未収録作を中心とした食エッセイ集。50年代パリ仕込みのエレガンス溢れる、食いしん坊必読の一冊。

私の小さなたからもの

石井好子 41343-3

使い込んだ料理道具、女らしい喜びを与えてくれるコンパクト、旅先での忘れられぬ景色、今は亡き人から貰った言葉——私たちの「たからもの」は無数にある。名手による真に上質でエレガントなエッセイ。

人生はこよなく美しく

石井好子 41440-9

人生で出会った様々な人に訊く、料理のこと、お洒落のこと、生き方について。いくつになっても学び、それを自身に生かす。真に美しくあるためのエッセンス。

小川洋子の偏愛短篇箱

小川洋子〔編著〕 41155-2

この箱を開くことは、片手に顕微鏡、片手に望遠鏡を携え、短篇という名の王国を旅するのに等しい——十六作品に解説エッセイを付けて、小川洋子の偏愛する小説世界を楽しむ究極の短篇アンソロジー。

感じることば

黒川伊保子 41462-1

なぜあの「ことば」が私を癒すのか。どうしてあの「ことば」に傷ついたのか。日本語の音の表情に隠された「意味」ではまとめきれない「情緒」のかたち。その秘密を、科学で切り分け感性でひらくエッセイ。

スカートの下の劇場

上野千鶴子 41681-6

なぜ性器を隠すのか？　女はいかなる基準でパンティを選ぶのか？——女と男の非対称性に深く立ち入って、下着を通したセクシュアリティの文明史をあざやかに描ききり、大反響を呼んだ名著。新装版。

著訳者名の後の数字はISBNコードです。頭に「978-4-309」を付け、お近くの書店にてご注文下さい。